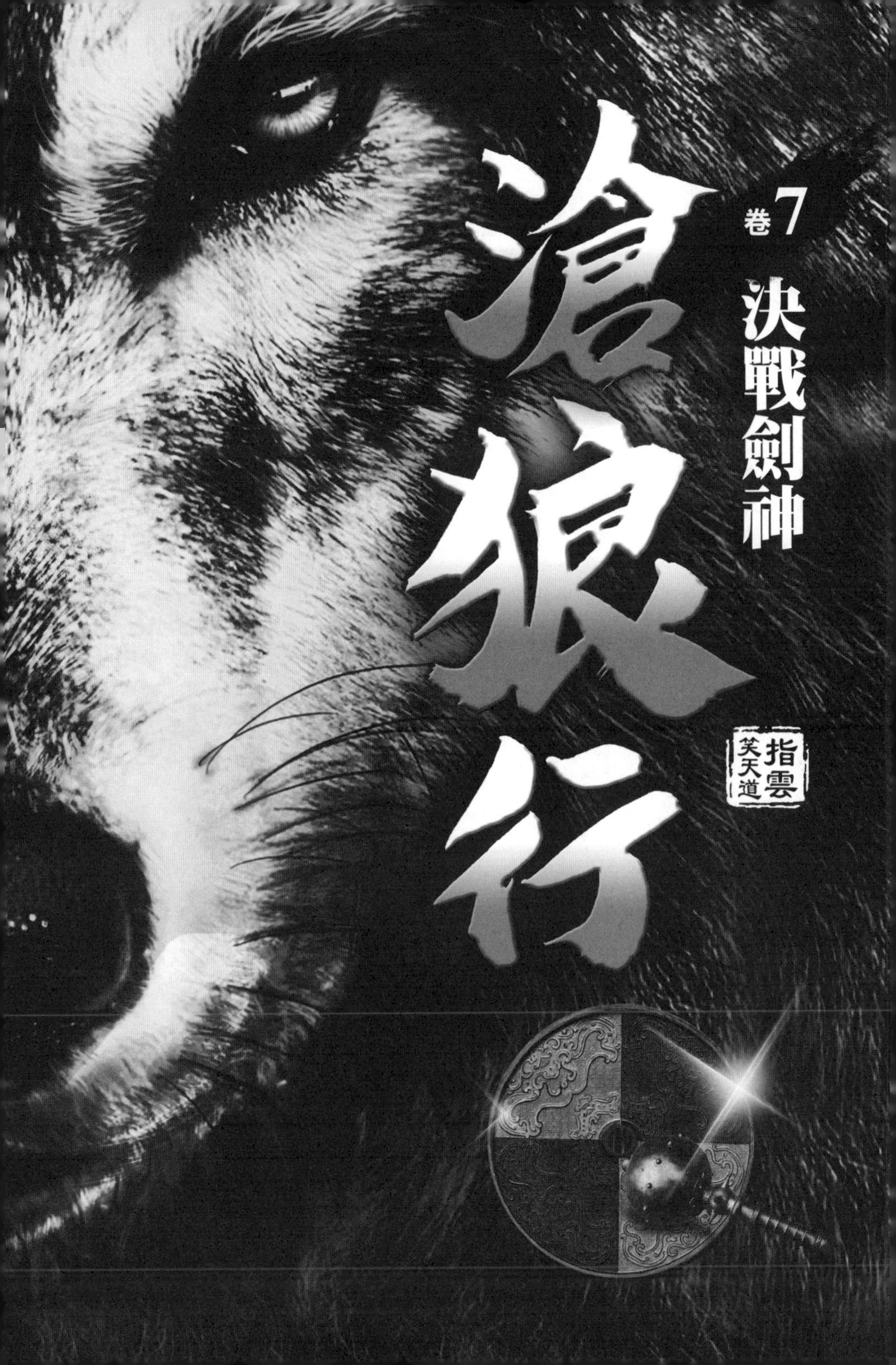
滄狼行
卷7
決戰劍神
指雲笑天道

目錄

CONTENTS

第一章

錦衣衛

鳳舞道：「天狼，錦衣衛裡沒有自己人，
只有想踩著你向上爬的利欲薰心之徒。
這個姓劉的，他武功遠不如你，殺你不得，
但他可以回頭向總指揮大人密報，
他的舌頭照樣可以要你的命。」

鳳舞嘆了口氣：「我不知道你是在哪裡練成這一身武藝的，但我感覺你的刀法雖然霸道邪門，但隱約間有一股正氣，如果我所料不差，你應該是出身名門正派，這也是你不願意和伏魔盟正面為敵的原因，對不對？」

天狼冷冷地「哼」了聲，沒有作出正面回應，沉聲道：「鳳舞，不用把話題扯到我身上，說你自己的事情就可以了。你剛才說每年都要死一個人，為什麼？」

鳳舞幽幽地道：「這叫**孤星養成**，我們從小在一起長大，又都是孤兒，身處在那樣的環境裡，很容易就會產生感情，而**要成為最優秀的殺手和密探，就不能有這樣的感情，尤其是殺手之間，更不能有這種感情**，只有用這樣的辦法，才能逼著我們一邊拼命練武，一邊隱藏自己的實力。」

鳳舞突然笑道：「天狼，你知道為什麼最後是我活下來了嗎？」

天狼聽得背上一陣發涼，定了定心神，用儘量平靜的聲音道：「你說。」

鳳舞「嘿嘿」一笑：「第一年，我裝成一個人畜無害的小妹妹，每天都跟在別人後面，晚上趁大家睡覺的時候，我借著上廁所的機會跑出去偷練。我一直隱藏著自己的實力，每年年底比武的時候，我都只勝第一場，而且裝成是費盡九牛二虎之力才贏的，這樣別人就不覺得我會對他們構成威脅，比武時就不會刻意針對我；但是我也不能表現得太弱，不然其他人會當我好欺負，第一個就把我踩下去。」

天狼聽得一愣一愣的，不知道說什麼好，只能默默地聽著。

鳳舞露出淒楚的表情道：「天狼，你不知道這個末位生死淘汰賽的殘酷，每年的比武，如果輸了一陣，往往渾身是傷，再接著打，身體的狀態都和第一陣無法同日而語了。曾經有一年我大意了，被人撒胡椒粉突襲，又用玄冰掌封住了我的內勁，給打成內傷，第二陣沒恢復過來便又輸了，到最後末位淘汰戰時，你知道有多可怕嗎？」

鳳舞閉上眼睛，似乎不想再回想當時的情況。

「那一年，我八歲，其實我的武功比最後一戰的那個孩子要高出許多，但打到那時候，根本發揮不出來，我們兩個抱在一起，在地上死死地掐著對方的脖子，最後我撿起地上的一塊石頭，砸中他的太陽穴，然後把他的臉狠狠地砸成一團肉泥，**經歷了那次之後，我才覺得我是一頭狼，不再是一隻任人宰割的小綿羊了。**」

天狼咽了口口水，他終於明白鳳舞是如何被訓練成這樣殘忍冷血的女殺手，而那個在陸炳面前刁蠻、任性、撒潑耍賴的鄰家小妹，只不過是她的另一張面具而已。

鳳舞抬起頭，看著天狼，神色間又恢復了剛才的那副冷酷與平靜：「天狼，不管你信不信，這就是我的成長經歷，所以我很確信，你不會是這樣訓練出來的，因為你沒有那股狠勁，你的武功比我強，但如果現在的你跟我生死相搏，你不一定能活下來。」

剛才鳳舞展現出自己悲慘的童年與柔弱的一面，這讓天狼不禁心生同情，但現在鳳舞又恢復了女殺手的本色，使天狼的情緒也回到現實，他搖搖頭：「對別人，尤其是別的女人，也許我會下不了手，但對你，我要取你性命的時候，不會有半分猶豫。你最好不要逼我殺你，因為如果我要殺你，絕對不會手下留情。」

鳳舞搖搖頭，不信地說：「天狼，你這個人就是嘴硬心軟，我猜，可能你的家人被總指揮大人控制，或者有什麼你不得不效忠他的理由，所以儘管你進了錦衣衛，仍然心不甘情不願，碰到你的正道朋友，甚至有可能以前是你的同門師兄弟便不忍心下手，是也不是？」

天狼面無表情地道：「鳳舞，你應該知道作為一個錦衣衛密探，好奇心最好不要太重，總指揮使既然沒有允許你問這些，你就不要試著從我嘴裡套出些什麼。有關你的過去，是你自己想說的，可不是我多感興趣，或許是這麼多年你把這些話悶在心裡，自己也很難受吧。」

鳳舞沒有說話，一雙水靈靈的大眼睛緊緊地盯著天狼，一動不動，似乎想要看透天狼的內心，天狼也毫不退縮地盯著她看，眼神中沒有半分閃躲與退讓。

好一會兒，鳳舞才低下了頭，輕輕一聲長嘆：「天狼，謝謝你今天陪我這麼久，你說得不錯，這些話在我心裡悶了許多年，我不敢對任何人說，只能每天晚上做惡夢醒來後自言自語。你是個很好的傾聽者，沒有打斷我的話，今天我終於把這些說了出來，人也輕鬆許多，我真的要謝謝你。」

天狼的嘴角勾了勾，說道：「所以你一開始還裝模作樣地要提什麼交換條件，都不過是心理戰吧，你早就想向我傾訴這些，因為除了今天的這個行動外，我們很少會有單獨相處的機會，而在錦衣衛裡，能不向總指揮大人告密的人，恐怕也只有我一個了，所以你才會跟我說這些，對嗎？」

鳳舞笑了起來，這回她的嗓音清脆宛如銀鈴，別有一番少女的嬌媚：「嘻嘻，不錯，天狼，你真的好聰明，如果你也在那堆孤兒裡，我真的不知道能不能活下來呢，幸虧現在我們不用只活一個。」

天狼不禁心中一動：「難道這才是你的真實聲音嗎？以前你一直在變著嗓音

說話？」

鳳舞點點頭：「不錯，在外人面前，我學會要偽裝自己，臉上要有面具，聲音也不能用原聲，下次你見到我，我也許變成一個糟老頭，或者是個瞎眼老太太，或者是個啞巴，不過天狼，我真的挺佩服你，我的易容術可是從小訓練，練了十多年才能達到這樣的程度，你竟然也有這本事。」

提起易容術，天狼便想到了雲涯子，心中不免黯然，點點頭：「我在正派學藝的時候，也要戴著面具過活，它就是保命的傢伙，能不練精嘛！」

「我對你的身世真的挺好奇的，你的武功，名門正派的年輕一代裡幾乎沒有超過你的，勉強能和你相提並論的，也就是武當的徐林宗、少林的智嗔和華山的展慕白而已，哦，**還有個武當的棄徒李滄行，他在江湖上失蹤好些年了，你該不會就是他吧？**」鳳舞狐疑道。

天狼面不改色地道：「李滄行？我還真想會會他呢！他跟陸總指揮的矛盾世人皆知，你怎麼會把他和我聯繫到一起啊！」心中卻道：這女的太聰明，這樣猜下去，沒準真的會露餡，故而轉移話題道：

「鳳舞，你聽好了，我們繼續在這裡打口水仗是沒有意義的事，你是龍組指揮，按說應該是由你來下令接下來做什麼，難道你的命令就是讓我在這裡繼續陪你聊天嗎？」

鳳舞眨眨眼睛，看了一下日頭：「不急，這會兒沈鍊繞小路過去還沒到，我們還可以多聊一會兒。天狼，**你知道我為什麼對你感興趣嗎？因為你在戰鬥的時候，眼神就像我小時候見過的那些惡狼，充滿了殺戮的渴望**，你的那種血腥鬥氣，更充滿了原始的本能；甚至……」

她指了指天狼的前襟，「你這毛茸茸的胸口，也像極了野性的蒼狼！我喜歡狂野不羈的男人，就像你這樣。」

天狼的臉一下子紅了，幸虧戴著面具，才不致被發現，忙掩飾道：「夠了，你看看你說的話，還有點女孩子的樣子嗎？」

鳳舞的櫻桃小嘴旁現出一個美麗的酒窩：「天狼，你我獨處的時候，不能自由一點嗎？我們回去了又要聽命於人，要是在這裡都不能說出自己的想法，那活著還有什麼意思呢？天狼，我喜歡你的這種狂放，喜歡你在總指揮面前都能這麼硬氣，換了我，自問做不到你這樣。」

天狼不屑地說道：「你做不到？我看你撒嬌耍小性子都可以，還有啥是你做不到的事！」

鳳舞的表情突然又變得憂傷起來，嘆了口氣：「天狼，你明知道我只能在總指揮面前使使小性子，在大事上根本不敢跟他對著來，你卻敢和總指揮討價還價，像談判一樣地讓他求你執行任務，說你是龍組的成員，我看你的架子比總指揮還要大啊。」

天狼冷冷地說道：「你們手上反正有的是能治我的辦法，再者，只要任務不違反我的原則，我也不會任性不接，既然我答應了，我就不會不做，你明白了？」

鳳舞沒有接話，站起身伸了個懶腰，若有所思地道：「天狼，魔教的鬼聖他們說了什麼，你可想知道？」

天狼剛才在運功時，也看到鬼聖和賀青花、王子喬三人在原地嘀咕了半天，但因為他們說話聲音極低，又是逆風，所以只看到他們口齒啟動，說些什麼卻不知道，但他曉得鬼聖是絕不會這麼甘心放棄的，一定還會有什麼後招，於是說道：「我知道你有聽風之術，他們說什麼你一清二楚，不用賣關子了，直說吧。」

鳳舞的神情變得嚴肅起來：「鬼聖不想走，他說服賀青花與王子喬，讓他們先假裝離開，然後埋伏在三里外的樹林裡，等我們跟伏魔盟的人打起來，他們再趁亂殺個回馬槍，劫持沈鍊。」

「這才符合老鬼的作風，既然你聽到了他們的盤算，那你打算怎麼辦？」

鳳舞指著遠處的樹林說道：「他們在樹林裡埋伏的時候，林中連隻鳥鵲也沒有停下，現在你看，不停地有鳥在林中飛進飛出，顯然他們已經離開了，就在剛才智嗔他們向官道奔去的時候，想必魔教的人也跟著去啦，他們可沒功夫看我們兩個在這裡喝茶聊天。」

天狼心中一動：「不好，沈鍊雖然沒有到，但看這架式，伏魔盟的人和魔教中人的一場火拼是少不了的，魔教的人畢竟不少，打起來有可能會占上風，到時候若是讓他們殺了夏言，那可就麻煩了。」

鳳舞搖搖頭：「你太小看伏魔盟的力量了，他們怎麼可能只派一個智嗔保護夏言呢。根據線報，少林神僧之一的見智大師，加上司馬鴻、展慕白和楊瓊花這三大高手全都會出馬護衛夏言，就是你，也未必能從他們手上占到便宜的。」

天狼聽了，兩手一攤道：「既然如此，那還派我們兩個來做什麼？看樣子你也沒有別的幫手了，反正去了也是白去，不如我們就一直待在這茶鋪好了。」

「看你聰明一時，怎麼會說出這麼笨的話！你要知道，夏言可是前內閣首輔，不是我們江湖之人，那些魔教和伏魔盟的人可以抗旨，可以搶奪詔書，但夏言絕不敢有這個心思。官當得越大的人，膽子就會變得越小，他可沒有江湖人的那種灑脫，只要沈鍊在他面前宣讀詔書，就算是要他當場自殺，他也會在路邊找棵樹上吊的。」鳳舞吐嘈道。

天狼不屑地「哼」了聲：「真是愚忠，當官當到這個份上，還真不如死了算了！不管怎麼樣，我們的任務是護衛沈鍊，至少要確保沈鍊不出事，走吧。」

「天狼，你是在給我下命令嗎？」鳳舞不高興地道。

「你是龍組指揮，我只不過是個組員，要命令也是你命令我才是！」天狼譏刺道。

鳳舞笑了起來：「天狼，你知道我為什麼在臨走前，一定要當著總指揮的面問如果你不聽命令會如何嗎？那話不是說給總指揮聽的，而是給你聽的，就是要你再次確認清楚上下級的關係，免得像現在這樣，完全不把我這個上司放在眼裡。你武功要比我高那麼一點點，如果你不聽話，我一點辦法也沒有。」

天狼否認道：「那是因為你還沒有正式地命令過我，如果你下了令，又不違反任務，我沒有理由不服從。」

鳳舞收起笑容，如水的明眸中眼波流轉：「可是剛才我說要去追夏言的時候，你可是坐在這裡一動也不動，你這是聽我的命令嗎？」

天狼理直氣壯地回道：「那是因為你下的命令與總指揮的命令有衝突，總指揮給我的命令是辰時在這裡等沈鍊，剛才沈鍊沒來，辰時也沒過，我怎麼能違反命令，去聽你臨時改變的指令呢，萬一出了岔子，誰負責？」

鳳舞噘起了小嘴：「天狼，你這些小聰明最好不要用在我身上，我喜歡你的坦率真誠，但不喜歡你這樣子睜著眼睛說瞎話。」

「鳳舞，**真誠是相互的，你對我一直是欺騙和利用，又怎麼能指望我跟你說實話呢？**你喜歡用上下級這種公事公辦的態度和我說話，那我也只有跟你公事公辦了，明白嗎？」天狼正色道。

鳳舞嘆了口氣：「剛才我對你不夠真誠嗎？你為什麼要說這種話？」

「剛才你只不過是對我傾訴了你童年的悲慘經歷，談不上什麼真誠，你剛才不也說了，感謝我聽你說這些往事嗎？」

鳳舞沒好氣地說道：「人家一時感慨，就給你拿住話柄，天狼，跟女人鬥嘴很有意思嗎？我不喜歡你這樣子跟女人斤斤計較，不夠男子漢。」

天狼冷冷回道：「那好，我不跟你鬥嘴，只說正事！剛才你還沒回答我，你和總指揮這樣處心積慮地給我設這個局，想讓我和正邪各派動手，究竟是為了什麼？不要跟我說你不知道原因，或者只是奉命行事，我才不信！以你跟總指揮的關係，他不可能不告訴你原因。」

鳳舞眼中光芒閃動：「天狼，你真的想知道原因嗎？」

天狼點點頭：「我不想被人牽著鼻子走，更不喜歡被人逼著做這做那，我會保護沈鍊，但我希望在我去保護他之前，你能告訴我你們的打算。」

鳳舞嘆了口氣：「我就知道你會提出這個問題，也知道你根本不會聽我的指揮，也罷，反正此刻只有你我二人，你可得保密啊，不然，要是總指揮大人知道我告訴了你，我可就死定了。」

天狼心中暗喜，但嘴上仍然冷冰冰地說道：「總指揮才捨不得殺你呢，你是那個什麼孤星養成計畫的唯一產物，他怎麼會放棄自己幾十年的心血呢？」

鳳舞搖搖頭：「看來你還是不瞭解總指揮大人，在這個世上，除了他陸家的名聲與傳承，沒有什麼是他不能放棄的，只要能讓陸家代代相傳，發揚光大，不要說我鳳舞，就是你天狼，他要捨棄也絕不會眨一下眼睛。」

天狼默然無語，他知道陸炳是個心硬如鐵的人，然而那天在自己面前那樣聲情並茂地緬懷澄光的時候，自己都有些被感動了，現在聽鳳舞這麼一說，他又有些吃不準那天的陸炳是真心的，還是在自己面前做戲。

鳳舞示好地說：「我知道你是個好人，在錦衣衛裡，你能依靠的也只有我，要是你出賣我，我完蛋了，你以後再執行任務時，也再不會找到可以交心的人了，為了取得你的信任，化解你對我的敵意，我不妨告訴你總指揮的打算，你可要聽好了。總指揮大人說，**錦衣衛首要的特質，就是需要絕對的服從，他非常欣賞你的能力，但對你難以控制很是擔心，因此要斷了你回歸江湖的路，你沒有了退路，自然只能老實待在錦衣衛，也就會聽話了。**」

天狼聽了道：「果然是這樣，還有別的嗎？」

「錦衣衛有許多行動是隱秘的，出手需要果斷，迅速，無情，這些你目前都不具備，剛才你跟金不換他們動手的時候，你為何不取他們的性命呢？」

天狼沒有想過這個問題，微微一愣，本能地回道：「那只是比武罷了，為何要以性命相搏？鳳舞，你是不是以為別人都跟你一樣冷血嗜殺？」

「不要把我看成無情的屠夫，**我是否殺人，不是看我喜不喜歡，而是看有沒有必要**。天狼，剛才的比武時如果輸的是你，金不換取你性命不會有半分猶豫的。」鳳舞駁斥道。

天狼不信地說：「不會吧，他明知我是錦衣衛的人，而且紅花鬼母言明了只是比武，輸者不得插手此事，為何還要取我性命？再說了，就算金不換和紅花鬼母存心不良，他們的那個傻兒子可是無辜的吧。」

鳳舞嘆了口氣：「他那麼說只是要麻痹你罷了，你看他們四個一上來就一起攻你，出手全是殺招，可曾留過半點情面？至於他的那個傻兒子公冶長空，此人眼裡，比武就像是玩，下手從無輕重可言，他以前拜過的師父，全在和他拆招時給他打死了，所以以金不換和紅花鬼母都不敢親自教他武功，他用鐵球砸你胸口的時候，又可曾有過半點手下留情？」

天狼無語，他知道鳳舞說的是事實，可是要他對一個傻子下殺手，這有違他從小到大一貫的原則，他辯白道：「此人畢竟是個傻子，也非大奸大惡之輩。制住了也就可以啦，沒必要取他性命。」

鳳舞教訓天狼道：「這就是你作為錦衣衛不合格的地方，**在我們錦衣衛的眼裡，只有敵人和要清除的目標，沒什麼傻子和正常人之分**，這次本是一個能除掉金不換一家的好機會，卻被你這樣白白地浪費了，實在是可惜！」

天狼擺了擺手，不耐地道：「好了，這件事不用多說了，我不覺得我做的有什麼不對，而且，這次我的任務裡沒有要除掉金不換這一項，所以我不覺得我當時的選擇有什麼錯。我倒覺得除掉金不換這個任務交給你挺合適的，你是龍組指揮，下次可以集中龍組的精英一舉將他們攻殺，不也挺好嗎？」

「不行，畢竟他是朝廷的人，現在雖然失了勢，但要是我們公開殺了他，也會引起皇上的憤怒，給自己惹來麻煩，今天這個比武是他們主動提的，本是最好除掉他的機會，可惜你沒把握住，以後再想有這機會可不容易了。」鳳舞嘆道。

「後悔無益，現在該上路去會會夏言啦，不過我有言在先，我只保護沈鍊，如無必要不會取人性命，我既然答應了總指揮大人，就會一直待在錦衣衛裡，用不著使這種手段來逼我留下，你們越是這樣，只會讓我想要離開錦衣衛，所以以後不要用這種卑劣的手段再來算計我。」

「天狼，你應該知道，我並不想騙你，利用你，總指揮是總指揮，我是我，我們並不是一路人，不然我今天也不會跟你說這些，希望以後我們能做朋友，而不是敵人。」鳳舞說話時，用手撩了下額前的一綹秀髮，舉手投足間盡顯風情。

「你是個很麻煩也很可怕的傢伙，我也不想和你做敵人。有一件事我一直想問你，你這一身峨嵋的武功又是怎麼回事？還有，你這把劍是怎麼來的，看起來也像是上古的神兵利器。」天狼忍不住問。

鳳舞揮了揮手中的那把短劍：「**這就是赫赫有名的越女劍『別離』，劍一出鞘，必見血而歸，不是讓敵人的命或者肢體別離，就是讓自己的命或者肢體別離，所以你最好不要讓它出鞘**，上一次內部比武，如果死的不是莫問天，那就一定是你天狼了。」

天狼倒吸一口冷氣：「怎麼會這麼邪門？」

鳳舞感嘆道：「但凡這種上古的神兵利器，都很邪門的，比如上古名劍干將莫邪，就是以人殉劍方得鑄成，因此劍中有殉劍者的冤魂，久而久之就成為刀靈劍靈，需要飲活人鮮血方得安寧，你那把斬龍也是一樣，那血槽中的一抹碧血，就是千百年來斬於此刀下的真龍天子的龍血所凝，傳說中也只有具有天命的真龍才能駕馭。」

說到這裡，鳳舞突然奇怪地問道：「天狼，你是不是出身皇族，不然你怎麼能駕馭得了這把斬龍刀呢？」

聽鳳舞這樣問，天狼不禁陷入了沈思，上次在和屈彩鳳的那番纏綿中，他看到了自己的前世今生，**難道，他真的是什麼桂王？可這輩子的他只是一個來路不明的孤兒，又怎麼會和皇族扯上關係？**

鳳舞見天狼的表情時而恍然，時而疑惑，更感好奇，追問道：「你想到什麼了？難道你連自己的身世也不清楚嗎？」

天狼茫然地道：「我和你一樣，也是個孤兒，是師父撿到我，把我帶到……」

就在他「武當」二字即將脫口而出時，幸虧腦子裡電光火石般一閃，立馬收住了嘴，警惕地盯著鳳舞，道：「我的身世只有總指揮知道，你如果感興趣，自己問他好了，休想從我這裡探聽到一個字。」

鳳舞一笑：「看你緊張成那樣，我可沒有套你話的意思。我看你這刀很怪異，可以變大變小，肯定是有刀靈！」

天狼不想回答她這個問題，「哼」了一聲，把頭扭向一邊。

鳳舞得意地揮了一下自己手中的別離劍，「我這劍也是一樣，這輩子只有我一個人能用，你可別打我這劍的主意哦，不然給反噬了，可別怪我沒提醒你。」

天狼想到那天柳生雄霸拿刀時幾乎給凍成冰人時的模樣，知道鳳舞所言非虛，說道：「我只要這把刀就行了，你這劍一看就是女子所用，就是我能拿，用起來也彆扭得很。還有，我看你用的應該是峨嵋的至高絕學，幻影無形劍，你這身武藝是哪裡學的？」

鳳舞笑了笑：「這個還用問麼，自然是達副指揮教我的。孤星計畫多年前只剩我一個人，陸總指揮遍請各派的名師對我加以訓練，峨嵋的武功本就是專門為女子量身打造的，我學起來正合適；除了這幻影無形劍外，武當、華山、魔教和巫山派的功夫，我也都會呢。」

說著，她突然眼中精光一閃，全身騰起一陣極強的黑氣，一道綠色的劍光瞬間照亮了天狼的雙眼，他這回看得清清楚楚，就是一把劍身上刻著各種看不懂的符文咒語，通體墨綠的青銅古劍，最奇怪的是，這把劍居然沒有劍格，只剩一把劍柄握在鳳舞的手中。

鳳舞劍出鞘後，沒有直接向天狼攻來，而是別離劍斜向上指，道：「天狼，你不想要看看我的武功嗎，來，陪我打上兩招，你就清楚了。」

天狼意識到這是一個套出鳳舞武功的好機會，點點頭，隨著一聲龍吟狼嘯，斬龍刀瞬間出鞘，執於右手，天狼的周身也開始騰起強烈的紅氣。

鳳舞嬌叱一聲，腳下踏出峨嵋的幻影無形步，左手劍鞘虛襲天狼下盤，右手的劍尖卻如跳動的精靈一般，瞬間刺出七八個劍影，分襲天狼的左右兩胸。

天狼見勢，上前一步迎擊，一招「天狼虛空斬」，瞬間劈出八刀，擋住鳳舞這快如閃電般的八劍，嘴裡評道：「不錯，這正是峨嵋玉女十三劍中的『分花拂柳』。」

鳳舞劍身的黑氣與天狼的紅色刀氣一撞，向後疾退兩步，原地轉了一圈，身形一飛沖天，有如一隻凌空撲擊的飛鷹，向天狼的頭頂急襲。

天狼大喝一聲：「好一招華山派的『鷹蛇生死搏』！」

他也跟著一飛沖天，這回卻換了屠龍二十八刀中的「翔龍在雲」，全身金氣一閃，在空中如陀螺般一個旋轉，一道圓月般的刀氣分向四方迅速地散出。

鳳舞的別離劍幻起一陣黑氣，與這道金色的刀光一碰，「砰」地一聲，空中炸出一道火球，天狼直上直下地原地落下，鳳舞則凌空倒翻了三個跟頭，身形曼妙，優美至極，但高手都能看得出，這一下硬碰硬中，鳳舞吃了不小的虧，只是靠著上乘的輕功卸除來勁而已。

鳳舞落地之後，抿嘴一笑：「這才是我喜歡的天狼，強悍，霸氣，再看看這個！」

她的刀勢一變，劍身突然泛起一陣綠光，映得那些符文一下子明顯起來，劍速也變得極快，這一回招招狠辣，隱隱間有風吹過林子的聲音。

天狼點點頭：「魔教的『**子午斷魂劍**』，不錯，夠狠夠辣！」

他的刀一下子縮短了半尺，以刀使劍招，用出三清觀的「**霞光連劍法**」，以快對快，兩條身影攪到了一起，刀光劍影，擦出朵朵火花，你來我往，只片刻功夫就過了四五十招，地上飛沙走石，塵土飛揚，一邊小茶鋪的桌椅板凳也被兩人打得支離破碎，裂了一地。

兩百多招下來，天狼驚訝地發現此女的武功極為博雜，無論是魔教的子午斷魂劍、三才奪命劍，巫山派的穿雲破雨劍，青城派的松風劍法，武當的柔雲劍法，峨嵋的紫青劍法和幻影無形劍，幾乎沒有她不會的。

但天狼也發現鳳舞的八脈還沒有完全打通，可見她有點貪多嚼不爛，所學既多又雜，浪費了她大量的時間與精力，若是她只盯著峨嵋的一門幻影無形劍苦練，只怕這會兒早已成為打通八脈的頂尖高手了。

「等一下！」猛然間，他想到一件嚴重的事，大聲喝道。

鳳舞正在興頭上，一下子停了下來，抹了抹兩鬢淌下的香汗，言語中透出一點不高興：「才剛剛打得有點意思呢，突然停下來真是掃興，說吧，什麼事？」

「你剛才說這**別離劍一出，一定要有別離，不是傷到別人就是傷到自己，現在出劍，你是想傷到自己，還是想傷到我？**」

鳳舞微微一笑：「你這才想到啊，呵呵，你讓我有些失望啊，本以為你剛才就該想到這個問題的，看來你雖然聰明，但畢竟是大男人，心思還不夠細啊。」

說到這裡，鳳舞突然眼中殺機一現，天狼心中一凜，連忙提起八成功力，周身紅氣暴漲，只見鳳舞雙足點地，整個人向側面飛去，空中別離劍出手，帶著呼嘯的風聲，卻沒有攻向天狼，而是向著茶鋪灶台旁的地下飛去。

只聽一聲悶哼，別離劍插到地上，劍身下面汩汩地冒出血來。天狼臉色一變。

鳳舞瀟灑地飄到了別離劍處，一拔劍，從地裡帶出一人，劍正好插在心口，此人的兩隻手在臨死前還抓著劍刃，但手掌都被削掉了一半，可見其劍的鋒利。

天狼看了一眼，赫然是給自己上包子的那個沒好氣的年長夥計，眼睛暴突，嘴角流著黑色的汙血，早已氣絕。

天狼怒道：「鳳舞，你怎麼上來就下殺手？」

鳳舞用劍挑開了那人的面皮，露出一張青黑色的臉來，原來這人也戴了人皮面具。

鳳舞抬起頭道：「**此人乃是錦衣衛鷹組第二十三小隊的隊長『地行神鼠』劉奇偉，是總指揮大人派來協助，或者說實際上是監視我們的**，剛才我們的話全給他聽了去，你說我能留他嗎？」

天狼怒道：「你跟我說話的時候，明知此人在側，你可以把他打發地遠遠的，為什麼要白白害他一條命？你的心為什麼這麼狠？」

鳳舞面無表情地道：「錦衣衛裡沒有人是能信任的，這個劉奇偉，他最拿手的本事就是偷聽和密報，你覺得像這樣的人，就算跪下來賭咒發誓，說絕不會把今天聽到的話洩露出去半個字，你會相信嗎？」

天狼不能接受地說：「我信不信他是一回事，取不取他性命又是另一回事，在你的眼裡，人命真的就和那些被惡狼吞食的小兔子一樣，毫無價值嗎？」

鳳舞沒有料到天狼的反應會如此激烈，抿了抿嘴道：「天狼，不要在我面前說這些沒用的事，你也不是第一天出來闖蕩江湖了，難道你就沒有殺過人，沒有剝奪過別人的生命？」

天狼心中的憤怒無以復加，吼道：「不錯，我是殺過人，但我殺的不是大奸大惡之徒，就是想取我性命的人，這人是這種情況嗎？更不用說他還是個錦衣衛，是自己人。」

鳳舞冷笑道：「天狼，我一再跟你說過，錦衣衛裡沒有自己人，只有想踩著你向上爬的利欲薰心之徒。這個姓劉的，他武功遠不如你，動起手來自然是殺你不得，但他可以回頭向總指揮大人密報，**他的舌頭照樣可以要你的命**。」

鳳舞上前一步，解釋道：「你說我為什麼不讓他走得遠遠的，現在我就告訴你原因！總指揮派此人來，就是監聽我們的，我要是讓他走遠點，豈不是不打自招？天狼，**你這人時而聰明，時而笨得不可救藥，說白了，就是你那迂腐的正義感作怪**，剛才我還猜你是魔教中人，看來我是猜錯了，你肯定不是魔教和巫山派出來的。」

天狼半晌無語，久久才嘆了口氣：「從理性上說，你是對的，但我實在是無法忍受你這樣的做法，殺人如屠羊宰狗一般。現在你殺了此人，還不是無法跟總指揮大人交代嗎？」

鳳舞冷靜地道：「這事並不難，你看這裡。」她轉到了灶台後，伸腳踢向一塊磚頭，灶台突然一陣機關響動，露出下面的一個地窖，裡面赫然有著三具屍體，正是店家夫婦和另一個年輕的夥計。

「這店家夫婦乃是錦衣衛的線人，在這裡開茶鋪謀生，另一個夥計是店家夫婦的兒子，這一家三口算在這裡跟他共事了幾年，可這劉奇偉為了不暴露自己，殺起這三個人照樣翻臉無情，天狼，我殺這樣的人，有錯嗎？」

天狼被說得心中一動，走到地窖邊，看了一眼那個地窖，果然和劉奇偉剛才潛伏的那個坑是相通的，而店家夫婦和兒子三具屍體的脖子處都有一道匕首劃過的口子，一把染血的匕首正落在劉奇偉藏身的坑裡，跟他的半截斷掌掉在一起，看到這情景，天狼心知鳳舞所言非虛。

「此人確實該殺，鳳舞，我錯怪你了，對不起。」天狼主動認錯。

「你不用向我道歉，事實上，如果劉奇偉不殺這店家三口，我也會殺的，我和你之間的秘密不想讓別人知道，就這麼簡單。」鳳舞冷酷地說道。

天狼正對鳳舞的看法有點改觀，這句話又頓時激得他火冒三丈：「行了，鳳舞，不用多說了，除你之外，所有人皆可殺，你之所以沒有殺我，是因為我的武功比你高，或者說我對你有用，僅此而已。你這個女人，心如蛇蠍，讓我實在噁心，我不想和你多說什麼，以後也不想再跟你有什麼私人的交流，一切公事公辦。現在我要去夏言那裡了，失陪！」

天狼扔下這句話，高大的身形絕塵而去，把鳳舞獨自留在漫天的塵土之中。

鳳舞眼中隱隱間竟然有淚光閃現，她咬了咬嘴唇，把別離劍在劉奇偉的屍身上擦了擦，再把他的屍體踢進地窖，將地窖的蓋子踢回原處，然後一展輕功，也順著天狼離去的方向尾隨而去。

天狼順著官道一路向下，奔出四五里後，路上仍是一個人也沒見到，天狼知道前方八成出什麼事了。

天狼走到路邊，繫好衣襟，又摸了摸臉上的面具，今天他戴了雙層的人皮面具，黏得很牢，拿出腰間的一個水囊，在路邊大口大口地向著嘴裡灌水。

身後一個銀鈴般的聲音帶著幽幽的怨意道：「天狼，是不是在你的眼裡，我就是個殘忍、冷血、無情的殺手，根本不是個女人？」

天狼把水囊扣好，放回腰間，懶懶地道：「不錯，在我眼裡你就是這樣的人，鳳舞，你是個殺手，不是個女人，沒有一個女人會像你這樣心狠無情，即使是江湖上的大奸大惡之徒，也少有像你這樣的。」

鳳舞的聲音提高了一些：「可是我們是錦衣衛，我們不能有太多常人的感情。」

天狼搖搖頭：「你從小就被總指揮洗腦，他沒有教你正常的人是什麼樣的，我們是錦衣衛，但更是人，你的這些理論，即使是魔教和巫山派的人都不會接受，至少他們不會因為別人聽到自己一句話就向自己人下手。**人和人之間如果沒有一點真情，只有冰冷的利用，你不覺得太可怕了嗎？**我們不是禽獸，如果你已經變成了這樣的野獸，那起碼我不是，所以我們不是一路人，最好離得遠點，這樣對我們都好。」

「我也不知道你說的是不是對的，**從小到大，我只知道，想要活下去，就得變強，就得心硬，手下絕不能容情！**我曾經對我最要好的一個朋友動了真情，不忍心下殺手，所以在生死比武時被她勝過，那一年我差點就死了，從此我發誓，我絕不再輕易動情！」

「鳳舞，你那個環境是不正常的，是陸總指揮為了訓練出最無情最殘忍的殺手而製造出來的，**人間不是這樣，就好比你和我，總不至於非要死一個吧？為什麼在你眼裡，人與人的關係都要這樣你死我活？讓所有人都看到你害怕，真的很好嗎？**」天狼無奈地道。

鳳舞想了想道：「好，我答應你，沒必要我不會亂殺人，但剛才的劉奇偉，於情於理我都應該殺掉，你也說過，這是個絕對的惡人，如果我放過他，他以後會禍害更多的好人，不是嗎？」

天狼的臉色稍微舒緩了些，點點頭：「我們是錦衣衛，不是殺人機器，按理說我們只有捉拿這些人，把他們交給國法審判的權力，而不是動私刑取人性命。陸總指揮曾經和我說過，要我為國效力，把罪犯繩之以法，衝著這個我才加入了錦衣衛，如果錦衣衛也是不分好壞，見人就殺，那就是披著官服的土匪，這個組織我還有必要繼續待下去嗎？」

鳳舞不禁反問道：「你說的那些規則只是針對官員而已，**難道江湖人士之間的打打殺殺都要報官？不要說魔教和巫山派，就是所謂的名門正派，還不是打著替天行道的幌子對異己人士大開殺戒?!那個少林派智嗔和尚，殺的魔教和巫山派之人也有幾十個了，還是個出家人呢，他可意識到自己犯法了？**」

天狼一時語塞，陸炳以前跟他談三觀的時候，他就無法辯駁，他加入錦衣衛後，這些天也一直在思考這個問題，因而說道：

「不一樣，他們是江湖人士，本就是打打殺殺，他們殺人不會去自首，自己死了也不會報官，所謂的江湖事江湖畢，就是指這個。但我們不一樣，我們是錦衣衛，是官差，我們身上披的是朝廷的官服，應該懂大明的律令，即使是窮凶極惡的巨匪惡寇，正確的程序也應該是我們出手捉拿，將之交給審判機構論罪正法，而不是知法犯法，動用私刑，看到不順眼的都動手殺掉。

「比如那個劉奇偉，他偷聽之事罪不致死，即使他把這事報告給陸總指揮，也是我們咎由自取，誰讓我們說話不小心呢。但他出手殺了店主一家，這就是死罪，所以你雖然出手歹毒，取他性命，但按江湖道義來說，這是為民除害，我雖然不認可，但能夠接受；可你要是說只是因為他偷聽就要殺他，那我堅決不同意，**我眼中的錦衣衛不能執法犯法，不能拿江湖的那一套來替自我辯護，你懂了嗎？**」

第二章

假傳聖旨

「嚴嵩那老賊嘴上說跟總指揮大人是盟友，
但他笑裡藏刀，背後捅刀子一點都不猶豫的。」
天狼想起嚴嵩假傳聖旨，陷害錦衣衛的事，恨恨地道：
「為什麼總指揮大人要任由此賊擺佈卻無力反擊呢？」

天狼這一番話義正詞嚴，壓得鳳舞無法反駁，只好說道：「你這人滿嘴大道理，好好，我知法犯法，現在我殺都殺了，你說怎麼辦吧。」

「這事你推到我頭上好了，在總指揮面前就說那劉奇偉是我殺的，因為我看他不順眼，所以一怒之下取了他性命，明白嗎？」

鳳舞眼中透出一絲複雜的神情：「天狼，你這是做什麼？為什麼要幫我頂這罪？總指揮大人雖然看重你，但不意味他會容忍你對他的背叛，他不希望你和我脫離他的控制，所以才會派劉奇偉來監視我們，如果你說是你把這個監視的人殺了，他是不會原諒你的。」

天狼反問道：「難道他就會原諒你嗎？還不是一樣的事情。」

「不一樣，他會重重地責罰我，但不至於取我性命，這取決於我們接下來的行動是不是能讓他滿意。」鳳舞語帶玄機道。

「哦，什麼行動？不就是保護沈鍊嗎？」天狼愈發狐疑。

「到時候你就會知道的，這事沒這麼簡單，詔書宣讀後，除了要把夏言帶回去，還有曾銑和夏言的家人，魔教的人不好說，只怕伏魔盟的人一定會出手搶奪這些家人。」

天狼目光炯炯，追問道：「我不明白，扳倒夏言和曾銑就可以了，為什麼還不放過他們的家人？」

鳳舞看了一眼四周，又趴到地上，伏耳於地，確認周圍沒有人後，方才說道：「實話告訴你吧，**這不是總指揮大人的意思，而是嚴嵩的要求！**總指揮大人雖然被夏言羞辱過，但還不至於想要他的命，可嚴嵩不一樣，他上一次只是把夏言趕出了朝堂，結果兩年前夏言回來重任首輔後，差點沒把他整死，所以這次他絕對不會再給夏言任何機會。

「夏言沒有兒子，他的續弦之妻蘇氏的父親蘇綱，跟曾銑乃是同鄉，兩家也是世交，曾銑與蘇綱關係密切，還曾認蘇氏為義妹，正是通過了蘇氏這層關係，夏言和曾銑私下裡書信討論過收復河套的軍國之事。其實在皇上下令總指揮大人去調查兩人關係的時候，嚴嵩已經通過他的情報網查到這一切了。」

「你的意思是，因為蘇氏這層關係，所以這次的逮捕行動必須要禍及家人？」天狼不可置信地道。

鳳舞點點頭：「不錯，尤其是蘇氏，一定要帶回去，曾銑已經被斬，這方面死無對證了，所謂曾銑作為邊帥結交重臣近侍的罪名，便只有從蘇氏身上挖。這次夏言罷官回鄉，還帶著曾銑的遺孀和子女們一起上路，這麼做等於是自尋死路，直接就坐實了他和曾銑的關係。

「如果這種情況下，我們私自放了夏言的家人和曾銑的遺屬，那皇帝會如何對待陸總指揮，會如何看我們錦衣衛？勢必會給陸總指揮以及你我帶來殺身之禍，嚴嵩那老賊現在嘴上雖然說跟總指揮大人是盟友，但他這種人一向是笑裡藏刀，背後捅刀子一點都不猶豫的。」

天狼想起這回嚴嵩假傳聖旨，陷害錦衣衛的事，恨恨地道：「這老賊果然心如蛇蠍，為什麼總指揮大人要任由此賊擺佈卻無力反擊呢？」

鳳舞嘆了口氣：「我們錦衣衛畢竟不是朝廷大臣，皇上要治理國家是離不開這些文官重臣的，皇上一心修道，焚青詞給上天，非絕頂聰明智謀之士無法洞察皇上的心思，夏言雖然會寫會看青詞，但他對皇上的這套做法不屑一顧，皇上認為他心不誠，不尊重自己，其實他的悲劇早就註定，即使沒有這次的事情，也會有別的事送命的。

「而那嚴嵩，他本人的才華雖然一般，但有個絕頂聰明的兒子嚴世藩，此人心黑如墨，殘忍狠毒，偏偏又學富五車，縱貫古今，皇上青詞中的心思，他一眼就能看出來，所以嚴嵩父子聖眷正隆，非總指揮大人所能匹敵。」

天狼想到了徐林宗，問道：「那徐階徐大人呢，他也會寫青詞，就不能跟他聯手扳倒嚴嵩嗎？」

鳳舞搖搖頭：「徐階當年得罪了時任內閣張首輔，是夏言保下了他，還給他指出了一條明路：送兒子去武當，以結交江湖勢力保護自己，他在地方上當推官時破獲那些江洋大盜，也是借了伏魔盟各派的力量，這些，嚴嵩父子早就打聽得一清二楚，之所以沒有動徐階，是因為他們很清楚皇上也不希望他們父子一手遮天，需要清流大臣來制衡，夏言倒了，自然徐階就成為這些人的首領，如果不遺餘力地打擊徐階，那只會讓皇上警覺，懷疑他們是想獨霸朝堂，那就適得其反了。」

天狼聽了，心中一陣涼意：「這麼說來，徐階也靠不住，甚至有可能成為嚴嵩的黨羽？」

鳳舞道：「不，我沒這樣說，但徐階經過這次的事，應該也知道嚴嵩的實力強大，不是現在的他可以對抗的，所以他會隱忍不發，找機會再進行反擊。」

「陸總指揮跟嚴嵩都結了兒女親家，又怎麼可能去對抗嚴嵩老賊?!想想總指揮真是可悲，為了一時之氣而上了嚴嵩的賊船，現在反而完全被他控制，成了給老賊行惡的馬前卒。」天狼嘲諷道。

鳳舞替陸炳說話：「不要這樣說總指揮，你也很明白，這次的事完全是夏言自己做事不密，得罪皇上在先，留下了把柄於後，他自己找死，還要總指揮冒著被拉下水的風險去保他嗎？天狼，正義不能當飯吃，做官的人不可能像江湖人可以無所顧忌，總指揮更不可能拿著全族人的性命和陸氏的前途當賭注。」

天狼怪道：「鳳舞，總指揮大人從小就那樣折磨你，非人的訓練你，也一直在監視和控制你，按說你應該恨他才是，為什麼你卻一直替他辯護呢？」

鳳舞嘆息一聲道：「我無處可去，只有在錦衣衛裡安身立命，要是總指揮大人倒了，那我也完了，我畢竟已經成了這樣的女殺手，恨他亦是無用。其實想想，當初若不是他收留我，只怕我早就死了，養育之恩重於泰山，即使是報恩，我為他說點好話也是應該的。」

天狼想到了澄光和自己的關係，心中一陣酸楚，自己願意放棄一向的原則加入錦衣衛，何嘗又不是對澄光養育之恩的回報！

天狼嘆了口氣：「看來也只有依你說的，把夏言和曾銑全家帶回去了，只是回去之後，劉奇偉的事得按我說的解釋。」

鳳舞眼波流轉：「不，你不能把這事扛下來，因為你忽略了一個細節，就是劉奇偉是死在我的別離劍下，而不是你的天狼刀。」

天狼突然想到劉奇偉死時面目青黑的樣子，馬上意識到此人是中毒而亡，而非尋常的劍傷，他看著鳳舞，沉聲道：「你劍上有毒？」

鳳舞笑道：「不錯，別離劍在練劍時就注入了各種奇毒，以內力催動，毒氣能傷人於無形，他雖然被我一劍穿心，但毒氣也隨著血液走遍全身，所以，總指揮大人一看就知道人是我殺的，你想硬扛也沒用。」

「既然如此，這事就依你，到時候我會幫著你一起向總指揮大人求情的。」

天狼突然想起以前在武當時，他為小師妹不知道頂過多少次處罰的往事，心中又是一陣刺痛，眼圈也有點發紅。

鳳舞默默觀察著天狼，見他似乎沈浸在往事，忍不住問道：「你又想起什麼了？是你以前的事嗎？」

天狼這才意識到自己的失態，忙收起思路，掩飾道：「沒有，只是想到了你的劍法，你真厲害，這麼多門派的功夫都會。」

鳳舞得意地說：「總指揮大人說，可能會讓我進各派臥底，所以每門每派的武功都要會一些，不然進去後很容易露餡，天狼，你能認得這麼多武功，想必也會吧。」

天狼搖搖頭：「會一些罷了，沒有你會的多。不過，正邪各派的武功都有各自的獨門心法驅動，你雖然招式上沒有問題，但是你真正掌握的武功是峨嵋派的冰心訣，所以使出其他派別的武功時，你的劍法徒有其形卻不得其神，威力便大打折扣。」

說到這裡，天狼眼中神光一閃，默念兩下口訣，把手中的刀變成長劍的尺寸，喝道：「看清楚了！」

他發出三清觀的焚心訣，斬龍刀上騰起一陣火熱的內力，鳳舞頓感熱力撲面，臉色微變，後退幾步。

看著天狼使出一整套霞光連劍法，與自己的劍法相比，天狼不少招數都是舉輕若重，劍上如挽千斤之力，但是配合著刀身散發出的灼熱內力，又是恰到好處，能逼得對方進入死角，為自己接下來的一連串快劍攻擊作極好的準備與鋪墊，鳳舞看得連連點頭。

天狼一套霞光連劍法使完，突然腳下踏起幻影無形步，原本火一樣的劍氣消失得無影無蹤，刀上透出刺骨的寒意，這回他使出的正是峨嵋的「紫青劍法」，高大偉岸的身形變得如女子一般輕靈。

隨著他的飄忽遊動，腳下立馬捲起片片黃沙，他的身影也在塵土中若隱若現，以鳳舞武功之高，都很難捕捉到他的行蹤。

鳳舞臉色一變，這是她的拿手劍法，她很清楚練這種只遊不刺的劍法有多困難，秀眉一蹙，道：「天狼，你怎麼會峨嵋派的武功？」

天狼的身影從沙塵中一閃而沒，斬龍刀帶著森冷的寒氣，一下在鳳舞的面前幻出十一個刀影，如果是劍的話，這就是連刺十一劍，鳳舞倒吸一口冷氣，她現在只能做到連刺九劍，料不到天狼的峨嵋劍法居然到達如此高的境界。

天狼好久沒有這樣痛快地使劍了，刀勢一轉，又是丐幫的蓮花棍法，這回他以屠龍二十八式的內力作為催動，刀影如山，拂得鳳舞的秀髮不斷隨著她的衣袂飄揚著。

鳳舞不服氣地道：「天狼，天下劍法最強的是武當，我不信你還會武當的上乘劍法！」

天狼打得興起，朗聲道：「就讓你見識一下武當劍法！」斬龍刀忽然變得迅捷如電，劍式招招狠辣快速，正是武當絕學：連環奪命劍。

他從小就學武當劍法，即使閉著眼睛也對這些劍法耳熟能詳，不覺地又換上了武當的純陽無極心法，劍勢由極快變成極慢，只一眨眼的功夫，換成以慢打快的柔雲劍法。

天狼刀隨意動，劍勢從極快的連環奪命劍到極慢的柔雲劍法，不停地來回轉換，時而快如閃電，忽而又靜如處子，動靜之美妙到毫巔。

「天狼，這套武當劍法，你可曾見過？」鳳舞不甘示弱，別離劍出鞘，凜冽的青氣映得她那雙美麗的大眼睛無比碧綠。

她先是右手慢慢地畫出三個大圈，又迅速提劍向左，在身體左側拉出三個小圈，整個人便籠罩在這大小不一的六個劍圈中，可不正是武當絕學「兩儀劍法」中的陰極劍起手式：兩儀奔月！

天狼這下驚得下巴都快要掉到地上了，竟然忘了使劍，癡癡地提著斬龍刀站在原地，看著那個光圈中舞動的精靈。

鳳舞劍勢綿綿不絕，每一個光圈都在模擬著敵劍來襲的方向，而她一次次的騰挪跳躍，凌空飛擊，還有那有意無意看向天狼時勾魂奪魄的眼神，可不正是那個讓天狼愛之深，傷之更深的武當小師妹?!

天狼的腦子裡全是小師妹的倩影，情不自禁地提刀在手，想上去與她共舞，突然一個聲音在他心裡響起：「不可以，她已經身為人妻！」

天狼的心猛的一抽，狠狠地咬了一下自己的舌頭，舌尖被咬破，鮮血流得滿嘴都是，他的意識卻變得清醒起來。

天狼本想當場叫鳳舞停止，質問她是如何能學到武當不傳之秘的兩儀劍法的，但再仔細看去，他發現鳳舞拉出的劍氣中，隱隱藏著一股凌厲的殺氣，與兩儀劍法中的那種以柔克剛的打法完全不同，反而與屈彩鳳的那套山寨兩儀更像，是以我為主的攻擊型劍法，並非沐蘭湘那種甘當綠葉，防守為主的防禦型劍法。

小師妹性格柔弱，從小就依附於自己或者是徐林宗，絕不會如鳳舞這樣招招奪命。天狼暗自嘆了口氣，他一度懷疑鳳舞是小師妹所扮，這下完全可以排除這個可能了，只是另一個疑問浮上了他的心頭：兩儀劍法在武當可是不傳之秘，若說徐林宗在機緣巧合下教會了屈彩鳳，還可以理解，但鳳舞又怎麼可能會呢？

鳳舞該不會是賊婆娘屈彩鳳所訓練出來的吧？這女的夠狠夠辣，倒是和鳳舞有得一拼！

天狼甩甩頭，把這個可笑的想法趕出腦袋，今天我是怎麼了，一直在胡思亂想，屈彩鳳自幼在巫山派長大，又怎麼可能跟陸炳扯上關係呢。

見鳳舞劍法的來歷成謎，天狼喝道：「好了，不用再使了，這是武當絕學兩儀劍法，也是武當的不傳之秘，你又是如何學到的？」

鳳舞一聲嬌叱，身形騰空而起，一劍揮去，正經過上空的一隻飛燕悲鳴一聲，在空中被斬成兩段，鮮血和斷羽紛紛灑下，到處都是。

鳳舞表情冷若冰霜，不滿地道：「天狼，你什麼時候變成慈悲心腸的菩薩了？我殺人不行，殺個鳥你都要管？剛才我的劍使得不好，讓你沒興趣看下去，我心情不好殺個鳥也不行嗎？」

她的話裡透出一股酸味，像是在責怪天狼不欣賞她的劍法，天狼搖搖頭：「兩儀劍法我見過，你的這兩儀劍法和正宗的兩儀劍法不太一樣。」

鳳舞的嘴嘟了起來，臉上如同罩了一層嚴霜：「正宗的兩儀劍法？你說的正宗兩儀劍法，是指徐林宗？還是沐蘭湘？或者是屈彩鳳？」

天狼有心一探鳳舞劍法的來歷，眉毛一挑道：「你用的是陰極劍，顯然徐林宗就可以排除了，正宗的兩儀劍法，當然是武當派的沐蘭湘；至於屈彩鳳的劍法，徒具其形，不具其神，跟你這劍法一樣，一看就知道不是正宗。」

鳳舞那面具下的臉色愈發地難看：「哼，沐蘭湘正宗是吧，好，下次有機會碰到，我就去領教一下她的正宗兩儀劍法，我不信我使出幻影無形劍，她還能擋得住！」

天狼脫口而出：「不要！」

鳳舞看向天狼的眼神滿是憤怒，又帶著一絲幽怨：「天狼？你是怎麼了？那沐蘭湘和你是什麼關係？你要如此維護她？你不是說我劍法不如她嗎，那我向她討教一下劍術，怎麼不可以了？」

天狼知道自己一時失態，讓鳳舞看出了些破綻，趕緊平復自己的情緒，道：「你也知道武當現在是徐階的兒子徐林宗所執掌，沐蘭湘現在是他的老婆，你去找她的麻煩，不是會壞了總指揮暗中依靠武當，對抗嚴嵩的大事嗎？萬一徐階再倒，嚴嵩老賊只怕就會對總指揮下手了。」

鳳舞「哼」了一聲：「得了吧，天狼，不用跟我說這些，女人的第六感是很準的，你不讓我去找沐蘭湘的麻煩，絕不會是因為你說的這個原因，別說沐蘭湘，就是徐林宗倒了，也不代表徐階就完蛋了，他的兒子可不止徐林宗一個！對他來說，高拱、張居正這幾個清流官員比徐林宗和武當可靠得多，甚至楊繼盛、鄒應龍這些人也比徐林宗對他的幫助更大，更不用說一個江湖女子沐蘭湘了。」

天狼失笑道：「鳳舞，你反應這麼大做什麼？我看你在我面前自認武功不如我，倒是大方得很，為啥我說你一句兩儀劍法不如沐蘭湘的正宗，你就恨不得馬上上武當找她比劍？鳳舞，你是個優秀的女殺手，這不像是你的風格啊。」

鳳舞給噎得啞口無言，一雙美麗的眸子懷著深深的怨氣盯著天狼，道：「天狼，你最好記清楚，那個女人是徐夫人，不再是什麼沐蘭湘！」

天狼上前一步，眼中精光大盛，盯著鳳舞，厲聲道：「你到底是什麼人，為什麼會兩儀劍法？還有，你還知道些什麼？」

鳳舞露出倔強的眼神，毫不畏懼地回瞪著天狼，道：「天狼，我告訴你，你如果以為可以靠著武功高就逼我凶我，那是做夢，就算我打不過你，我也會自盡，你什麼也別想得到。」

天狼深知此女性格古怪，自己太過用強地刺激她，顯然不會有太好的效果，便換了副笑臉，聲音也柔和許多：「鳳舞，你不要誤會，我只是奇怪你為何會武當的兩儀劍法，這劍法我非常想學，可惜沒有機會學到，所以才會一時情緒激動的。」

鳳舞聽了道：「我猜是那位沐女俠不肯教你，對不對？天狼，你這麼低三下四地纏著女人學劍法，羞也不羞！明明會這麼強悍的天狼刀法，卻非要學什麼兩儀劍法，我真不知道你是怎麼想的。」

天狼從鳳舞的話裡聽出她對沐蘭湘有著莫名的敵意，心中一動，順著話問：「鳳舞，你可是和那個沐蘭湘有什麼恩怨？不然何以這麼恨她？」

「我剛學成出師，哪會認得這個女人？我只是說想找機會會會她，如果我認識她，還用得著說這話嗎？天狼，你怎麼到現在還不明白，**讓我生氣的不是她的武功高過我，而是你一提起她就兩眼放光，在你眼裡，她是俠女，而我不過是個冷血無情的殺手，連她一根手指頭也比不上，是不是？**」鳳舞忿忿地道。

天狼正色道：「我跟沐蘭湘是什麼關係，都與你無關，我只是感覺到她用的兩儀劍法比你要正宗而已。」

鳳舞不服氣地道：「為了這兩儀劍法，我可是學了武當的純陽無極內力，剛才使劍時也用的是這內力驅動，絕對是正宗的武當功夫。」

天狼搖頭：「你的內力倒是正宗的武當功夫，但你的劍意不對，兩儀劍法的陰極劍是純輔助和防禦作用，主動攻擊的招式很少，你應該清楚兩儀劍法是雙人配合，如果兩人都只攻不守，那不但在攻擊時會互相擋住對方，效果還不如一人的攻擊，更是在由攻轉守時無人掩護，一下子就會中門大開，給予敵人反擊的空間。」

鳳舞眨了眨眼睛：「憑什麼就得我陰極劍防守，為啥不是陽極劍來防守呢？」

天狼微微一笑：「陰極劍是女子所使，陽極劍是男子所使，你說應該由哪個攻，哪個守呢？我知道你性格要強，但男子和女子畢竟在體格上天生有巨大的差異，男子在速度和力量上要強過女子許多，女子則勝在招式精巧，防守細膩，最好的相輔相成就是男子主攻，女子主守，你說對不對？」

鳳舞的神色稍稍舒緩了一些，但嘴上還是不服軟：「也不是每個男的都跟你一樣，蠻牛似的，你看什麼鬼聖、金不換，這些人的武功還不是走陰柔一路，你的這種爆發力世上罕見，沒什麼人能做到你這種程度的。」

天狼解釋道：「我說的是一般情況，夫字天出頭，女子為水為地，陰陽間本就是天地有序，正宗的兩儀劍法，也是沐蘭湘主守，徐林宗主攻，**作為雙人合擊的劍法，一定不能只想著自己，而要想著另一個同伴，這樣才能發揮出最大的威力。**」

「既然你這麼懂兩儀劍法，那這樣好了，如果是你使陽極劍，我甘心給你打下手，當輔助，怎麼樣？」

面對鳳舞這幾乎是赤裸裸地示愛，他臉色一沉，冷酷地道：「你不要誤會，我不會兩儀劍法，我只是看別人使過這劍法而已。」

提到合練，天狼突然厲聲道：「**這劍法既是兩人合練，你應該有固定的搭檔，跟你配合的陽極劍又是誰**？或者說，你剛才的話只是逗我玩，**你明明有了搭檔，卻又跟我說什麼願意和我合使這劍法，你是不是以為你自己是女的徐林宗，也想同時周旋於兩個陽極劍之間呢？**」

鳳舞連忙拉住了天狼的左手，天狼能感覺到鳳舞的慌亂，柔荑裡滿是汗水，他猛的一回頭，鳳舞如同觸電一般，連忙抽回了手，低下頭，不敢直面天狼的目光。

天狼從鳳舞的這個舉動裡，確認到這姑娘只怕已經喜歡上了自己，從他第一次見到鳳舞，從她的眼神裡就隱隱有這種感覺，天狼看著鳳舞，直截了當地問：

「你是不是喜歡我？」

鳳舞的粉臉變得通紅，連雪白的脖頸也泛起了紅暈，這會兒她完全沒有一個女殺手的凌厲與凶悍，倒成了一個忸捏作態的小女兒家，她把頭扭向一邊，擺弄起自己的衣角，聲音輕得像蚊子哼：「沒羞沒臊，這話也問，才不是呢。」

天狼「哦」了聲：「那是我弄錯了，對不起。」說完，轉身作勢欲走。

鳳舞急了，忙問道：「你要去哪裡？」

天狼擺了擺手道：「既然我誤會了你的意思，那我們的關係就好處理多了，就是公事公辦的同事，現在我們應該去找沈鍊，這才是我們的正事，時間已經耽擱得久了點。」

鳳舞跺腳啐道：「壞傢伙，你是不是非要親口聽我說我喜歡你才高興？」

天狼看著鳳舞，這回鳳舞的眼光沒有閃躲，直勾勾地盯著天狼，美目凝眸中盡是愛意。

天狼皺眉道：「為什麼？你我認識只有一天，你甚至連我的真容都沒有見過，對我的經歷也一無所知，怎麼就會莫名其妙地喜歡上我？這也太突然了吧，還是我們以前就認識？」

鳳舞咬著那如火焰一般的紅唇，道：「其實，我只是想找一個依靠，在你眼裡，或許我只是個殺人不眨眼的女殺手，可是我殺人是因為害怕，我不知道哪一天自己就會被人出賣，被人殺掉，我所做的一切，都只是為了活下去！也可以說，我缺乏安全感。」

「所以你覺得跟我在一起的時候你有安全感？因為我的武功高？那你跟陸總指揮在一起，有他罩著你，還怕沒安全感嗎？」天狼質疑道。

「不，陸總指揮太可怕，每次跟他在一起，就是我最沒有安全感的時候。天狼，你根本不知道總指揮的厲害，他有一萬種辦法能取你我的性命，如果我真的不聽他的命令，他可以讓我生不如死。」鳳舞說時，身軀不禁微微地發著抖。

天狼胸中豪氣頓生：「不管是誰，哪怕是天王老子，想取我的命，我就先取了他的命，總指揮以前也一直想取我性命，還不是被我一一化解，如果他真的對我起了殺心，那我就先要了他的命。」

聽到天狼如此狂妄的話，鳳舞悲觀地道：「天狼，錦衣衛是個龐大的組織，你武功雖高，但想一個人跟陸總指揮鬥，那是不可能的事。就算你的武功強過了他，他也不會給你跟他一對一的機會，他的身邊可是有成千上萬的錦衣衛高手，雙拳難敵四手，惡虎難敵群狼，你又怎麼可能近得了他的身？就算你真的殺了陸總指揮，又能如何，到時候你會成為天下的公敵，不僅錦衣衛和東廠的人，江湖上黑白兩道都不會放過你，你會在被追殺的狀況下東躲西藏，這樣的生活是你想要的嗎？」

天狼神情異常嚴肅地道：「鳳舞，你不敢面對陸總指揮，這才是你缺乏安全感的原因，你甚至沒有想過反抗，在我眼裡，他雖然職務高過我，但不代表他在人格上高過我，**錦衣衛的任務，如果是利國利民，我自然會去辦，但如果有違我做人的良知和原則，我也不會助紂為虐的，男子漢大丈夫，活在世上就應該堂堂正正，頂天立地，哪能只為了保住自己的一條命，就受制於人，甘當鷹犬呢？**」

鳳舞對天狼凜然的氣勢震懾不已：「天狼，你知道嗎，你最讓我著迷的就是這股正氣，而不是你的武功。老實說，在錦衣衛裡，你確實是個異類，很少有人像你這樣不是為了升官發財而來錦衣衛的，他們做事不擇手段，不問是非，我也是這種人，也許正是因為這樣，我們才會覺得低人一等，從來沒想過要去反抗陸總指揮吧。」

天狼搖搖頭：「鳳舞，其實你的行動已經在反抗他了，你今天告訴了我這麼多秘密，又殺了他派來監視我們的劉奇偉，這不就是用實際行動在反抗他嗎？我不是說一定要你跟總指揮對著幹，只希望你能活出個人樣來，人生在世，不過數十年，為自己而活才是應該的。」

鳳舞輕咬雙脣道：「天狼，你現在是在為自己而活嗎？雖然我不知道你的過去，但我總覺得你加入錦衣衛是有不得已的苦衷，如果你連自己都無法擺脫命運的束縛，又如何能讓我相信你說的呢？」

天狼傲然道：「我進錦衣衛有我的理由，不能告訴你，不過，如果哪天我發現錦衣衛的行事背離了我的宗旨，我會毫不猶豫地離開，誰也別想阻止我。我天狼縱橫天地間，不會受任何命運的束縛，更不會受任何人的擺佈。」

鳳舞誠懇地說：「我剛才說的，都是肺腑之言，我欣賞你的豪氣，但我不想看你白白地為了自己那個原則而犧牲。天狼，請你相信我，在錦衣衛裡，我會是你最值得信任的依靠，永遠不會害你的。」

「我相信你說的是真心話，錦衣衛裡，我接觸的人不多，那些衝著榮華富貴來錦衣衛的，我一個也看不上，也不想跟他們有什麼牽扯，當初我跟陸總指揮早有言在先，儘量一個人行動，如果你願意幫忙的話，我會很高興的。」

鳳舞歪著頭道：「天狼，你真的喜歡跟我在一起嗎？」

天狼酷酷地說：「你可別誤會，我又不像你需要依靠什麼的，只是經歷了今天的事，至少我認為你是可以靠得住的，執行起任務來也多個幫手，僅此而已，你可別想歪了。」

鳳舞失望地嘟起了小嘴：「哼，就會欺負我，怎麼說我也是龍組指揮，是你的上司耶，被你說的好像成了你的下屬似的，我回去後，要向陸總指揮報告你目無長官。」

天狼被鳳舞的表情給逗樂了，不知為何，他覺得跟鳳舞在一起的時候很輕鬆，聳聳肩道：「你想告狀就去告吧，大不了陸總指揮把我開除出龍組，以後換別人跟我搭檔。」

鳳舞「嘻嘻」一笑：「你去哪個組我就去哪個組，天狼，除非我死了，否則你別想甩掉我。」

天狼被她弄得哭笑不得，抬頭看了看日頭，對鳳舞說道：「午時已過，你確信時間不會耽誤嗎？」

鳳舞肯定地說：「沈鍊要追上夏言，至少要到申時，我們只用半個時辰就能趕上夏言他們的車隊，夏言不會武功，又帶著家眷，一個時辰也難走個十里，所以不用擔心。」

為求謹慎，天狼道：「凡事小心為上，這中間可能有變數，我們還是先跟過去，哪怕遠遠地監視也好。」

鳳舞雖然不想結束跟天狼的交談，但任務為上，於是點點頭：「好吧，那我們就跟上去，天狼，你可要記住前面我們談過的話，夏言和曾銑的家人是一定要帶回去的，如果受到阻攔，無論是伏魔盟的人還是魔教的人，你都不可以手下留情。」

天狼道：「此事我自有分寸，關鍵時候我自然會出手，不過我也警告你，別再濫殺無辜了，知道嗎！」

鳳舞一口承諾道：「好，我答應你，只要不是對我下殺手的，我不會取他性命，但要是有人想要我的命，出於自衛，就別怪我冷血無情了。」

「這個自然。」

兩人商議已定，便從林間小路沿著官道的方向施展輕功奔去。

京師城南三十里處，離官道外兩里多的一片樹林之中，幾百名江湖人士正在大規模的團戰。

樹林邊停了四五輛馬車，「華山雙煞」司馬鴻和展慕白一黑一白，帶著幾名華山弟子正站在車邊冷冷地觀戰。

馬車中傳出一個蒼老而極有威嚴的聲音：「司馬義士，你可知來襲的是什麼人？是錦衣衛或者是東廠的人嗎？」

司馬鴻搖搖頭，走到馬車的窗邊，恭敬地道：「夏閣老，來襲的並非錦衣衛和東廠的狗子，而是嚴嵩暗中支持的日月魔教中人，看樣子他們是想直接劫殺您。」

夏言嘆道：「嚴嵩父子真是喪心病狂，居然收買這些江湖匪類來刺殺我，此事我一定會想辦法奏明聖上。司馬義士，可否擒下這些匪徒，老夫雖然已經致仕，但還是有些門生故舊，到時候可以找刑部或者大理寺的清流官員審理。」

司馬鴻道：「夏閣老，江湖有江湖的規矩，這些人也都是死士，並非一般剪徑的江洋大盜，不會落到我們手裡的，即使抓到幾個小毛賊，也都是聽命於人，無憑無據，也不可能審出什麼，在下以為，還是先護衛您全家和曾總督家人的安全為好。」

夏言聞言道：「司馬義士言之有理，嚴嵩父子就是怕我被皇上哪一天重新起復，才會這樣趕盡殺絕的，老夫回鄉後，一定會聯絡朝中的清流官員，上表彈劾嚴嵩父子勾結匪類，貪贓枉法的事。還有錦衣衛的陸炳，我手中也有他私自訓練死士，圖謀不軌的證據，只要有機會重返朝堂，我一定不會放過這些敗類的。」

「我們這些江湖人士就是景仰您為官清正，才會捨命相隨，您放心，我已經把華山派的事情都安排好了，到您重返朝堂之前，會一直不離您左右的。」司馬鴻大力允諾道。

今天夏言一行人一早就出發，比天狼等人到那茶鋪還早了一個多時辰，途中司馬鴻覺察到魔教的大批高手一路跟蹤，便留下智嗔和大部分護衛在小茶鋪阻擊，自己則護送著車隊一路前行，只要到前面二十里處的鐵家莊處，便可以喘一口氣了。

半個時辰前，智嗔帶人趕到這裡，說是茶鋪中來了個厲害的錦衣衛高手天狼，打敗魔教和金不換一家，現在魔教和東廠的人都已經撤走，他怕敵人走後直接追擊夏言，便帶人跟了過來，果然，不到片刻的功夫，鬼聖、賀青花和王子喬帶的大批魔教徒眾和幾十名總壇衛隊的精英便尾隨而至，雙方在官道上便是一場大戰。

伏魔盟眾人雖然數量不如對手，但品質占優，跟隨車隊一起行動的少林見字輩的高手就有六七個，華山派的楊瓊花、陸柏等高手也都加入了戰團，司馬鴻和展慕白則一直在車邊護衛，打了半個時辰不到，便殺了對方四十多人，剩餘的人邊打邊撤，漸漸向樹林的深處退卻。

展慕白那陰陽怪氣的聲音在司馬鴻的耳邊響起：「掌門師兄，看來敵人也沒什麼了不起的，我在這裡可等得有點煩了，看著別人殺魔狗子，我心裡好癢啊。」

司馬鴻其實也是這麼想的，但他看了看身邊的幾輛馬車，還是搖搖頭：「師弟，不可大意，賊人也許是調虎離山，萬一我們兩個也過去殺賊，這裡沒人看守，賊人趁機突襲，那可就要出事了。忍一忍吧，以後還怕沒有殺賊的機會嗎？」

展慕白突然想到了什麼，對司馬鴻小聲低語道：「師兄，我們是不是應該護送夏大人先走？我擔心那個錦衣衛天狼，聽說皇帝已經下了詔書，就是衝著夏大人來的，若是他們把夏大人帶回京城，那可就完了。」

司馬鴻獨眼跳了跳：「師弟，你可是有什麼好辦法？」

展慕白嘆了口氣：「皇帝的詔書是衝著夏大人來的，我哪有什麼辦法！但不管怎樣，除非是謀反，一般不至於禍及家人，我們至不濟也要保住忠良之後才是。」

司馬鴻眼中殺機一閃而沒：「若是狗皇帝和嚴嵩老賊和連孤兒寡母也不放過，我就是拼了這條命，也要進皇宮大內取這昏君奸臣的狗命。」

展慕白連忙擺了擺手：「師兄，萬萬不可，皇宮大內高手如雲，我們衝不進去的，就是嚴嵩老賊，也是防範嚴密，這些年想要除掉他的江湖義士不知凡幾，沒有一個能活著回來的，我們現在還要對付魔教和巫山派，先剷除他們在江湖上的走狗，再對付老賊不遲。」

司馬鴻恨恨地一拳擊出，打得身邊一棵一人粗的松樹直接陷進去一個兩寸深的拳印：「老賊現在和錦衣衛的陸炳已經結盟，現在江湖上是道消魔長，以後我們再想對付他們，可就更困難了。」

展慕白安慰道：「師兄不用過於悲觀，武當徐掌門正是現任次輔徐階的公子，夏閣老也說了，徐大人是我們以後可以依靠的正直大臣，只要人間還有正義，我們和魔教的戰鬥就不會停息。」

二人正說話間，南邊突然傳來一陣急促的馬蹄聲，兩人臉色一變，雙雙提劍衝到馬車前，司馬鴻叫道：「來者何人，報上姓名，再不停下，休怪我們不客氣了！」

一匹神駿的棗紅馬在離司馬鴻不到十步的地方突然收住了來勢，昂首長嘶一聲，前蹄高高搖起，一片煙塵中，馬上一位全身淺紅色錦衣衛武官袍，頭戴獬豸冠，背著用黃綢布包裹著的一捲捲軸的漢子，面沉如水，喝道：「這車裡坐著的，可是前內閣首輔夏言全家？」

司馬鴻冷冷地看著這匹馬上的騎士，點點頭：「車中正是夏大人，你是何人？敢對前任首輔如此不敬？」

那騎士哈哈一笑：「我乃錦衣衛經歷沈鍊，奉旨前來向夏言宣旨，夏言何在，還不速速出來領旨？」

司馬鴻和展慕白臉色同時一變，對視一眼，司馬鴻沉聲道：「我乃華山派掌門司馬鴻，仰慕夏首輔高義，特來護衛，閣下說你是前來傳旨的使者，有何憑證？」

沈鍊探入手懷，摸出一塊金牌，以八步趕蟾的暗器手法，從空中擲給了司馬鴻。

司馬鴻伸手一接，只見金牌正面刻著一個大大的「錦」字，背面則刻著沈鍊的名字和官職。

司馬鴻把金牌扔回給沈鍊，道：「沈經歷，我可以相信你是錦衣衛，但你說你是來傳聖旨的，這我就有點不信了，按我朝祖制，傳旨應該是由宮中的公公們為之，錦衣衛只是護衛而已，今天怎麼成了你來傳旨？」

沈鍊微微一笑：「司馬大俠，你說的那是在京師中的傳旨，我朝也有後宮不得干政，內侍不得隨便出京的祖制，現在夏大人已經離開京師，所以旨意自然是由公門中人代傳，現在本官所背負的，就是皇上的聖旨，是真是假，到時候夏言一看便知。」

司馬鴻有意拖延，便指著右側的樹林：「沈經歷，非是我等有意為難，只是你看看，有賊人在官道上襲擊夏大人，現在我們的人還沒有完全把他們打退，這種情況下你要宣旨，是不是太不安全了？」

沈鍊面無表情地說道：「沈某接到的聖命就是追上夏言，即刻宣旨，即使打鬥就在眼前，沈某也要執行職責。」說著，身形一飛沖天，如大鳥一般離開了馬鞍，然後穩穩地落下，動作乾淨俐落，非常瀟灑。

沈鍊落地後，大聲喝道：「錦衣衛龍組護衛鳳舞、天狼何在？」

「天狼在此！」一個中年人的沙啞嗓子應道，接著從一里多遠的樹林裡，一白一紅兩個身影如離弦的利箭一般，閃電向這裡奔來。

此時天狼換了一副面具，這回變成一個四十歲左右的黑臉大漢，鳳舞也易容成中年婦人。兩人奔到沈鍊而前，拱手行禮道：「錦衣衛鳳舞、天狼，見過天使。」

沈鍊很滿意地道：「聽陸總指揮說，你們會一路跟隨，暗中保護，看來陸總指揮果然沒有說錯，在本官宣旨前，能否先看一下二位的腰牌？」

天狼心道：這沈鍊果然還是跟以前一樣心思縝密，他和鳳舞從懷中摸出了自己的腰牌遞給沈鍊。

沈鍊看到鳳舞的腰牌，臉色微微一變：「你是龍組的指揮？」

鳳舞笑了笑：「昨天剛剛當上，以後還要請沈經歷多多指教。」

沈鍊上下打量了鳳舞兩眼，似乎是想看穿她的真實身分，沉吟道：「陸總指揮總是有驚人之舉，非我所能猜測。鳳舞，天狼，現在本使要宣詔了，你二人要做好護衛，如果有賊人偷襲，格殺勿論。」

天狼和鳳舞齊齊拱手稱是，分立於沈鍊身後左右兩側。

司馬鴻見事已至此，知道無法再阻撓了，暗嘆一聲，對後面的大車說道：「夏閣老，朝廷派來宣詔的使者到了，請您出來接旨吧。」

沒多久，大車的布簾被揭開，一個身材中等，長相威嚴，鬚髮皆白的老者走了出來，目如鷹隼，滿臉皺紋，頭髮梳得整整齊齊，穿著一身質料極好的青色布衣，不怒自威，透著一股為官多年的氣勢，正是前內閣首輔夏言。

夏言走下車，看到一身官袍的沈鍊，似乎有些意外：「怎麼是你？」

沈鍊點點頭：「夏先生，我們又見面了，想不到是在這種場合。」

夏言嘆了口氣：「世事無常，沈鍊，你怎麼入了錦衣衛？」

沈鍊冷冷地回道：「拜您所賜，讓我罷官回家，陸總指揮給我在錦衣衛裡謀了個差事，七品經歷，也算是官復原職了。」

夏言道：「上次你在南京城的表現不錯，我也看到了，沈鍊，你文武雙全，以後要好好為朝廷效力，錦衣衛並非你這種人應該待的地方，早早換個環境吧。」

沈鍊笑了起來：「夏先生，您已經不是內閣首輔了，何必還操這個心呢。」

夏言臉色微變：「沈鍊，你也是進士出身，豈不聞居廟堂之高則憂其民，處江湖之遠則憂其君的道理？不管老夫是不是在朝為官，心念國事總是沒有錯的，你乃是朝廷命官，公門中人，這點還不如我一個致仕的老人嗎？」

沈鍊向夏言行了個禮，道：「謹受教，夏先生，您說的話我會記得，只不過陸總指揮於我有恩，當年您罷了學生的官，學生無處可去，若不是陸總指揮，現在學生還在老家蹲著呢，於情於理，我都不能離開錦衣衛。更何況，報效朝廷有許多方式，當下多事之秋，身為錦衣衛，也許能做更多的事。」

夏言語重心長地道：「沈鍊，你不要弄錯了，當年老夫罷你的官，是在保護你，你當縣令的時候，得罪的是嚴嵩任命的知府趙文華，此人秘密通過御史在收集你的罪證了，你一向結交江湖人士，隨便找個結交匪類的罪名，你是絕對脫不了干係的，只有暫時罷你的官，讓你進錦衣衛，才是保護你的唯一辦法，難道此事陸炳沒有對你說嗎？」

沈鍊臉色一變：「此事當真？」

夏言正色道：「沈鍊，你應該知道，老夫從不打誑語，陸炳曾經答應過老夫，三年後讓你離開錦衣衛，平調出任縣令或者是州推官，老夫在罷相前還問及此事，他卻一再推脫，看來陸指揮很欣賞你，希望你一直留在錦衣衛呢。」

沈鍊沉默了一陣，最後嘆了口氣：「多謝夏先生相告，舊情改日再敘，現在本官有聖命在身，庶人夏言請接旨。」

第三章

決戰劍神

按江湖規矩，對方放下話來了若是不接，便是露怯，
於是道：「天狼，你很有勇氣，只是我出劍可不留情面，
到時候若是死在我劍下，你別後悔。」
天狼毫不猶豫地道：
「能死在一代劍神司馬鴻的劍下，也是我的榮幸。」

夏言正了正衣服，撩起前襟，跪伏於地，司馬鴻和展慕白等人也不情願地跪了下來。

沈鍊取下背上的黃色綢布捲，掏出裡面的聖旨，朗聲宣道：

「奉天承運皇帝，詔曰，前內閣首輔大學士夏言，身受皇恩，不思報國，結黨營私，著即令其返回京師，交有司會審，聖旨到時，即刻起程。欽此！」

夏言恭敬地磕了三個頭：「謝主隆恩，萬歲萬歲萬萬歲。」接著站起身，上前接過聖旨，神色鎮定從容。

這種官場上的起起落落，他見得太多，也親歷過許多次，他被罷過官，坐過牢，後來也都起復了，所以在他的意識裡，這次和以前也不會有太大的不同。

「沈經歷，你可知道這次皇上給我的罪名是什麼？交有司審問時，又要問些什麼？」夏言不經意地問了句。

沈鍊眉毛微微一動：「夏先生，這次皇上半途將您追回，是因為在查證曾銑一案中，發現有些事與您脫不了干係，這次逮捕您的罪名，乃是曾銑結交近侍，需要您作為同案的證人一起被調查。」

夏言眼前一黑，一口老血噴了出來，人也一下子暈倒，司馬鴻和展慕白連忙上前扶住夏言，只聽夏言大叫一聲：「噫！我死矣！」

沈鍊臉上閃過一絲不忍，背過了身。

天狼走上前來，悄悄問道：「沈經歷，是帶夏言一個人回去，還是帶走他全家？」

沈鍊嘆道：「聖上有口諭，夏言全家，包括曾銑全家都要帶回去，一個也不能放走，我們只能依命行事。」

鳳舞遲疑道：「沈經歷，我們一共就三個人，江湖上一向是禍不及家人，我們強行帶走這些孤兒寡母，只怕司馬鴻他們不肯善罷甘休。」

「就只有你們兩人嗎？沒有別的護衛？即使是趕車也需要人手吧。」沈鍊不相信地說。

鳳舞苦笑說：「總指揮給我們的命令只是保護你的安全，我們又不知道聖旨裡寫的是什麼，而且上面也只派了我們兩個人前來，現在您看怎麼辦？」

沈鍊轉身走向司馬鴻，說道：「司馬大俠，皇命在身，還請行個方便。」

司馬鴻怒道：「沈鍊，我一向聽說你為人正直，即使身在公門，也是條響噹噹的漢子，你要帶夏閣老回去，我們無話可說，但他的家人還有曾總督的家人何罪？竟要如此趕盡殺絕？你明知道夏閣老和曾總督是大大的忠臣，曾總督就義的時候，家無餘財，連下葬的棺材都是我們江湖中人湊錢置備的，這樣一心為國的忠臣被奸黨陷害，你不去為他們平反昭雪，反而對他們的家人步步進逼，不肯通融，沈錬，你還有點良心嗎？」

沈錬閉上眼睛，痛苦地道：「司馬大俠，夏大人和曾總督確實是有書信聯繫，所以皇上才要查清楚他們之間的關係，夏大人如果一逃了之，那就坐實了罪名，還要落得一個勾結江洋大盜的罪名，到時候會連司馬大俠的華山派還有少林派都難脫干係！」

司馬鴻厲聲道：「沈錬，不用找理由！你帶走夏大人可以，可夏大人的家人又有何罪？曾總督的家人又有何罪？給忠臣留個後都不可以嗎？」

沈錬平靜地說道：「現在讓夏大人和曾總督一同回去，就是給他們留後，要是你們把他們接走，那才會中了嚴嵩的計，到時肯定會全天下追殺他們的，司馬大俠，這個道理你不明白嗎？」

司馬鴻憤然道：「沈經歷，我相信你，但我信不過嚴嵩這對狗父子，你的上司陸炳早已倒向了老賊，若是把夏大人和曾總督一家押回京，肯定會被嚴嵩父子害死的。你畢竟只是個七品的錦衣衛，人微言輕，在這裡，你跟我們什麼保證也不能算數！」

天狼看雙方越說越僵，上前緩頰道：「司馬大俠，我看這樣好了，我們畢竟有命令在身，不得已而為之，沈經歷和我都可以向你保證，我們一定會通過陸總指揮上奏皇上，對夏大人和曾總督的家人網開一面；如果你還是不願意，在下願和司馬大俠一較高下，如果在下落敗，回去後也好交差，反之，在下若是僥倖勝出一招半式，也還請司馬大俠不要阻攔。」

司馬鴻看了看天狼，見此人相貌平凡無奇，想到剛才智嗔曾經跟自己說過天狼乃是一個老者，可是這人卻明明是個中年人，心中生疑，質問道：「你就是天狼？怎麼和智嗔師父說的不同？」

天狼解釋道：「在下執行任務時，不得以真面目示人，是以在茶鋪時，打扮成一個老者，現在則是這副模樣。司馬大俠，不管面容如何變化，手底下的功夫是無法掩飾的，在下既然敢向你挑戰，足以證明我的身分。」

司馬鴻仰天一笑，他自霸天神劍大成以來，江湖上還未遇到能勝過自己的人，即使是強如魔教教主冷天雄，跟自己幾次交手也沒有占得絲毫便宜，這個天狼不知道是何來路，居然有膽來挑戰自己！

按江湖規矩，對方放出話來了，若是不接，便是露怯，於是點點頭道：「天狼，你很有勇氣，只是我出劍可不留情面，到時候若是死在我劍下，你別後悔。」

天狼毫不猶豫地道：「能死在一代劍神司馬鴻的劍下，也是我的榮幸，請多指教。」

司馬鴻轉而對展慕白交代道：「師弟，萬一我戰死，不可輕舉妄動，帶領大家回門派，華山派由你接掌，切記不可向此人復仇。」

「師兄說的哪裡話，論劍法，當今天下有誰可以和你一較高下呢！別說這個什麼天狼，就是陸炳親至，只怕也沒這個本事。」展慕白沒把司馬鴻的話放在心上，很有信心地說。

司馬鴻看向天狼，「動手吧！」

天狼正要上前，卻被身後的鳳舞一把拉住，鳳舞關切之情溢於言表，勸阻道：「天狼，不能想想別的辦法嗎？司馬鴻一向痛恨官府中人，而且他的劍法使到瘋狂時，連自己都收不住，你跟他比，是性命之搏啊。」

天狼毅然決然地說：「沒有別的辦法了，司馬鴻不會讓沈鍊帶走夏言和曾銑全家的，只有我勝過他手中長劍才能解決！萬一我死了，你回去告訴總指揮，我們已經盡力了，想必他不會為難你的。」

鳳舞知道眼前這個男人只要決定了的事，天崩地裂也無法讓他回頭，輕輕地嘆了口氣，鬆開了手：「一切當心。」

天狼拔出斬龍刀，把刀直接漲到四尺左右，寶刀一出鞘，明亮的刀光連同那寒冷的刀氣便讓在場的每一個人見之色變，而天狼抽刀時內力一震，寶刀發出一陣龍吟虎嘯的清音，更是震得大家耳膜鼓蕩，五臟六腑都在跳動。

司馬鴻大讚：「好刀，果然是寶刀配英雄，天狼，你值得我一戰。」

話音剛落，獨眼精光閃動，兩條劍眉一揚，一柄飾著七彩珠、九華玉，寒光逼人，刃如霜雪的寶劍一下子從劍鞘中跳出，通體泛著暗紅色的光芒，劍上發出的清音，與斬龍刀的刀音相互碰撞，連空氣都在兩大神兵刀光劍氣的震盪中開始扭曲，浮動。

天狼認得此劍，這劍名叫「**赤霄**」，**傳說中，當年漢高祖劉邦斬白蛇起義用的就是此劍**，同樣是上古的神兵利刃，後來被一代劍魔獨孤求敗所得，又隨著霸天神劍一起傳給了華山傳奇劍神雲飛揚，最後傳到了司馬鴻的手上，這些年，司馬鴻的劍下不知飽飲了多少魔教高手的鮮血，以至於整柄劍都泛著暗紅色的血光。

天狼面色凝重，自從得到斬龍刀以來，除了陸炳以外，自己再沒有見過如此級別的高手，司馬鴻居然是第二個。

天狼回想起當年在落月峽一戰時，曾經和司馬鴻相見恨晚，當時司馬鴻還說過，若是幸得不死，一定會和自己結拜兄弟的話，沒想到事隔多年，造化弄人，今天居然會立場對立，全力相搏。

有一件事鳳舞說得很對，那就是此戰司馬鴻絕不會手下留情，他自從遭遇劇變以來，心性大變，錦衣衛中人早已經成為他的眼中釘，肉中刺，有這機會除掉自己這個大敵，他可不會放過。

天狼意隨心動，全身的氣息開始流轉，周身泛起隱隱的紅光，一頭披散的亂髮無風自飄，斬龍刀上的那一汪碧血也變得異常刺眼，他能感覺到刀中的刀靈在慢慢地蘇醒，充滿了渴飲鮮血的欲望。

司馬鴻的表情也越來越凝重，他自幼即是華山派首徒，性格狂放不羈，喜歡結交正邪各派的人，因此曾被師父師娘多次訓斥，甚至與自己青梅竹馬的小師妹也因此投入展慕白的懷抱。萬念俱灰之時，卻得華山派前輩高人雲飛揚授予號稱天下至強劍法的霸天神劍。

司馬鴻天分超人，又得奇遇，體內被注入多名高手幾十年的內力，於悲憤心死狀態下，居然在兩年內練成了連一代劍術大師雲飛揚都要花數十年時間才能練成的霸天神劍，從此成為江湖中公認的年輕一輩中第一高手，落月峽一戰中更是聲名鵲起，打出了絕頂高手的地位。

近幾年，司馬鴻受到師父、師娘和師妹之死的巨大刺激，性格大變，殘忍嗜殺，但是此刻的司馬鴻頭腦卻是異常清醒，他能感覺到對面這個神秘的天狼可怕之處，此人剛才全無氣息，可一出手，就能感受到一股強大而邪惡的力量，這讓他收起了對天狼的輕視，全身鼓起一陣紫色的氣勁，紫雲神功瞬間功行全身，手中的赤霄劍也被紫氣所籠罩。

當年司馬鴻在師父岳千愁還活著的時候，並沒有用心學習紫雲神功，只是靠著至強的劍法橫行一時，但落月峽一戰，他發現他的劍法單打獨鬥沒有問題，卻無法在群架中持久，無論再精妙的劍法招式，都需要以強大的內力作為依託，於是司馬鴻回山之後，找出師父一直珍藏的紫雲神功，開始認真修練內功。

靠著一顆狂熱的復仇之心，司馬鴻幾乎每年都是閉關半年，功力上升一個層次後就出來大殺一番，然後再繼續閉關半年，就在一年前，他終於把紫雲神功練到了第九成，武功也比起以前更上一個檔次，順帶著把霸天神劍的最後一層破氣式也練到了第四成，單論劍法，只怕已經天下無敵。

天狼的眼睛透過紅紫相撞的刀光劍氣，緊緊地盯著對面的司馬鴻，手中的刀勢已經變了十餘種，司馬鴻也變了十餘招劍招，兩人雖未出手，但起手勢上已經是分毫不讓，一看第一招就是石破天驚的全力一搏。

夏言這會兒已經醒了，看到展慕白面色凝重，忍不住問道：「展義士，司馬義士怎麼與這錦衣衛像是要動手的樣子？他們的身上怎麼都在冒氣？」

展慕白緊張地手心淌汗，咽了口口水，道：「夏閣老，他們身上冒的氣是高手的內力，可以在戰鬥中逼出體外，形成護體或者破敵的氣勁，這幾個錦衣衛不僅要帶走您，連您和曾大人的家人也不放過，司馬師兄以死相爭，正在和他們對峙呢。」

夏言嘆了口氣：「都怪老夫做事不密，中了奸人的暗算，還連累了各位俠士，現在聖意已明，這回老夫有死無生，展義士，請你跟司馬義士說一下，叫他不要動手了，徒勞無益。」

展慕白奇道：「皇上只是讓您返京調查，您為何覺得這回就要大禍臨頭了呢，一路上您一直跟我們說，這次不過是跌個小跟頭，很快就會爬起來的。」

夏言眼中閃過一絲絕望，搖搖頭道：「因為這回皇上給曾總督的罪名是結交近侍，我的續弦夫人蘇氏的父親，是曾總督的同鄉好友，原來我以為皇上只是看我不肯幫他修道，而對我一時厭惡，可沒想到他竟懷疑我與邊將勾結，這可是任何一個君上都無法容忍的大逆之罪，展義士，這回我死定了，以後也無法再繼續幫助你們對抗嚴黨和那個日月魔教了。」

展慕白不忍道：「夏大人，您是忠臣，即使這回被昏君和奸臣陷害，日後總有平反昭雪的時候，不管怎麼說，詔書上並沒有提要帶您家人回京的事，我們總要拼一下，給您和曾大人留下忠良之後才行。」

夏言感嘆道：「展義士，主上多疑，他應該早就掌握了我和曾總督書信往來的證據，甚至掌握了我一直資助你們對抗邪魔外道的資訊，這些在他眼裡都是陰養死士、結交邊將的謀逆之舉，他這次先殺曾總督，再罷我的官，讓我離京，就是想看我是不是跟你們有聯繫，是不是帶著曾總督的家人一起走。都怪我太大意，這回鐵證如山，若是再落個抗旨不遵、攻擊公差的罪名，只怕要牽連到你們了。」

展慕白看了眼劍拔弩張的兩人，搖頭道：「只怕已經來不及了，那個錦衣衛天狼功力高得超乎想像，師兄正全力戒備，這時根本不能停下內功，甚至不能受任何的干擾，不然會氣血倒轉，全身經脈盡斷而亡。」

「阿彌陀佛，展大俠所言極是，夏大人，只怕此二人不打出個勝負，是無法停手了。」從兩人後方突然有人高宣佛號，說了句。

「智嗔師父，打完了嗎？」展慕白立即聽出來人身分。

智嗔點點頭，他的身後站了兩百餘名伏魔盟的高手，個個一臉沉重，目不轉睛地盯著前方的兩名絕世高手。

「幸不辱使命，殺敵一百三十四人，我方損失十三人，傷了二十一個，現在敵方已經撤離，鬼聖和王子喬都受了傷，賀青花見勢不妙先跑了，只可惜魔教的總壇衛隊斷後，阻止了我們進一步擴大戰果。」

展慕白道：「這是意料中的事，魔教在金不換一家被擊敗後便不構成威脅了，關鍵就是這個天狼了。」

正說話間，被紅光紫氣包圍著的兩人突然不約而同地身形一動，紫劍紅刀帶著漫天的刀光劍影向對方襲去！

天狼一出手就是天狼刀法中極為凶悍的一招：**天狼殘血斬**，從剛才與司馬鴻的意念之戰中，他意識到司馬鴻的劍法極其可怕，真正與其對敵，才能知道其劍法的精妙之處，一旦出手，則變招劍勢如淘淘大浪，綿綿不絕，自己剛才連換十餘種攻擊手段，都能被其後發制人，輕鬆化解，其破刀式、破劍式真不是蓋的，即使強如天狼刀法的霸道招數，都難以憑招數攻破其完美的防禦。

天狼也察覺出司馬鴻雖然看上去粗猛豪邁，但心思極為縝密，劍法中經常故意留有破綻，引自己上當，然後再以意想不到的招式進行反擊，若是天狼沒有學到前世的武功和劍法，只靠谷底時所學的屠龍二十八式，只怕已經會上當，開頭就會被反擊失去先機。

但現在天狼得到了前世的記憶，耿紹南一生惡戰強敵無數，已達頂級武者的境界，最後與卓一航的驚世一戰中，更是領會了武道究極的奧義，這些都存在於天狼蘇醒後的記憶中，也正因此，他才能忍住司馬鴻表現出來的那些破綻，料到其那些不可思議的反擊招式。

剛才二人這樣意念之戰，你來我往，交鋒已有數百招之多，雖然兩人沒有真正的動手，但對對方的頂尖武功都已是心中瞭然，只是天狼看到智嗔等人已經戰勝歸來後，怕再拖下去會有變數，一咬牙，決定搶先發動攻勢。

天狼身形稍稍一動，司馬鴻便馬上作出了反應，一招華嶽三清峰，直接轉成破刀式中的變招，一邊格擋天狼的來式，一邊從三個方向反擊天狼的左胸，右小腹和左膝三個方向。

司馬鴻的反擊早在天狼的意料之中，他大喝一聲，空中直接變招，橫斬對方前胸的天狼殘血斬變為天狼破軍刺，轉刀招為劍式，凌厲地刺出十一下，原來霸氣十足的一招刀氣頓時變成了滿天的刀影，不僅擋住了司馬鴻的那三點鬼魅般的寒光突刺，更是把司馬鴻全身裹在了刀光之中。

司馬鴻厲吼一聲：「來得好！」腳下踏出獨孤無影，身形不可思議地左挪右閃，直接從天狼那幾刀凌厲的刀氣中閃過，一下子欺到天狼身前兩尺左右的距離，手中的赤霄劍變得如同水蛇一樣彎曲起來，直刺天狼的小腹。

天狼憑著本能，刀柄反轉，一招「**天狼攬月**」，斬龍刀閃著金光，向著自己的懷中猛斬，若是司馬鴻不變招的話，**這一下就是同歸於盡的打法，在赤霄劍刺入自己小腹的同時，司馬鴻的人頭也會被斬落於地**。

司馬鴻眼中閃過一絲驚奇，赤霄劍如幽靈一般瞬間彈起，直接點向腦後的斬龍刀，正是在這一瞬間，兩人的身形交錯而過，刀劍相擊，「砰」地一聲，擦出一連串的火花，兩道身形一合又倏地分開，紅光紫氣一陣暴漲，激起漫天的塵土，圈外眾人只看到兩個身影又重新拉開了一丈多的距離，各舉刀劍，直指對方。

剛才這一連串的較量，看似只是電光火石，但一個照面兩人就過了三四招，俱是招招奪命的驚險殺招，天狼的心跳個不停，腦子裡不停地回想著剛才司馬鴻那幽靈一般的身影，居然能輕易穿過自己密集的刀氣之牆，欺近自己的身前進行攻擊，若不是自己使了同歸於盡的招數，純論劍法的話，剛才是自己輸了小半招了。

司馬鴻同樣心中波濤洶湧，剛才這招「**獨孤無影**」，乃是他在江湖上從未使用過的至強步法，自己半年前習得破氣式第四層時剛剛領悟到，就連和師弟展慕白拆招時，他也無法在此招的攻擊中全身而退。

也正因此，司馬鴻一上來就用了這招，就是想第一個照面就把天狼戰術性擊倒，他能看出天狼的內力極為可怕，勝過自己的紫雲神功，打到後來進入拼氣階段，自己只怕八成要吃虧，靠著精妙絕世的劍法在前期制敵，速戰速決，就是司馬鴻的打算。

二人各懷心事，對接下來的較量更加謹慎，這回兩人沒有原地不動，而是繞著圈子開始不停地遊走，想要在其中找到更好的戰機。

天狼的眼睛無意中掃過了對面的鳳舞，只見她緊緊地握著拳，抓著衣角，眼中盡是憂慮與擔心。

這種表情，只在沐蘭湘的眼中出現過，天狼因而微微地分心，腳下也略慢了一步，對面的司馬鴻何等高手，如此機會怎麼可能不抓住，一聲長嘯，劍氣突然變得如紫色長虹，周身的紫雲真氣一陣暴漲，連人帶劍，如閃電般地刺出十三個劍花，直指天狼正面的十三處要穴。

天狼只感覺到對面的劍光如同一萬個太陽一樣明亮刺眼，漫天的劍影中，那實實在在的十三道劍氣被他看得清清楚楚，可是由於剛才的分心，先機已失，留給天狼反應的時間不過五步距離。

天狼腳下踏起玉環步，歪歪扭扭地一路向後退卻，高大魁梧的身形變得如同風中的柳條一樣，歪歪扭扭，像是隨時要被吹倒，可是手中的斬龍刀卻泛起紅光，第一步向後退的時候，一招屠龍二十八式中的「斬龍斷金」橫向一揮，幻出四個刀影，直接擋住了司馬鴻攻向自己下盤的四劍。

司馬鴻人劍合一，速度上沒有任何的遲延，帶著九道劍影繼續撲向天狼，一招下來，人進兩步，敵退半步，九劍劍氣離天狼已不到四步。

天狼眼中紅光大盛，一聲低吼，斬龍刀瞬間縮短到二尺，在手中飛速地旋轉，一招「天狼迴旋舞」，身體像個陀螺似地原地一轉，刀也迅速地在他手中一個迴旋，泛著紅光的斬龍刀光一閃，一陣火花四濺，生生地擋住了司馬鴻襲向自己右側的六劍，司馬鴻臉上紫光大盛，那柄奪命的赤霄劍帶著三點寒光，離天狼已經只有一步之遙。

天狼能清楚感覺到那種利刃撲面的寒意，剩下三劍，乃是司馬鴻的奪命三劍，他已經人劍合一，一往無前，這會兒即使用同歸於盡的打法，也不可能逼他回頭。

天狼鋼牙一咬，一聲恐怖至極的咆哮，正是天狼刀法中搏命的殺招「**七步斷**

魂」，斬龍刀一下子縮到只有半尺左右的最小長度，變得跟匕首一樣，刀身如同燒紅了的烙鐵，周身的紅光縮小在自己身前一尺之內的距離，**這也是跟司馬鴻決定生死的距離**。

司馬鴻只感到一陣撲面而來的熱流，整個人像要被融化一樣，甚至臉上身上都像是被灼熱的火球烤到，但這時候他已經顧不得這些，哪怕這一劍出去，人給燒殘燒傷，也要畢其功於一役，直接擊倒天狼，為此，他一上來就用了破氣式的破氣十三殺這一招致命殺招，人劍合一，不給自己留下任何的後路，更不給對手留下任何的生機。

「噹噹」兩聲，天狼的「七步斷魂」一揮而就，兩道急促的刀氣擋住了司馬鴻襲向自己咽喉和右胸的兩刀，可是司馬鴻最後衝向自己左胸的一劍卻看起來擋無可擋，天狼猛的一扭腰，電光火石間身子一偏，赤霄劍帶著森冷的寒氣扎入了他的左肩。

天狼感覺到長劍穿入自己體內，又穿出自己的後肩時，骨肉被穿刺後那種極度的陰寒，透過血液，幾乎要把自己的四肢百骸都要凝固，體內的精氣神正隨著穿過自己的這柄長劍，迅速地流逝出去。

趁著自己的意識還沒有完全被赤霄劍所奪去，手腳還能動時，天狼右手刀鋒一轉，形如匕首的斬龍刀帶著血紅的真氣，狠狠地扎進司馬鴻的左肋。

他這一刀沒有向司馬鴻的要害臟器處捅，在他的潛意識裡，一個聲音在告訴天狼：「**絕不能殺司馬鴻！**」

一道黑色的身影如流星一般，向被互相穿刺的兩人飛來，閃亮的劍光刺得天狼的雙眼幾乎無法睜開，他知道那是鳳舞的別離劍，無血不回的別離劍已經出鞘，直奔著站在自己對面，臉上的顏色因為大量失血而由紫色變得慘白，剩下的一隻獨眼也在劇烈跳動的司馬鴻而去。

離得最近的兩名華山門徒驚呼一聲：「賊人敢爾！」雙雙抽出長劍，分襲鳳舞的左臂和右腿，都是攻敵必救的招式，另一邊的展慕白也抽出長劍，身形快如閃電，正在全速奔來，只要鳳舞稍稍一擋，就會給展慕白截個正著。

鳳舞的青色頭巾被兩名華山高手的劍氣削落，一頭秀髮披散開來，她躲也沒躲，左臂和右腿立即中了兩劍，登時血流如注。

但她似乎毫不在意，狂吼一聲：「擋我者死！」別離劍一揮，兩道凌厲的劍氣在她的身邊炸開，那兩名持劍的華山高手來不及反應，兩顆人頭帶著半個肩膀飛上了天，身體還保持著出劍的姿勢屹立不倒。

這一下變故出乎所有人的意料，司馬鴻的劍深深地刺在天狼的左肩，一時無法拔出，而展慕白還在十幾步外，眼看這一下是來不及趕上了，別離劍離司馬鴻的後心已經不到三尺。

司馬鴻長嘆一聲，閉目待死，天狼從司馬鴻的肩頭看過去，鳳舞的手上和腿上血淋淋的兩道大口子，噴泉似地向外冒著血，**為了自己，她是拼了命了。**

天狼咬咬牙，電光火石間做了一個決定，右手放棄斬龍刀，搭著司馬鴻的腰飛速地一轉，瞬間把兩人的位置掉了個個兒，**這回輪到他自己背對著鳳舞的別離劍，司馬鴻卻被他轉到一邊，到了安全的位置上。**

這一切變化得太突然，鳳舞措手不及，好在剛才她為了不至於傷到司馬鴻的同時再刺到天狼，這一劍留有分寸，沒有用上死力，手腕一抖，別離劍一轉，生生偏離了天狼的後心，但她的人卻控制不住來勢，一下子撞上了天狼的後背，那柄從天狼的左肩中穿出的赤霄劍，「噗」地一聲，硬生生地在她的左肩頭劃出一道長達寸餘，深達三公分的口子。

一道血泉從她的香肩噴起，巨大的撞擊讓她整個人彈飛出去，落在地上，悶哼一聲，再也站不起身。

展慕白白色的身影一閃而過，越過司馬鴻和天狼的頭頂，落到鳳舞的面前，泛著青光的天青劍一指，離鳳舞的面門不到三寸，只要手稍微一用力，就能把鳳舞的腦袋直接割下來。

司馬鴻低吼一聲：「師弟且慢！」

他持著赤霄劍的右手一撤，長劍從天狼的左肩抽了出來，帶出瀑布般的血泉，隨著赤霄劍的離體，原本被固定在原地的天狼再也支持不住，癱倒在地。

司馬鴻內力一震，入體三分的斬龍刀「噹啷」一聲掉到地上，拜這把刀的極陰極寒特質所賜，傷口瞬間結了一層冰，沒有大量失血，只是司馬鴻現在顧不得驚奇這些，雙膝一軟，幾乎與天狼同時跪倒在地上，出手如風，一下子點住天狼肩頭的幾處穴道，那洶湧而出的血泉終於被止住了。

所有人都沒有想到此事居然會是這樣的一個結局，除了作出反應的鳳舞和展慕白外，全都愣在當場，從司馬鴻和天狼兩敗俱傷，到鳳舞的亂入，華山派二人的出手阻擋，再到天狼反轉司馬鴻逼鳳舞停手，最後到展慕白入場掌控全域，一切只不過是一眨眼的事情，塵埃還沒有散去，卻見地上躺了或者跪著三個，只有展慕白一人以劍指著鳳舞，兩人恨恨地四目對視。

司馬鴻一手掩著小腹，一邊吃力地問天狼道：「**為什麼……刺我那一刀躲開了要害……又為什麼要救我一命？天狼，你明知……我下手沒有留情，你這麼做是為什麼？……**」

天狼慘然一笑，也吃力地回道：「司馬幫主……這仗並非要決生死，你還有許多事要做，現在……可不能死了。」

司馬鴻點點頭，沉聲道：「我明白了。」勉強站起身，對四周的眾人道：「這一戰，是我司馬鴻敗了！我決定遵守承諾，任由沈經歷把夏大人和曾總督一家帶走。」

此話一出，人人臉上色變。

展慕白顧不得地上的鳳舞，抗議道：「師兄，明明是你贏了，為何說是輸？」

司馬鴻嘆了口氣：「師弟，輸了就要認，我一劍沒有刺死天狼，他本有機會取我性命，可是兩次都放過了，這一戰，我輸得無話可說。」

一旁的智嗔皺了皺眉頭，不以為然地道：「阿彌陀佛，司馬幫主，就算天狼比武時手下留了情，可是你刺中他在先，最後也放過他一命於後；更何況這名女錦衣衛殺手一看情勢不對就亂入，這本就是壞了比武的規矩，我們怎麼能把夏大人和曾總督全家交給這樣的人？」

司馬鴻一擺手，打斷智嗔的話：「智嗔師父，這次行動的總指揮是我，我有權做最後的決定，如果少林對本人的決定有什麼疑問的話，請見性大師事後向本人當面指教，如何？」

智嗔聽司馬鴻說了重話，知道再要相逼，有可能會讓整個伏魔盟解體，只得閉上嘴，退了回去。

司馬鴻環視四周，劇烈地咳嗽了兩聲，道：「各位同道，司馬之所以做這決定，武藝高低在其次，而是見這個天狼顯然是正人君子，比武時尚能仁義為本，我相信他能做到保護夏大人和曾總督家人的承諾，如果錦衣衛做不到這一點，我司馬鴻願意一死以謝天下人！」

他說著，伸手一探，紫雲神功一吸，地上一名華山派弟子屍體邊的長劍被他隔著丈餘吸到手中，內力一振，精鋼打造的長劍「啪」地一聲從中折斷，司馬鴻振聾發聵道：「若違此誓，有如此劍！」

展慕白卻不甘心，尖細的聲音在空中迴蕩：「師兄，劉師弟和張師弟死在這個錦衣衛女人手中，不能就這麼算了！」

司馬鴻眼中冷芒一閃，看著鳳舞道：「這筆債我們改天再算，今天看在天狼的面子上饒你一命，下次再見面就是不死不休！」

鳳舞在地上已經爬不起來了，幾處傷處雖然被她點了穴道止血，但仍是止不住地向外冒血，她有氣無力地說道：「司馬鴻，一人做事一人當，你的兩個人是我所殺，與別人無關，有什麼就衝我來好了。」

展慕白怒道：「你這惡婆娘，要不是我師兄今天發慈悲，這會兒你早就死了，下次見面，我一定取你人頭祭奠我的兩個師弟！」

司馬鴻擺了擺手，阻止展慕白繼續說下去，轉頭看著天狼：「天狼，你好好養傷，以後有機會我們再打一次。」

天狼強撐著身體，吃力地回道：「期待那一天。」

司馬鴻從懷裡掏出一瓶傷藥，扔到天狼的身邊：「這是我華山聖藥『行軍止血散』，對你的傷應該有幫助，後會有期。」

說完，捂著肚子上的傷口，艱難地向本方的陣中走，走沒兩步，突然一個踉蹌，幾乎要跌倒在地，展慕白一個箭步躥上來，趕緊扶住了司馬鴻。

司馬鴻搖搖頭，掙開了展慕白的手，擠出一絲笑容：「師弟，我沒事，先回鐵家莊。」又對站在一邊沉默不語的夏言行了個禮：「夏閣老，司馬已經盡力了，對不起，天狼是個重信的俠士，他答應了會照顧您的家人，您大可放心。」

夏言點點頭：「司馬義士，老夫不知道該如何感謝你們才好，剛才老夫就想阻止這一戰，可惜還是晚了點。你好好養傷，勿以我為念。」

司馬鴻揮揮手，一百多名伏魔盟的高手紛紛背起傷者和同伴的屍體，拿起兵刃，沿著大路向南絕塵而去。

官道上很快就只剩下了沈錬和躺在地上的天狼和鳳舞，以及夏言一行人。

趁著這個當口，天狼掙扎著起身，這回他是真的被鳳舞感動到了，她奮不顧身地來救自己，證明了她對自己的愛絕不是嘴上說說，而是真的豁出性命。

鳳舞撕下自己的兩片裙角，把傷口包紮好，以劍拄地，勉強站了起來，看著天狼，面沉如水：「你究竟是怎麼了？為什麼阻止我殺司馬鴻？」

天狼正待開口，沈錬走到兩人身邊：「你們行動是否有困難？要不要坐到車上一起回去？」

天狼看了看四周，道：「此處非久留之地，要儘快離開，我只要不強行運功迸裂傷口，應該問題不大。鳳舞，你怎麼樣？」

鳳舞咬咬牙：「和你差不多，走路沒問題，沈經歷，我幫天狼包紮一下傷口就上路。」

「嗯，我去招呼一下夏言他們。」沈錬說完，轉身便向車隊走去。

鳳舞扶著天狼走到路邊的一棵松樹下，剛才司馬鴻這一劍，正好刺中以前天狼被屈彩鳳捅過的那個傷口，而且赤霄劍上貫注了極強的紫雲內力，燒得天狼的傷口一陣劇痛，若不是天狼體質過人，換了平常人挨這一下，早就暈死過去了。

鳳舞解開天狼的上衣，入目是滿身的傷疤刀痕，她以手掩嘴，「啊」了一聲。

「鳳舞，今天連累你也受了三處傷，實在是過意不去。」天狼歉疚地說。

「為你受傷是我心甘情願的，天狼，你以後能不能別這麼拼命！**若是你賠上性命，你想要守護的一切也沒有意義了，你知道嗎？**」

鳳舞美目噙著淚花，將行軍散從瓶中倒出，纖手輕輕地抹在天狼的傷口上，瞬間一股清涼的感覺順著鳳舞溫暖的手傳遍全身，這種感覺似曾相識，卻不知道是什麼時候出現過，也不知道是前世還是今生。

「你為什麼一上來就要下殺手？你不是答應過我，如果不是有人想要你的性命，你是不會亂殺人的嗎？」趁著鳳舞擦藥的當口，天狼不禁問道。

鳳舞幽幽地道：「他是沒有想殺我，但他想殺你，這比要殺我更讓我無法接受！天狼，我不能看到你在我眼前被殺，所以捨了這條命，我也一定要救下你，你還不明白嗎？」

天狼暗嘆，想不到她對自己用情如此之深，竟然可以不惜性命來救自己，感動地道：「鳳舞，你救我的大恩，我記下了，今後，**我絕不會讓任何人傷到你！**」

鳳舞臉上閃過一絲甜笑，從天狼的衣角想要撕下一塊布衫包紮他的傷口，突然想到了什麼，秀眉一蹙，道：「等一下。」人卻轉到了大樹後面。

天狼只聽到一聲清脆的裂帛聲，接著鳳舞轉了回來，就見她手上拿著一塊紅色的綢布，開始包紮起天狼肩部的傷口。

天狼只聞得一陣異香入鼻，再一看那塊紅帛，上面竟然有花朵圖案，他突然意識到這片紅帛乃是鳳舞的貼身內衣，一下子不知所措起來，臉色漲得通紅，尷尬地道：「鳳舞，這怎麼使得！」

鳳舞低著頭，輕聲道：「你應該知道，傷處不能碰到不乾淨的東西，不然輕則潰爛，重則危及性命，你這裡以前也受過刀傷，不能出任何問題，若用外衣裏傷容易出事的，只有用我的褻衣才能保證萬無一失。」

「鳳舞，真的謝謝你。」

天狼知道她言之有理，也就不再掙扎，閉上眼，任由鳳舞把傷口裹好。

鳳舞處理完，攙著天狼起身，剛才打鬥時不覺得，這會兒天狼才覺得一陣頭暈目眩，因為連戰兩場，失血過多，內力損耗尤其劇烈，這會兒裹了傷以後，整條左臂都無法行動，連走路都非常吃力。

鳳舞看起來情況也好不到哪裡去，還要扶著天狼，才走幾步，腿上的傷口便再次出血，把裹傷的布條染得一片殷紅。

正好此時沈鍊也已經安排好車隊的事宜，看到兩人這副樣子，忍不住道：

「天狼，不用強撐了，你們這個樣子既騎不了馬，也走不了路，我讓曾夫人和夏夫人同乘一輛車，正好空了一輛車給你們坐。」

「沈經歷，還是你想得周到，就依你所言，坐車回京吧。」

天狼的話音未落，空中突然傳來一陣刺耳的笑聲：「哈哈哈哈，天狼，你還真是托大，你還想走得了嗎？」

隨著這陣笑聲，官道兩邊的地裡鑽出了數十個全身黑衣、滿身黃土的人，胸口繡著燃燒的火焰圖案，正是魔教的總壇衛隊！

第四章

嚴世藩

這獨眼胖子穿著上好的綢緞衣服，
衣服上是閃閃發光的金線，戴著華麗的軟腳襆頭，
看起來一身富態，還戴了一隻鑲金瑪瑙做成的眼罩。
天狼低聲問道：「陸總指揮叫他小閣老，
難道他就是嚴嵩的兒子，現任太常寺卿的嚴世藩？」

天狼大驚失色，以他和鳳舞的武功，居然對附近潛伏了這麼多高手一無所知！更糟的是，這會兒自己二人已無再戰之力，夏言一行無人會武功，只有沈鍊一人，就是生了三頭六臂，也無法阻擋這麼多魔教高手。

領頭的那人花白眉毛，目光炯炯有神，衝著天狼居然鼓起了掌：「天狼，你當真是橫空出世，打敗金不換一家在先，擊退司馬鴻於後，此等武功，此等膽識，也不知道是哪位高手隱姓埋名，不知道可否讓本座一睹真容？」

天狼捂著左肩，試著運氣，只是今天兩度遭受重創，只稍稍運氣，傷口便一陣劇痛，幾乎要把他痛暈過去，臉上早已是汗流如雨，順著面具不停地向脖子上淌。

花白眉毛的魔教高手見了，搖搖頭：「天狼，你畢竟是凡人，不是神，受了這麼重的傷，沒有暈過去還能走路，已經大大出乎本座的意料之外了，好心勸你一句，不要運氣，不然只怕你左臂不保。」

天狼心知他說的是事實，長嘆一聲，放棄了運氣的打算，瞪著這名魔教高手，沉聲道：「你是何人，趁火打劫，又豈是英雄所為？」

魔教高手仰天大笑，聲音中充滿了陰謀得手後的囂張與狂妄，驚得林中的飛鳥沖天而起。他的笑聲帶著三分邪氣，讓天狼氣息為之一陣翻湧，十分難受。

笑畢，那魔教高手把面巾一拉，露出一張五十歲上下，獅鼻闊口，三綹長鬚，一臉陰鷙的臉，與其說像江湖人物，不如說更像是個中年文士。

天狼對這張臉有點印象，略一思索，馬上想了起來，聲音中掩飾不住自己的吃驚：「你是魔教的副教主東方亮？」

此人正是號稱「**腹黑諸葛**」的**魔教副教主，兼頭號軍師東方亮**。

東方亮是舉人出身，一度傳說他還中過進士，但家人牽涉到寧王謀反之事，因此被滿門抄斬，東方亮逃得一命，從此隱姓埋名，投入魔教，多年下來，憑著超人的武功及智謀，成為前教主陰布雲和現任教主冷天雄不可或缺的左右手。

東方亮不僅武功高深莫測，而且精通兵法戰陣，落月峽一役便多是出於其謀劃，而總壇衛隊的那些厲害陣法，也是他根據古代兵書中的小隊戰術改良而成，現在魔教內部由教主冷天雄為首的一派勢力，與總護法慕容劍邪為代表的老派勢力漸漸地勢成水火，明爭暗鬥不斷，東方亮卻在中間保持了絕對的中立。

東方亮點點頭：「不錯，正是本座！天狼，你一定很奇怪為何本座會率人在此埋伏吧？更奇怪為何以你們的武功竟無法察覺到我們的氣息，是也不是？」

一旁的沈鍊「哼」了聲：「東方亮，我記得我們家陸總指揮和你們冷教主有過約定，日月教和我們錦衣衛井水不犯河水，你今天在此設伏，究竟想做什麼？」

東方亮冷笑一聲：「沈經歷，本座可沒有要跟你們動手的意思，只是受人所託，夏言一家還有曾銑的家人，今天一個也不能活！」

沈鍊臉色一變，怒道：「東方亮，光天化日，朗朗乾坤，你居然敢當著朝廷欽差和錦衣衛士的面放出這種狂言，就不怕王法嗎？」

東方亮哈哈一笑，後面的魔教徒眾也紛紛跟著大笑。

笑畢，東方亮陰惻惻地說道：**「天知，地知，你知，我知，誰知道我殺了夏言一家？誰會去做這個證人？沈經歷，是你，還是這位天狼？或者是這位新任龍組指揮的鳳舞？」**

天狼心中一動，道：「鳳舞昨天才當上龍組指揮，你又是怎麼知道的？」

東方亮露出詭異的表情：「天狼，就連你在擂臺上被鳳舞突襲，莫問天被鳳舞一劍分屍的事，我都一清二楚！不要以為只有你們錦衣衛在各派有眼線，反過來我們也一樣。」

鳳舞厲聲道：「東方亮，你休想亂來，總指揮早就佈置了大批高手在附近接應我們，趁現在還沒有撕破臉皮，你帶著你的人趕快走，這次的事，我們不向總指揮大人透露，兩家也能保一個面子上的和氣。」

東方亮嗤了聲道：「鳳舞，不要把本座當成三歲小孩子唬，如果陸炳真的在一邊接應，剛才你們被華山雙煞制住，命在司馬鴻一念之間的時候，他早就出手相救了，哪會等到現在！再說了，如果我們顧及和你們錦衣衛的那點面子，還用得著在這裡潛伏這麼久嗎？你難道不知道藏在土裡，還要運起龜息功，即使各種爬蟲和蛇在身上鑽來鑽去也不能動一下，是件多痛苦的事情?!」

天狼這才明白**為何東方亮等人在地裡潛伏全無聲息，原來是用上了龜息功，**全身沒有絲毫內力，甚至得忍受地中各種蛇蟲的啃咬，這份耐力不是一般人能受得了的，這些特訓出來的總壇高手實在是能忍常人所不能忍的超級精銳。

天狼強忍著肩頭的疼痛，道：「東方副教主，你們這次行動很成功，看來你不準備留我們活口了，是不是？」

東方亮搖搖頭：「不，天狼，你錯了，我會讓你們好好地活下來的，還會幫你們報官，前內閣首輔夏言和前三邊總督曾銑全家被殺，這樣的大案，如果沒有你們三位頂缸，只怕順天府也不好結案吧。」

沈鍊怒道：「你敢！」

東方亮「嘿嘿」一笑：「我們既然來了，就沒什麼不敢的，一切早在嚴閣老的意料之中，反正現在你們根本無還手之力，陸炳今天也被聖上召進宮中奏對，插翅也難趕過來，沈鍊，你真的以為靠這兩個武功出眾的錦衣衛，就能把夏言帶回去？別白日做夢了！嚴閣老早就說了，不能讓夏言生入京師！」

天狼恍然道：「所以**為了達成你的這個計畫，你不惜出賣鬼聖他們，明知他們和金不換不可能完成任務，還要把總壇衛隊借給他，讓他有底氣在這裡攪局，等他和伏魔盟拼得兩敗俱傷後，你再出來撿果子？**」

東方亮笑著點了點頭：「鬼聖其人，一無是處，除了資格老、活得久以外，在教內早已起不到作用，還霸著護教尊者的位置，這幾年來屢次失手，若不是總護法慕容劍邪一直護著他們幾個，教主早有意把他廢掉，換上新血。這次既然慕容總護法求了情，教主也不能不給他這個面子，他以為拉上了金不換一家就有了勝算，殊不知槍打出頭鳥，他的實力暴露得太早，即使沒有你和鳳舞這一齣，只憑他的實力，也不可能從司馬鴻和展慕白手下搶到人，所以我只是利用他作試探而已。」

鳳舞忽然開口道：「東方亮，我不信你能正好算到就是在這個地方開戰，更不信你能算到天狼會在這裡打敗司馬鴻，讓伏魔盟的人離開！」

東方亮「嘿嘿」一笑：「當然，我們一直是在樹林中跟蹤，你們比武的時候，我們才用地行術潛行到附近埋伏，也多虧了你們全力相搏，才會失去對四周的警惕，這就叫鷸蚌相爭，漁翁得利。」

天狼聽了，心中懊惱不已，剛才全力對戰司馬鴻，竟忽略了對周圍形勢的判斷，其實在初來此地時，他是留心過地下的，可是沒想到東方亮等人居然趁著他們打鬥的時候潛行至此，只能怪自己太大意了。

但現在懊惱也沒用，強敵在前，只有想辦法拖延時間再說。聽東方亮的意思，只打算殺了夏言等人，留下自己三人作為替罪羊，這給了他一線翻盤的希望。

天狼沉聲道：「東方亮，你不要以為皇上是傻子，可以任由你愚弄，光憑你空口白話說我們是凶手，皇上就會信嗎？」

東方亮老神在在地說：「這就不需要你操心了，夏言一家死了，無論是不是你們動手殺的，至少也是個護衛不力的罪名，只要留下你們在現場，皇帝出於對天下人的交代，也會找你們當替罪羊的！至於我們，有嚴閣老的保護，絕不會有什麼問題的。」

天狼反問道：「就算皇帝被你矇騙，難道陸大人也會相信你的鬼話嗎？東方亮，你該知道我們陸總指揮的厲害，得罪了他，跟錦衣衛為敵，你們又能落到什麼好處？」

東方亮臉上閃過一抹得意之情：

「要是換了一年前，也許我們還會忌憚陸炳三分，可你也不看看現在的形勢，皇帝叫你們錦衣衛去查辦夏言、曾銑一案，你以為是對你們錦衣衛的信任？夏言和曾銑的事，我們早就打聽得一清二楚，嚴閣老也都上報給皇帝了，實話告訴你吧，你們的陸大人現在是自身難保，這件事上再出了婁子，非但救不了你們，更得考慮考慮他這個總指揮的位子還能不能繼續做下去了。

「還有，陸炳剛和我們的嚴閣老結了兒女親家，無論如何，這面子上的和氣是不能撕破臉的，他自己托大，只派了你們兩個人過來，依我看，他是指望靠伏魔盟和我們的人內鬥，趁機把夏言帶回去吧，或者，他根本就是猜中了我們嚴閣老必殺夏言的心思，做做樣子罷了，可憐你們幾個小兵，給他當了替罪羊！哈哈。」

鳳舞叫道：「不，你胡說，總指揮絕對不會扔下我們不管的。」

東方亮冷笑道：「他是什麼樣的人，你們應該最清楚不過，做不到血冷心硬，他可到不了這個位子，為了你們幾個得罪嚴閣老實在不值得，但皇命難違，樣子總要做做的，要是他派了大隊人馬過來，反而不好處理，所以我也給陸炳一個面子，留你們一命，只是這個夏言被殺的黑鍋，可就要勞煩你們背上了！」

沈鍊反駁道：「東方亮，你在這裡指點江山，好像一切都在你的掌握之中，是不是太狂了點？天狼和鳳舞雖然重傷，可我還好好的，還可以阻止你的陰謀和計畫。」

東方亮打量了沈鍊兩眼，嘲諷道：「沈經歷，你的自信心是不是太足了些？就你一個人，也想對抗我們幾十名高手嗎？不要說我看不起你，你就是陸炳本人，也沒這個本事吧?!」

沈鍊哈哈一笑：「**東方亮，你的狂妄就是你最大的弱點，作為謀士，做不到冷靜客觀地判斷局勢，考慮到每一個可能，這就是你失敗的原因。**」

沈鍊說著，伸手向臉上一抹，**一張人皮面具應手而落，陸炳那黑裡透紅的臉一下子映入了所有人的眼簾。**

東方亮驚得嘴都合不攏了，看著陸炳半天說不出話。

鳳舞驚喜地道：「總指揮大人，您怎麼來了！」

陸炳一擺手，沉聲道：「你們實在不能讓我放心，你們的事回去以後再說，現在這裡由我接管。」

鳳舞低下頭，應了聲是，不敢再抬頭看陸炳一眼，天狼注意到她的手在微微地發著抖。

趁著這功夫，東方亮稍稍收拾了一下心神，舉頭四顧，沒有發現大批錦衣衛，心裡稍微放了點心，沉著地道：「陸總指揮，你一個人孤身來此，是不是也太托大了點，就算你武功蓋世，也不可能同時應付我們這麼多人吧。」

陸炳冷冷地道：「那你打算怎麼辦，把我也一起擒下，扔在這裡，說夏言是我帶著他們兩個殺的，是嗎？」

東方亮「嘿嘿」一笑：「陸總指揮來了，事實自然變得有些麻煩，可是嚴閣老的交代卻不能不辦，看來只能用第二方案了，我們這裡有幾封夏言和陸總指揮的書信，到時候放在這裡，這樣陸總指揮帶著兩名親信手下來此暗殺夏言一家，就有其合理性啦。」

陸炳緊緊地盯著東方亮的雙眼，刺得東方亮心頭一凜：「東方亮，**嚴閣老給了你們趁這次機會把我也拉下水的許可權嗎？**」

「這事你無需知道，陸炳，你別以為能唬住我，這裡天高皇帝遠，你的兩個幫手都身受重傷，無力再戰，你就是有通天之能，也只能認栽了。動手！」

東方亮一聲令下，圍著那十餘輛大車的二十多名總壇衛隊成員立即撲身而上，揭起車簾，操起明晃晃的刀劍就向裡捅，東方亮心裡打好主意，先殺夏言一家，造成既定事實，好斷了陸炳所有的指望。

說時遲，那時快，大車裡突然響起一陣密集的暗器破空之聲，黑衣衛隊一跳上車，馬上就發出一聲聲慘叫，紛紛栽倒下來，有些人以手掩胸，有些人扔了兵器，使勁地抓著臉，在地上滾了兩下就倒地不動，顯然已經氣絕。

東方亮驚得呆立原地，不敢置信眼前看到的一幕。

就見車裡突然鑽出三十多名老弱婦孺，從他們下車的身手可以看得出，這些人個個身手矯健，均為一流高手，這些人手裡拿著大大小小的針筒暗器，那些黑衣衛隊一上車就被這些暗器近距離所傷，根本來不及閃躲就中了暗器身亡。

陸炳微微一笑：「這是我們錦衣衛特製的暴雨萬花針、逍遙散和萬金水，還請東方副教主指點一二。」

天狼看著倒地身亡的總壇衛隊，這些人都是當世一流的高手，比起自己皆在伯仲之間，然而對陸炳的這些殺器連閃避都來不及，可見這些暗器的厲害了。

東方亮厲聲喝道：「陸炳，你好毒的計策，一下殺了我們二十多個總壇衛隊，教主和嚴閣老絕不會放過你的！」

陸炳的黑臉上浮過一絲殺氣：「你現在應該考慮的是我會不會放過你！冷天雄和嚴嵩的帳，遲早會找他們算！你今天在我面前大言不慚，這個代價便只有用你的命來償還了！」

東方亮臉上的肌肉跳了跳，不自覺地向後退了半步，道：「陸炳，你在這裡想取我性命，就不怕嚴閣老知道以後，不會放過你嗎？」

陸炳哈哈一笑，聲音震得在場眾人心中一陣氣血浮動。

「嚴嵩？他倒是該好好想著怎麼和你，和你們魔教在此事上撇清關係，來換得我對他的繼續支持！這次夏言案中我過了關，嚴嵩害我不成，自然會在日後盡力維持與我的同盟，不然惹毛了我，我也有的是辦法讓他難過。東方亮，你不用指望在這件事上嚴嵩會幫你一絲一毫。」

東方亮的頭上開始冒出冷汗，眼珠子一轉，抗聲道：「就算嚴閣老不出聲，可是你別忘了，我們日月神教可是當今天下第一強門，你想要我的命，就不怕冷教主跟你算帳？」

陸炳臉上閃過一絲殺意：「東方亮，別在本座面前吹噓了，魔教哪有你說的這麼厲害！雖然人多勢眾，但多是些外圍成員，核心弟子並不多，鬼聖、賀青花、王子喬這些人自成一派，有各自的徒眾，比如這次，**你不就是利用了鬼聖他們打前陣，為你探路嗎？**東方亮，**你有本事在我錦衣衛裡放內鬼，難道我就沒本事知道你魔教的內情？**這次事情結束，我看鬼聖等人回幫後，你們內部就要有一輪內訌和清洗，到時候冷天雄哪有精力再為你報仇！」

東方亮又退了一步，額頭上的汗水出得更多了，他掃視了一下四周，迅速地判斷出眼前局勢後，鼓起勇氣挑釁道：「陸炳，你現在也不過二十多名手下，我這裡還有三十多名總壇衛隊，放手一搏，未必怕你，大話不要說得太滿了，真動起手來，可就沒了退路！」

陸炳冷笑一聲：「這是你自絕死路，怪不得我！」手一揮，二十多名錦衣衛易容改扮的高手紛紛抽出兵刃，飛身向前，和東方亮身後的總壇衛隊們交上了手。

天狼從這些喬裝成夏言家人的錦衣衛裡，看到了昨天和自己在擂臺上交過手的巴三先生和萬氏雙奇兄弟，**看來今天陸炳是有備而來，帶的全是龍組高手，這些人的實力遠遠勝過魔教的總壇衛隊，目的就是要全殲魔教這支精英部隊**。

東方亮站立原地不動，任由錦衣衛的龍組高手們與己方的人馬殺成一團，他的眼裡只有對面的陸炳一人，不知什麼時候，一柄漆黑的長劍落在他的手中，周身漸漸騰起一陣黑氣。

陸炳一揮手，身後一名龍組高手獻上一只木匣，陸炳單手一拍，那只匣子瞬間化成片片木屑，司徒芷那死不瞑目的腦袋一下子到了陸炳的手中。

東方亮臉色大變，耳邊傳來陸炳殺氣十足的聲音：

「東方亮，**你以為本座不知道你在錦衣衛裡放了司徒芷這個內鬼嗎？**就你這點伎倆還跟本座玩無間道，再練十年吧！這兩年來，司徒芷每一次跟你接頭的時間，地點，以及所說的內容，本座都一清二楚，萬泉客棧，南京夫子廟烏衣巷七號，渝州城南五里處的茶鋪，城西的城隍廟……還有昨天晚上你們在全聚德烤鴨碰頭，是天字號第四包間，我說的對嗎？」

東方亮面如死灰：「陸炳，你既然早知道司徒芷是我們的人，為何會留他到現在？就是為了像今天這樣，給我假傳情報嗎？」

陸炳哈哈一笑：「東方亮，你這人還有幾分智謀，一般的情報不會讓你上當，如果這次任務是由我陸炳親自負責，借你十個膽也不敢動歪心思，只有讓你確信了我陸炳今天要進宮面聖，無暇抽身，你才敢在這裡動手，對不對？」

東方亮默不作聲，陸炳完全說中了他的心思，讓他無話可說。

陸炳繼續說道：「所以你去找嚴嵩，讓他先在皇上面前告我密狀，說有證據表明我和夏言、曾銑有來往，讓皇上召我入宮奏對，又得到司徒芷的確認，知道我今天入宮面聖，不在錦衣衛總部，這樣你才算徹底放了心。」

東方亮吼了起來：「陸炳，就算這一切是你設下的計謀，可是入宮面聖這一環，你又怎麼可能躲得過去！」

陸炳「嘿嘿」一笑：「也就是你這種蠢材才會以為皇上真的對我起了疑心，實話告訴你吧，**這次扳倒夏言，最大的得利者就是嚴嵩，這點皇上心知肚明，所以這次他真正要試探的，不是夏言，而是嚴嵩**！我昨天夜裡就接到了密旨進宮，而我得到的命令，就是借著這次的事情來查探嚴嵩父子的動作。」

東方亮不怕反笑：「陸炳，你以為你贏了嗎？就算你把我拿下，也不過是抓到幾個江湖人士罷了，你有什麼證據能證明我們和嚴閣老的關係？除了在這裡洩憤，你能得到什麼？」

陸炳臉上的表情突然變得異常可怕：「我能得到什麼？**我能借你的頭，向嚴嵩提出一個警告，讓他以後當心點，別再跟我為敵！**」

陸炳話音剛落，手上便多出一把精光耀眼的長劍，正是**春秋名劍太阿**！上次陸炳與天狼在武當大戰，隨身攜帶的另一名劍「魚麗」被天狼生生擊碎，現在他手持的東皇太阿，比起魚麗還要略勝一籌，也是陸炳真正行走江湖時所用的兵刃。

太阿劍長三尺四寸，劍身上有著篆體書寫的「太阿」二字，相傳是當年歐冶子與干將兩位鑄劍大師聯手打造，傳說楚王曾以此劍擊退十萬晉軍，乃是一把威道之劍，需霸者才能駕馭此劍。

東方亮手中的墨劍，乃是春秋時期墨家鉅子所用過的兵器，也屬名劍了，但跟太阿劍比起來，還是稍遜了半分，不怕不識貨，就怕貨比貨，東方亮一看到太阿劍出鞘，整個人臉色都變了，他的瞳孔裡，映出的是陸炳揮動太阿劍時那如山一般的劍影，還有排山倒海般的氣浪。

天狼這會兒在鳳舞的攙扶下坐回原來靠著的那棵松樹，聽著場中的慘叫聲與打鬥聲交相輝映，此起彼伏。

魔教的總壇衛隊雖然合擊陣法厲害，但武功畢竟比起龍組高手還是稍遜一籌，加上開始就被奪了氣勢，一番交手下來，漸呈不支之勢。

而另一邊陸炳與東方亮的主帥對決，也是同樣的情況，東方亮的氣勢被陸炳完全壓制，五十招一過，被打得手忙腳亂，守多攻少，加上手中兵器也不如人，完全無法抵擋陸炳的凌厲攻勢，拼了三掌後，內息運轉已是有些不暢，又過了一百多招，東方亮劍法漸漸地散亂，黑色的護身勁被壓得在自己身前二尺不到，已漸呈敗象。

反觀陸炳，他的臉上掛著自信的笑容，渾身上下殺氣四溢，各門各派的精妙劍法層出不窮，尤其是武當派失傳已久的達摩劍法在他手中使來，如氣貫長虹，一招一式都讓手中的太阿劍發出陣陣淒厲的劍嘯之聲，足以懾人心神。

而陸炳左手的鷹爪功、龍爪手等剛猛外功，每一下都帶起飛沙走石，四周騰起陣陣塵霧，聲勢奔如驚雷，天狼今天才算看到陸炳的全部實力，暗嘆此人實在是難得的武學奇才，自己在旁觀戰，深覺獲益匪淺。

鳳舞雖然臉上戴了面具，但看得出她一臉興奮，隨著陸炳每次精妙的出劍，她握緊了粉拳，不停地在空中揮舞。

天狼不解地道：「陸總指揮出手，你有必要這麼高興嗎？你不是小時候……」

鳳舞立即捂住天狼的嘴，看到鳳舞沒好氣地衝自己歪了歪嘴，只見鳳舞的纖足在地上畫了幾下，寫著：「笨蛋，你想害死我啊。」這才意識到自己差點犯了大錯。

天狼不好意思地笑了笑，也寫著：「對不起啊，一時間沒想到……」

鳳舞皺眉道：「回去後，總指揮還不知道怎麼處罰我們呢，現在不趕緊拍他馬屁，裝得乖巧一點，就等著回去送死吧。」

天狼卻道：「我不這樣想，整個計畫中，我們就是他引出東方亮的棋子，我覺得這個任務我們完成得很好，算是有功無過，他很瞭解我們的個性，這個結果也在他預料之中吧。」

鳳舞想了想道：「聽你這麼說，好像也真是這麼回事，不過回去後，一頓責罰是少不了的，我這個龍組指揮是沒戲了，你這次傷這麼重，他應該不會追加處罰的。」

天狼看了一眼鳳舞被血浸得通紅的傷口，心中一陣愧疚：「都是我連累了你，如果你受到處罰，我會主動領罪的，畢竟你是為了救我才受的傷。」

鳳舞神色凝重道：「天狼，你記住，**在總指揮面前，絕不要表現得和我過於親近，那樣反而是害了我，無情的殺手才是他想要的**，他最看重你的，也是你在這個組織裡沒有朋友，對我也是一樣，明白嗎？」

天狼點點頭，佩服地道：「總指揮的心機實在厲害，連東方亮都栽在他的手裡，看來東方亮撐不過五十招了，今天能全殲魔教這支精銳部隊，也是對嚴嵩父子的正式回擊，想必今後他們不敢再主動和我們錦衣衛起衝突了吧。」

「只怕你還低估了一個人。」鳳舞瞇著眼道。

天狼微微一愣，正要問個明白時，場中的形勢又起了變化，魔教的總壇衛隊已經被擊倒，死了二十多個，剩下的八九人盡數被擒，錦衣衛的龍組高手不過是十餘人輕傷，這會兒將俘虜點了穴道，扔在一起集中看守外，其餘的人部圍在戰場四周，看著陸炳對東方亮的大戰。

兩人的大戰也到了尾聲，東方亮的包頭巾被陸炳劍氣震飛，一頭亂髮，身上汗出如漿，全無出場時那個中年文士的儒雅與瀟灑風範，周身的黑色護身氣勁也幾乎被震散，雖然不時地打出三陰奪元掌，但已經劍掌散亂，不成章法。

「砰」，又是一招石破天驚的對掌，陸炳的身子只是晃了晃，而東方亮卻再也支持不住，向後連退七個大步，喉頭一甜，一張嘴，「哇」地一口，吐出一大口鮮血，幾乎站立不住。

「東方亮，你已經一敗塗地，本座給你個面子，讓你自盡，給你留個全屍，還會把你和你的五十三名手下全部裝在棺材裡給冷天雄運回去，你若是不識好歹，想要對抗到底，那就休怪我把你大卸八塊了。」陸炳環視四周一眼，喊話道。

東方亮又是一口黑血噴出，一陣劇烈的咳嗽後，不甘心地瞪著陸炳，嘴角邊掛著長長的血涎，吼道：「陸炳，三十年河東，三十年河西，你今天用這種手段來對付我們，當心他日遭報應！」

陸炳笑了起來：「報應？東方亮，你一生算計敵人，算計自己人無數，這才是你的報應，至於我會不會遭到報應，那是以後的事，只是你肯定是看不到了！本座沒興趣和你繼續玩下去，我數三下，你若是不自行了斷，本座就動手了。你也知道本座的手段，到時候你會知道連死都是一種奢望。」

東方亮嘴硬道：「神教徒眾寧死不屈，陸炳，老子死也不會向你屈服的！」

陸炳逕自數起來：「一！」

東方亮舉起長劍，一口血噴在劍上，全身的黑氣又鼓起了一點，舞出兩個劍花，再次擺出了三才奪命劍的起手式。

陸炳冷冷地說道：「二！」同時把右手舉起來，狠狠地向下一切。

隨著陸炳的這個動作，看守俘虜的幾個錦衣衛紛紛手起刀落，那幾名給點了穴道的魔教高手一個個身首異處，人頭像西瓜一樣在地上滾來滾去。那幾名錦衣衛還不甘休，刀劍繼續連連斬下，直把那幾具屍體大卸八塊，內臟和腸子流了一地。

東方亮的意志力完全崩潰了，這種血腥的殘殺他也經歷過不少次，但沒想到馬上就要落到自己的身上，強烈的嘔吐感在他的嗓子眼裡打轉，他吼了起來：「別砍了，老子自己上路！」

說著，閉上眼，墨劍緩緩提起，架到自己的脖子上，只要一用力，這顆腦袋就會從他的肩膀上搬家。

一陣陰風突然吹到這個小圈子裡，空氣中瀰漫著一種從未見過的強大邪氣，東方亮的墨劍「噹啷」一聲，直接掉到了地上，站在對面的陸炳臉色微微一變，迅即恢復常態。

天狼向陰風來襲的方向看去，只見官道上不知道什麼時候突然出現了一個中等身材的胖子，四十歲上下，皮膚保養得粉白雪嫩，有如婦人，頭髮梳理得整整齊齊，油光黑亮，脖子短得幾乎看不見，一個腦袋卻是不成比例的巨大無比。

這胖子穿著上好的綢緞衣服，衣服上盡是閃閃發光的金線，戴著華麗的軟腳襆頭，但最讓人印象深刻的是，這名看起來一身富態，活像個商人的傢伙，居然是個獨眼龍，還戴了一隻鑲金瑪瑙做成的眼罩。

鳳舞看到此人，如同見了鬼一般，居然不自覺地發起抖來，躲到了天狼的身後，扭過頭，看也不想看此人一眼。

天狼奇道：「怎麼了？什麼人能讓你怕成這樣？」

鳳舞咬著牙，聲音打著顫道：「**他不是人，他是地府派來這世上的魔鬼。**」

這時，陸炳對那個獨眼胖子說道：「小閣老，哪陣風把您吹到這裡了？我們錦衣衛在此辦案，還請您給陸某一個面子，回避一下。」

胖子哈哈一笑，聲音如豺狼夜嚎，比起陸炳的嗓子還要難聽十倍：「陸總指揮，這場好戲我嚴世藩親眼見到了，又怎麼能錯過呢？」

天狼看了一眼那個獨眼胖子，那種感覺極不舒服，說不出來，就是一種滲透到骨子裡的邪惡，還透著十足的淫穢與猥瑣，即使滿臉掛著笑容，都讓人渾身看了不自在，彷彿在那笑容的背後會隨時出手捅自己一刀，但那股隱隱的氣場，卻是強得不可思議，離自己隔了足有十餘丈，仍然讓他有一種幾乎要窒息的壓迫感。

天狼低聲問道：「陸總指揮叫他小閣老，**難道他就是嚴嵩的兒子，現任太常寺卿的嚴世藩？**」

鳳舞點了點頭：「就是這個惡賊，天狼，這傢伙是世界上最邪惡的人，是魔鬼的化身，你離他越遠越好。」

這時，場中的嚴世藩似乎注意到了什麼，看向鳳舞這裡，笑道：「陸總指揮，今天鳳舞也在呀，喲，看起來傷得不輕，你怎麼捨得讓她出來執行任務呢？」

陸炳面沉如水，冷冷說道：「小閣老，現在乃是公事場合，不論家事，鳳舞是錦衣衛的人，自然要為國效力，其他的事，等到私下裡再說好了。」

嚴世藩的嘴角勾了勾，露出一口白森森的牙齒，眼光也從鳳舞身上移回到陸炳的黑臉上：「好，今天就談公事，陸總指揮今天不在錦衣衛總部坐鎮，也不入宮面聖，卻是喬裝打扮到了這裡，請問這是為了哪門子的公事？」

陸炳鎮定地道：「本官昨天夜裡已經面過聖上了，聖上有旨，接到奏報，可能有膽大妄為的賊人會沿途劫持前內閣首輔夏言，為了將這幫亂黨一網打盡，特命我們錦衣衛策劃此次行動，小閣老，你來得正好，這個賊人就是帶領江湖匪類，企圖截殺夏閣老的元凶首惡，已經被本官當場拿下了。」

「陸總指揮，今天本官偶爾出城散散心，正好看到兩幫江湖人士在這裡打鬥，本官很少見到這樣有意思的場面，便隱身一旁看了看，無論是你的天狼和華山掌門司馬鴻的大戰，還是陸總指揮後來現身之後的事，整個過程本官盡收眼底，陸總指揮既然說是要拿下這些江湖匪類，嚴加審訊，又為何要這個東方亮自盡呢？」嚴世藩質疑道。

「小閣老，我們錦衣衛有自己辦案的方式，這個東方亮還不是這些江湖匪類的首領，用這種方式可以向他們的幕後之人示威，有些沉不住氣的匪類就會主動上門報復，到時候就會給我們一網打盡的機會。」

嚴世藩「哦」了一聲：「那麼請問先前被你們放走的那些少林派和華山派的人，也是這種情況嗎？是不是陸總指揮認為把他們放走了以後，他們回去後想想不服氣，還會回來再給你一網打盡一次？」

陸炳沉聲道：「小閣老，你應該也看到了，剛才本官不便現身，我的手下只靠兩個人就逼走伏魔盟的大批高手，已經相當不容易，當時本官很清楚，東方亮一夥已經漸漸潛入，本官的力量不足以同時應付和抓捕兩夥江湖高手，所以伏魔盟的人只能秋後算帳，不知道小閣老以為然否？」

嚴世藩「嘿嘿」一笑：「陸總指揮，明人不說暗話，你為何不把剛才對著東方亮說的話對本官再說一遍呢？非要找這麼多牽強的理由，也有損你陸總指揮的一世英名吧。」

陸炳臉上如同罩著一層寒霜：「小閣老，本官剛才的話到了哪兒都不怕說的，東方亮口出狂言，想要對本官對錦衣衛不利，還東拉西扯，牽涉朝中重臣，此等狂徒，還有他身後的人，本官都會一查到底。」

嚴世藩那隻獨眼的眼珠子轉了轉，「陸總指揮，這裡人多嘴雜，本官有些事情想和你單獨聊聊，不知道是否可以行個方便？」

陸炳想了想，揮了揮手：「你們都退下！」

場中的龍組殺手們齊身向陸炳行了個禮，收拾兵器，向官道兩邊散去，天狼也站起身，捂著自己的左肩，和鳳舞相互攙扶著準備退到一邊。

嚴世藩卻指著天狼和鳳舞道：「陸總指揮，這兩位還是留下來一起聊聊的好，畢竟他們是此戰中的重要人物，有些事情我還要問問他們。」

陸炳的臉色一變再變，似乎想拒絕，但最終還是嘆了口氣，對著天狼和鳳舞說道：「你們先別走，留在這裡吧，小閣老有事要問。」

鳳舞臉上現出一萬個不願意，但還是應了聲「是」，跟天狼一起走到陸炳的身後，低著頭，盡力躲避著嚴世藩的視線。

天狼總覺得鳳舞的反應非常怪，卻不知道是何原因，但他一點也不怕嚴世藩，不卑不亢地看著他那張怪異的臉，毫不畏縮。

嚴世藩打量了天狼兩眼，笑了笑：「這位就是天狼吧，果然了得，剛才你與司馬鴻的大戰，我從頭到尾都看了，實在精彩，這個世上能從華山劍神手下活著離開的，不超過十個，你老弟居然還能勝過司馬鴻，厲害，真厲害！」

天狼衝著嚴世藩一抱拳：「多謝小閣老誇獎，分內之事而已。」

嚴世藩眼中閃過一絲邪惡的光芒：「天狼，剛才本官誇你的只是武功，你既然提到分內之事，那本官就跟你說說你的這個分內之事，陸總指揮讓你做的分內之事是什麼，你能回答本官嗎？」

天狼早知道嚴世藩來者不善，冷靜地回道：「我接到的命令是護衛傳旨的天使沈鍊，其他的事一概不需要過問。」

嚴世藩「哼」了聲，「陸總指揮，是這樣的嗎？你只讓天狼護衛沈鍊，沒有別的命令？」

陸炳點點頭：「不錯，我本想以天狼和鳳舞為誘餌，引出想要截殺夏言的賊人而已，所以沒有給他們安排其他任務，只靠他們兩人，也不可能拿下上百名高手，反過來，若不是看到只有他們兩個，那些賊人哪會放手攻擊。」

「陸大人，這可不符合你一向的行事風格啊，尤其是鳳舞可是你的心頭肉，你捨得讓她孤身犯險？」嚴世藩似乎意有所指地道。

陸炳怒道：「嚴世藩，我再說一遍，鳳舞是錦衣衛成員，她必須要完成作為一個錦衣衛的使命，沒有什麼險是不能冒的，你聽明白了嗎？」

嚴世藩陰笑道：「陸大人，別這麼激動，好，不談此事。我想問一句，夏言何在？」

陸炳眉頭一皺，沉聲道：「自然是在車中。」

嚴世藩獨眼中透著凶光：「陸炳，你好大的膽子，居然敢把朝廷欽犯拿來作為誘餌，萬一夏言被賊人救走，你該當何罪！」

陸炳的聲音也提高了八度：「嚴世藩，一切都在本官的控制中，誰能劫走夏言？」

嚴世藩哈哈一笑：「能劫走夏言的，就是你的愛將天狼，還有你的寶貝鳳舞。」

天狼沒想到有人在陸炳面前如此囂張，他雖然不喜歡陸炳，但現在，兩人算是同一陣線，面對這個世上最大的奸賊，他再也忍不住了，顧不得身分高低，喝道：「嚴世藩，休得血口噴人，我們怎麼讓人劫走夏言了？」

嚴世藩看都不看天狼一眼，那隻獨眼直勾勾地盯著陸炳，道：「陸總指揮，你是不是應該好好管管自己的手下了，我們兩個談事，輪得到這種小雜魚在一邊嘰嘰歪歪嗎？」

陸炳臉色微變，天狼卻挺身向前一步，緊緊盯著嚴世藩：「一個四品尚寶監在一品的左軍都督面前狂言無忌，你又是什麼東西？我天狼再不堪也是五品錦衣衛龍組護衛，要是你一個四品官能叫我小雜魚，那你在陸總指揮面前連個毛毛蟲都不算了。」

嚴世藩萬萬沒有料到天狼敢這樣罵自己，世人皆知嚴嵩權傾朝野，而這位嚴大公子又是嚴嵩的頭號智囊，連一二品的尚書大員們都跪倒在他的腳下，認乾兒子乾孫子的都不少，今天卻被一個區區五品錦衣衛護衛當面責罵，氣得他臉上紅一陣白一陣，連眼珠子都要迸出來了。

一邊的陸炳對天狼喝道：「放肆，天狼，當著朝廷大員，這裡沒你說話的份，還不快快給我退下。」言罷，轉過頭，對天狼使了個眼色，意思是讓他趕緊離開，免得在這裡給嚴世藩盯上。

天狼知道陸炳是為了保護自己，但他毫不退縮，朗聲道：

「總指揮大人，是此人挑釁在先，他若是拿出朝廷法度，自然自己也得遵守朝廷法度，一邊在這裡辱罵官階高於自己的上官，一方面對比自己職務低的人出言相辱，我們可是執法如山的錦衣衛，就算他是嚴閣老的兒子，也不能在我們錦衣衛面前如此放肆吧。」

嚴世藩臉色突然變得平靜下來，作為當世至惡，他有著常人難以想像的自制力，剛才對陸炳的攻擊也只是為了激怒陸炳，瞬間一想，自己可不能給這天狼反過來激怒了，便搖搖頭道：

「天狼，你當面辱罵我的這筆帳，以後跟你再算，只是你勾結江湖匪類，無法保護沈鍊，也無法控制夏言的事，本官可是親眼所見，你還想抵賴不成？」

天狼反駁道：「我哪裡勾結江湖匪類了，又哪裡無法控制夏言了？天狼不明白，還請小閣老明示。」

嚴世藩陰惻惻地說道：「司馬鴻聚眾劫持夏言，不遵聖旨，是不是江湖匪類？你碰到這種匪類，身為護衛天使的錦衣衛，不把他拿下，甚至比武時不取他性命，而是當場將他放走，這不是勾結江湖匪類是什麼？你跟他比武，因為不肯出殺招而身受重傷，還累得鳳舞為了救你也受了重傷，無再戰之能，失去了對夏言的控制能力，如果夏言逃跑，或者是這個東方亮想劫走他，你又能做什麼？」

天狼辯白道：「小閣老，司馬鴻並非江湖匪類，他只是一路護衛夏言離京回老家，因為聖旨上並沒有明確說要把夏言的家人帶回，所以他有些意見也屬正常，為了化解雙方的誤會，在下才與其比武決定，請問這就叫勾結江湖匪類了嗎？比武之時，刀劍無眼，但這不代表一定就要取人性命，非要出手就殺人，那我們錦衣衛才叫江湖匪類呢。」

嚴世藩冷笑道：「是麼，可是我看你們錦衣衛殺起日月教的人，可是一點也不猶豫，手段酷烈，難道日月教的人就是江湖匪類，華山派少林派的人就是我大明的子民了嗎？陸總指揮，是不是這樣？」

陸炳的嘴角勾了勾，正色道：「華山派和少林派這些伏魔盟的人是保護夏言的，而東方亮是來劫殺夏言的，兩邊的性質完全不一樣。」

嚴世藩質問道：「真是這樣的嗎？東方亮，你和你的手下是來此地截殺前任內閣首輔夏言的嗎？」

東方亮連忙說道：「不不不，小閣老，這陸炳是血口噴人，我和我的手下是聽說有江洋大盜劫持夏言，這才帶了人手過來搶奪，夏言乃是朝廷重犯，只有皇上才能定他的生死，我身為草民，又怎麼敢當眾截殺這樣的高官呢？」

嚴世藩點點頭，看向陸炳：「陸總指揮，看來這和你所說的有所不同啊，這東方亮說他是來救人而不是殺人的，倒是伏魔盟的人是在劫持夏言。」

陸炳道：「小閣老，你既然說看到了整個事情的過程，那應該很清楚這東方亮是在撒謊，如果你真的要一意孤行，那就把東方亮交三法司審問，如何？」

「陸總指揮，我之所以要跟你單獨談，就是想和你好好商量一下此事，希望能有個妥善的處理，現在夏言還在，事情鬧大了，對你對我都沒有好處，再怎麼說，我們嚴家和你陸家也是姻親之好，讓外人看笑話只會丟自己的臉，你說是不是呢？」嚴世藩皮笑肉不笑地道。

陸炳不滿地道：「小閣老這會兒又想起姻親之好的事了嗎？姻親之好會向親家下黑手？東方亮的所作所為，你我心知肚明，我之所以非要取他性命，也是想告訴某些人，別真把我陸某當成軟柿子，為所欲為了。」

嚴世藩嘻皮笑臉地道：「這我哪兒敢呢，一定是有什麼誤會，或者是這個東方亮自作主張，擅自行事，陸總指揮，上次鳳舞的事我也沒跟你計較，這次我也該賣我個面子了吧，我們兩家接下來合作的時間還長呢，對不對？」

「小閣老，我只問你一句話，這次東方亮的所作所為，是你私自指使，還是嚴閣老所為，或者是這傢伙自行其事？我希望能聽到實話。」陸炳問道。

嚴世藩眼皮也不眨一下，直言道：「是我指使的，與其他人無關，陸總指揮，這件事我給你賠罪，以後我保證不會再做這種事了。」

陸炳眼神如利劍一般直刺嚴世藩，怒道：「**小閣老，你這樣算計我，到底是為了什麼？我們兩家已經結盟，你還要怎麼樣？**」

第五章

西貝貨

天狼八成確定這個沈鍊是個西貝貨了，
如果他確信自己是李滄行，怎可能在自己面前說瞎話呢，
天狼決定再試探一下，道：
「沈經歷，最後是你和譚大人二人聯手對付那個倭首嗎，
倭寇裡還有沒有其他的厲害人物？」

「陸總指揮，如果你真心和我們結盟，而不是腳踩兩隻船，我也不至於出此下策，其實你也很清楚，這回是我們聯手黑了夏言，朝中清流大臣已經視我們為一路人，你無論再怎麼討好他們，都不會落什麼好名聲，為何還不徹底和我們站在一起呢？」嚴世藩反過來質問道。

陸炳冷冷說道：「選擇什麼樣的路，陸某還不需要小閣老來指教，小閣老，聽我一句勸，你爹已經七十多了，你還這麼給他招風惹雨，像話嗎？」

嚴世藩陰惻惻地道：「跟我們作對的，只有死，夏言就是個最好的例子！陸總指揮，別怪我沒提醒過你。東方亮我帶走了，這件事到此為止，聖上那裡，我希望你能想好了再說話。」

嚴世藩落下這句狠話後，便衝著東方亮喝道：「丟人現眼，還不快滾！」東方亮如逢大赦，忙不迭地撿起地上的墨劍，一溜煙地向嚴世藩的身後奔去，很快就不見了蹤影。

陸炳面沉如水，也不出手阻攔，對嚴世藩道：「小閣老，此事到此為止，記得你說過的話。」

嚴世藩「嘿嘿」一笑：「這個自然。」轉頭看了一眼天狼，「天狼，我記住你了，以後我們還會打交道的，希望你不要讓我失望。」

天狼面無表情地道：「小閣老，一定奉陪。」

嚴世藩的眼光又落到了鳳舞的身上，似乎想說些什麼，卻又收了回去，肥胖的身影漸漸地消失在夕陽下的官道之中。

陸炳回頭看了眼天狼，問道：「你怎麼樣，還可以走嗎？」

天狼點點頭：「剛才歇了一下，已無大礙，只是鳳舞傷得很重，看樣子需要坐車。」

他忍不住說道：「總指揮，嚴世藩擺明了想害我們，就這麼輕易跟他算了？」

陸炳嘆道：「事情很複雜，沒你想像的這麼簡單，嚴嵩勢力正大，朝中的清流大臣因為夏言的事也不可能支持我，暫時我們不能跟嚴氏父子正面對抗，只有慢慢找機會才行，這次算是給他們一個警告。」

鳳舞自從嚴世藩出現後，一直低頭不語，自己慢慢踱向那輛大車，天狼本想扶她，卻被她輕輕地推開。

陸炳看著天狼道：「跟我來，我有話要對你說。」

只見陸炳背對著自己，負手而立，天狼拱手道：「總指揮，多謝這次你出手相救。」

陸炳轉身責備道：「這次是我救了你們，可下次呢，你同時和伏魔盟、魔教還有嚴世藩結了仇，以後在江湖上只怕是寸步難行，所有人都會想要你的命，這就是你這次行動的結果。」

「想取我性命的人，讓他儘管來好了，我天狼無所畏懼。」天狼豪氣地道。

陸炳眼神犀利：「對，你是天不怕地不怕，自己的命自己都不上心，倒是我多管閒事，是嗎？」

「屬下知道總指揮的難處，但屬下自認為這次的行動並沒有什麼不當之處，你不是就希望我這樣當誘餌的嗎？」天狼回道。

陸炳教訓道：「天狼，你本可以做得更好，如果比武的時候，你一開始就不留情，司馬鴻那一劍是傷不了你的，之後你更是有機會反殺他，在之前對金不換的時候，你如果痛下殺手，公冶長空也沒這麼容易傷你這麼重。這些全是你自找的，若是你不受重傷，也不拖累鳳舞受重傷的話，即使我不出手，你和她加上車中的龍組護衛們，足以收拾東方亮了，就不需要我親自出手，讓嚴世藩有收拾殘局的機會。」

「我有自己的原則和理念，你不要指望我會變成鳳舞那樣的人，殺人不眨眼，不問是非，陸總指揮，其實今天的你也跟以前不一樣，敢當面頂撞嚴世藩那個狗東西，我很欽佩。」天狼衷心說道。

陸炳哼了聲：「陸某的眼睛還沒瞎，分得清忠奸善惡，只是皇上治國需要兩派制衡，夏言自取死路，誰也救不了他，但嚴嵩父子扳倒了夏言，也不可能獨霸朝堂，照樣會有徐階這樣的清流大臣對其制衡，嚴世藩對此很清楚，所以他打擊的不是徐階，而是我陸炳，此等大事，我當然不能掉以輕心，必須以威對之。」

天狼心中一動：「既然如此，何不正式和嚴氏父子絕裂？嚴世藩自己承認要害你，那就沒有跟他繼續合作的理由了，不如倒向徐階等清流大臣，扳倒嚴嵩這個大奸臣，也是為民除害啊。」

陸炳擺擺手：「年輕人，你太理想化了，嚴嵩能做到夏言、徐階他們做不到的事情，皇上離不開他，朝堂上也離不開他。你知道這是為什麼嗎？」

天狼不屑地道：「還不是因為這老賊會拍馬屁，會寫青詞，能討皇上的歡心嗎？這種事換個人照樣可以做。」

陸炳搖搖頭：「所以說你的想法還是太天真，遠不知朝堂上鬥爭的險惡，夏言也好，嚴嵩也罷，本質上都是一路人，夏言也在朝中提拔大批自己的門生黨羽，而嚴嵩這幾年更是把朝堂之上的重要位置大半安排成了自己人。天狼，你不要以為嚴嵩提拔的都是無能之輩，像鄢冒卿、趙文化、胡宗憲等人都是兩榜進士，有治國之才，離了他們，國家很多地方就玩不轉了。」

天狼微微一愣：「不至於吧，比如胡宗憲，難道離了他，東南平倭就不行了嗎？我才不信！他要是真有這本事，也不至於上次南京給圍攻成那樣了。」

陸炳眼光變得深邃起來：「天狼，你也知道我大明守邊空虛，各地府兵早已名存實亡，東南沿海一百多年沒有打仗，士兵的戰鬥完全不堪一擊，你看到的是幾十個倭寇可以一路殺到南京城下，你看不到的是有了胡宗憲以後，剿撫手段並用，這幾年倭寇對於沿海的進犯已經比前幾年收斂許多，皇上曾經說過，**朝廷不可一日無東南，東南不可一日無胡宗憲。**」

類似的說法，天狼也曾從公孫豪那裡聽過，聞言默然，過了一會兒才開口道：「就算胡宗憲有本事，總不至於因此就不能動嚴嵩了吧，這次扳倒了夏言，徐階還不是能繼續當官。」

陸炳分析道：「嚴嵩一黨跟那些清流大臣不同，結親家，拜師，行禮送賄，這些事情都見不得光，而那些清流大臣又最喜歡站在道德高地上，拿這些作文章，所以嚴嵩如果一倒，嚴黨眾臣勢必人人自危，無心政事，不要說皇上不會下這個決心，就是真想動嚴嵩一黨，也得考慮清楚後果才行。」

天狼恨恨說道：「這麼說來，就任由這對賊父子作惡天下了嗎？」

「也不至於這麼悲觀，嚴嵩本人倒不至於多壞，許多事情是嚴世藩自作主張，比如今天的事，就是他向我出手，而嚴嵩不會這樣做。」

天狼不以為然地道：「他說啥就是啥嗎？此人不可信。」

陸炳眼中光芒一閃：「這件事上他不會說謊，因為嚴世藩就是這麼一個目空一切的狂徒，嚴嵩則老謀深算，不會這麼激進，東方亮不得到嚴世藩的指使，是不敢這麼幹的。」

天狼換了個話題：「陸總指揮，夏言和曾銑的家人是不是能想辦法保全？」

陸炳臉一沉：「天狼，這不是你應該操心的事，而且也不是我陸炳能決定的事，只有皇上才能定他們的生死。」

「您今天也聽到了，我和司馬鴻有約在先，一定要保下夏言和曾銑的家人，皇上恨的只是夏言和曾銑背著他內外勾結而已，未必會對夏言和曾銑的家人要趕盡殺絕，這時候只要您一句話，一定可以做到的。我和伏魔盟這次能和平解決，就是靠我和司馬鴻有約在先，如果你不去爭取，那我也只好一死以謝天下了，到時候可沒人幫你對付嚴世藩啦。」天狼侃侃說道。

陸炳被天狼搞得哭笑不得：「天狼，不要試圖要脅我，我跟你的帳還沒算完呢。」

天狼一愣：「不是都說完了嗎，還有什麼帳不帳的？」

陸炳「哼」了聲：「你和鳳舞兩個背著我，在後面說了多少不該說的話，真當我不知道嗎？還有，劉奇偉是怎麼死的，你老實說！」

天狼故作鎮定地道：「哦，一路上，我們談的無非是公事而已，你知道，我不喜歡這個女人，離她也儘量遠遠的。」

陸炳狐疑道：「不喜歡？不喜歡的話，她會這樣捨命救你？你們茶鋪一戰後，早在一兩個時辰前就應該趕到這裡了，這段時間你們在做什麼？」

天狼這下確信陸炳當時沒有隱身在一邊偷聽，便顧左右而言他地說：「做什麼？在比武，在吵架，沒有別的事情。」

陸炳不信地道：「天狼，你不是個會撒謊的人，你騙不了我，好好的比什麼武，吵什麼架？要是真的吵架了，她會這樣救你？」

天狼認真地道：「此女下手狠辣，冷血無情，在茶鋪時，她出手殺了那個劉奇偉，我一開始不知道他的身分，以為她亂開殺戒，所以跟她大吵了一架。」

陸炳的眼神冷峻如電，直直地盯著天狼：「是嗎？那她怎麼跟你解釋的，我也很想聽聽。以鳳舞的為人，如無必要，不會出手殺人，她明知劉奇偉是我派出的探子，卻殺了他，天狼，你最好給我一個好理由。」

天狼聳肩道：「因為劉奇偉為了偷聽，不惜下手殺了茶鋪一家三口，此等行經人神共憤，所以鳳舞出手殺了他。這很奇怪嗎？」

陸炳「嘿嘿」一笑：「如果是你殺了劉奇偉，我一點都不奇怪，可殺他的是鳳舞，鳳舞的心比劉奇偉更凶殘，所以我根本不相信你說的鬼話。」

「當時她也像你剛才那樣質問我，為什麼不趁勢殺了金不換一家以免後患，我就說我跟她不是一路人，所以才會吵起來，她看情況要僵，這才出手殺了劉奇偉，以取信於我。」

陸炳盯著天狼，質問道：「鳳舞為什麼要取信於你，她是你的上司，有必要取信一個屬下嗎？」

天狼兩手一攤道：「大概是鳳舞覺得這次的行動不簡單，靠她一個人很難完成吧。」

陸炳來回踱起步來，走了幾個來回後，看向天狼，眉毛動了動：「就這些事至於說上一個多時辰嗎？還有你說比武，又是怎麼回事。」

「昨天那一戰，我輸得有些不服氣，鳳舞說她劍術強過我，所以我就和她較量了兩下，她的武功既多又雜，陸總指揮，你能訓練出這麼厲害的女殺手，真厲害。」天狼不忘拍陸炳的馬屁。

陸炳眼中閃過一絲疑問：「我還是不太信，鳳舞從小為了活下來，常要故意隱藏自己的武功，為什麼在你面前卻主動展現？」

天狼哈哈一笑：「鳳舞並不傻，她當然知道我的武功要高過她，但為了能讓我乖乖聽話，至少要表現一番，她想讓我乖乖聽話，自然得拿點真功夫出來，對不對？」

陸炳點了點頭：「這個解釋倒是合理，你本就是個武癡，也不會向武功比自己差太多的人低頭。只是你應該清楚自己是在執行任務，為什麼跟她浪費這麼多時間？」

天狼曉得陸炳一定會去找鳳舞核實自己的說詞，自己還沒來得及和鳳舞串聯口徑，但是鳳舞一定會把這事也攬到自己的身上，於是道：

「鳳舞一直說時間還來得及，想和我多切磋下武功，順便商量一下一會兒碰到兩邊混戰後如何自處，今天和公冶長空一戰，我的胸口也中了兩錘，運氣有些困難，所以路上耽擱了一些時間，如此而已。」

陸炳眼中光芒閃閃，似乎對天狼的說法還是不完全相信，開口道：「此事我會核實的，老實說，今天你的表現沒有完全達到我的預期，我本指望你能做得更好，不需要我出面來收拾殘局的。」

天狼無奈地說：「陸總指揮，我真的已經盡力了，我若是按你所說的殺了司馬鴻，那麼多伏魔盟的人一定不會善罷甘休，會一起圍攻我，到時候你還是會出手，讓我手上沾滿了正派人士的血，好叫我永遠無法再入江湖，只能一輩子托身於錦衣衛的庇護，你不覺得這樣算計我，有點太過分了嗎？」

陸炳給天狼說中了心事，臉色微微一變，辯稱道：「天狼，這不是算計你，是早點讓你能放下心結，在錦衣衛少不了要和這些正道中人衝突的，你今天手下留了情，以後能次次留情嗎？面對生死，你能收手不殺那些想取你命的人？上次在武當的時候你就殺了金刀四傑，這個殺戒早就開了，何必現在還放不開呢？」

天狼冷笑道：「那次是金刀四傑主動想殺我，我出於自衛才還手的，而且當時我的精神狀態也不是太正常，這次司馬鴻對我還是手下留了情，所以我也沒必要痛下殺手，結怨整個正派武林，陸總指揮，我既然答應為國效力，就不會食言，請你以後不要用這種方法逼我殺我不想殺的人。」

陸炳的聲音漸漸帶了幾分怒意：「你也知道自己是錦衣衛嗎？那你就應該聽命行事，我的話就是命令，你能做到嗎？」

天狼道：「我們早就有言在先，聽命的前提就是不違反我的道義和原則，陸炳，我要是真的變成惟你命是從，沒有任何人格和獨立性，我覺得你才應該擔心，**因為那樣的我，盯上的恐怕就是你的位置了。**」

陸炳被說得臉色一變，想要發作，終歸還是長嘆一聲：「你說的也有道理，好吧，以後我不會再逼你，只是我勸你一句，別把自己的命給玩沒了，不是每一次我都會及時出現，給你打圓場的。」

天狼點點頭：「自己的命自己最珍惜，哪會指望別人呢，我早就說過，誰想殺我，我就殺誰，這話到現在依然有效。陸總指揮，現在嚴世藩想明著害你，你難道不想想辦法反擊嗎？今天這種程度，顯然不足以打掉他的狂妄吧。」

陸炳撇了撇嘴：「難道你有什麼好辦法？」

天狼上前一步，低聲道：「夏言這次倒楣，是因為和邊將勾結，犯了皇上的忌諱，嚴嵩和那個舉報曾銑的甘肅總兵仇鸞就很乾淨嗎？我們可否以彼之道還施彼身？」

陸炳眼睛一亮，「說下去。」

天狼道：「這次仇鸞舉報曾銑曾總督，到底有何內幕，總指揮可否查清楚了？」

陸炳娓娓說道：「仇鸞乃是世襲將門出身，他的爺爺仇鉞，當年曾是正德朝時的寧夏游擊將軍，平定過安化王的謀反，為國立下大功，官至咸寧伯爵，寧夏總兵，仇鸞則襲取了爺爺的爵位，也當上了咸寧侯，但仇鸞，爺爺打仗的本事沒有學到三成，卻大肆地貪汙受賄，欺壓部下，剋扣軍餉，曾銑在三邊總督的任上想的是和蒙古人打仗，仇鸞生怕戰端一開，打擾了他的好日子，更會把他的真實才能暴露於天下，於是極力阻撓。

「去年除夕之夜，曾銑得到密報，說是蒙古人正在某地聚會，沒有防備，因此臨時集合兵馬出擊，仇鸞不願意耽誤自己過年，於是買通了曾銑身邊的傳令兵，透過曾銑的愛妾進言，想要放棄這次作戰。結果曾銑當場斬了那名傳令兵，這下無人敢違曾銑的將令，大軍出擊，在大雪中奔行了兩天三夜，終於大破蒙古，斬首數百，回來之後，曾銑以妨礙軍務的罪名將仇鸞治罪，彈劾他的奏章和曾銑收復河套的奏摺幾乎同時到達京師。」

天狼恨恨地道：「所以這個無能的草包為了保命，就和嚴嵩父子勾結，誣陷曾總督，是嗎？」

陸炳嘆道：「這也要怪曾銑管理不好內宅，他斬首的那個傳令兵，就是愛妾的弟弟，所以這個女人懷恨在心，把曾銑和夏言往來的書信偷了出來，暗中交給仇鸞，仇鸞當年就是靠走嚴嵩的門路才繼承了他爺爺的總兵之位，這次為了保命，就把這些書信藉由嚴嵩的手交給皇上，告曾銑結交內臣的謀反之罪。」

天狼氣憤地道：「這樣一個忠臣，居然害在小人手上，就衝著這個，也應該扳倒仇鸞這個奸賊，為曾總督報仇。」

陸炳眼中寒芒一閃：「天狼，這是軍國之事，非你可以妄言，曾銑確實是雄心勃勃，想要有所作為，但他提出的方案太燒錢，要收復河套，還要幾萬大軍在那裡長期駐守，甚至要重修長城，把河套給圈起來，這種大手筆的計畫超過了大明的承受能力。尤其是這兩年他頻頻出塞，多是無功而返，徒耗錢糧，皇上一開始還支持他的主張，可兩年多下來，看到每年都要砸幾百萬兩銀子，卻連蒙古人也沒見到幾個，也就改變看法了。據我的調查，曾銑也有諱敗為勝，虛報軍功的行為，這種事，難說對錯，但就我個人看來，嚴嵩守住邊境險要之地的辦法，要高過曾銑。」

「我不這麼看，對付這些草原強盜，如果只守不攻的話，只會處處被動挨打，曾總督出擊雖然沒有大的斬獲，卻使得蒙古人望風而逃，至少保了三邊的平安，若是各地的總督和守將都能像他這樣主動出擊，那蒙古人也不會形成邊患了。」天狼提出異議。

陸炳搖搖頭：「天狼，你的想法太天真了，什麼時候有機會到草原上去看看蒙古騎兵，你就不會這樣認為了，這些草原強盜都是騎著駿馬，來去飄忽，我們九邊的軍隊已經是大明的精銳了，仍然趕不上他們的高機動性，平時這些強盜幾百人一群，突破一處邊塞，搶了就跑，等我大軍趕到時，連人家的影子都看不到，若是去的人少了，就會被這些強盜埋伏半路，趁勢圍攻，非常的頭疼。

「當年我大明的開國名將徐達、李文忠，也是大軍出塞，想要犁庭掃穴，徹底消滅元朝勢力的殘餘，可是即使以他們的將才，也在茫茫大漠中找不到路，中了埋伏，幾乎全軍覆沒，好不容易才殺開一條血路退回關內；永樂大帝也是多次親征漠北，也沒有徹底消滅蒙古，即使是號稱消滅蒙古，立下不世之功的藍玉大將軍，也只是俘虜了北元的王子，繳獲了他們的玉璽而已。」

天狼皺眉道：「蒙古人也是人，蒙古草原地廣人稀，部落間又是處於分裂狀態，相互攻殺，怎麼就這麼難以消滅呢？」

陸炳聞言道：「茫茫大漠，浩罕如煙海，比咱們中原還要大出許多，那些蒙古人放牧為生，四季都在遷陡，居無定所，不像我們漢人都是築城而居，所以很難抓到他們，這些人打不過，就把帳篷一捲，跑得無影無蹤，等我們退兵後再回來騷擾，所以自古至今，我們始終沒有什麼對付蒙古的好辦法。」

天狼無法接受這個結論：「也不一定吧，如漢之霍去病、衛青，我朝之藍玉，主動出擊，使用全騎兵部隊，不也是能打垮匈奴，封狼居胥嗎？」

陸炳笑道：「封狼居胥以後呢？衛霍的赫赫威名是成就了，但這背後可是漢武帝一朝幾乎花光了文景幾十年的所有家底，人口都減少了一半，而且也沒有完全消除匈奴的威脅，藍玉將軍號稱消滅了北元，但韃靼和瓦剌又來了，不用幾十年，蒙古騎兵又打到了京師，連我們大明的皇帝都當了俘虜，所以皇上一開始興奮了一陣，後來冷靜下來，知道曾銑的做法不可行。當然，置他於死地的還是勾結夏言的事，皇上不會容忍內臣與邊將私下有聯繫的。」

天狼心中暗道，怕是不會容忍這些想要有所作為的臣子打擾了你的修仙大事吧。

他換了個話題：「曾銑的事情就不說了，仇鸞靠著陷害曾銑和夏言洗清了自己的罪名，現在只怕已經官復原職了吧。」

陸炳搖搖頭：「何止官復原職，他還從甘肅總兵調任大同總兵，這裡可謂京師的門戶，是大明最重要的邊境要塞，一旦被突破，蒙古騎兵走居庸關，兩天時間就能打到京師，所以此地也是我大明的第一重鎮，天下最強的兵馬均集中於此，也是所有武將心中的肥缺。」

天狼嘲笑道：「這就是了，換了別人，也許是肥缺，可是對這位只想撈錢的草包總兵來說，這地方可不是什麼福地，吃空餉、喝兵血這些好事他無法繼續了，反倒要成天擔心蒙古人的來襲吧。」

陸炳「嗯」了一聲：「你說的有道理，但嚴嵩把他放在這個位置上，應該是想蒙古人幾年不來，這樣仇鸞可以靠著守邊之功高升。只是仇鸞為人很謹慎，有了曾銑的前車之鑒，他是不會傻到留下什麼書信之類的證據，給別人留下攻擊他的把柄的。」

天狼眼中閃過一絲光芒：「事在人為，我相信這個仇鸞一定有把柄，我進錦衣衛是想造福國家，無論於公於私，除掉仇鸞這個傢伙，都是件利國利民的好事，現在反擊嚴嵩父子，把他們一手提拔的仇鸞搞掉，這作用比殺個東方亮要大得多。」

陸炳制止道：「不可，我錦衣衛只能奉命監視朝中大臣，對於這種邊將，皇上一向是習慣通過作為監軍的太監們去暗中監視，那是東廠的手下，我管不到。現在仇鸞剛剛告發了曾銑，聖眷正隆，皇上也不可能去調查此人，天狼，你的心情我可以理解，但切勿操之過急。」

天狼靈機一動：「我有一個辦法，也許可行。聽說現在山西一帶的白蓮教在鬧事，到處煽動百姓，招攬會眾，有起事的苗頭；更是有些人暗中和關外的蒙古人勾結，企圖在韃子入寇時以為內應，而宣府和大同的一些駐軍，也跟白蓮教有聯繫，你可以派我去查探這白蓮教，我想最後一定能查到仇鸞身上的。」

陸炳聽了，心中不禁為之一動，道：「天狼，你可是聽到了什麼風聲，或是有什麼證據能證明仇鸞和此事有關？」

天狼笑道：「仇鸞這傢伙，一定是一屁股的問題，只要一查，必是死罪，皇上雖然不贊成曾總督那樣主動出擊，但我想他也絕不希望邊事崩壞，韃子犯境，影響了他的清修大事。如果白蓮教與蒙古人勾結，那宣府大同的防線就形同虛設，我們不好直接查仇鸞，但查出白蓮教跟宣大的駐軍有關係還是有把握的，到時候皇上震怒，再徹查仇鸞的御下不嚴之罪，還怕不把他以前的那些老底都揭出來嗎？甚至連他賄賂嚴嵩父子的事情，也可以順理成章地一查到底了。」

陸炳正色道：「嚴嵩父子是不能追查的，只查仇鸞即可，不然萬一打擊面過大，引起嚴嵩一黨的猛烈反撲，我們就麻煩了！仇鸞和嚴嵩不是非常緊密的關係，即使鐵證如山，嚴嵩也會說是看仇鸞揭發曾銑，又是名將之後才對其保舉，來一個丟卒保車。」

天狼心想，想一次就打垮嚴嵩，確實不太可能，先搞掉仇鸞，為曾銑和夏言報仇，以後再慢慢收集嚴嵩的罪證，總有伸張正義的那一天，於是說道：「陸總指揮，那我養好傷後，就去山西探查，到時候還需要你給我一個身分和官牒，以方便行事。」

陸炳道：「此事需秘密進行，不可打草驚蛇，而且你今天大損嚴世藩，以他的個性，一定會找你的麻煩，你還是先養傷，過了這陣子，我再找機會秘密派你出去。」

兩人商議已定，天狼行了個禮，準備離開，卻聽陸炳又道：「等一下，我還有件事要問你。」

「還有什麼事？」天狼詫異地道。

陸炳盯著天狼的雙眼，似乎想要看透他的心：「這次行動，你對鳳舞印象如何？」

天狼查覺到陸炳話裡似乎別有深意，**他是在懷疑自己和鳳舞之間的關係？還是想聽自己對鳳舞能力的看法？或者是真的想知道自己與鳳舞的合作是否順利，以評估今後對兩人的運用？**

天狼知道，自己的回答很有可能決定鳳舞的前途甚至是生死，於是迅速地作出回答：「鳳舞是你調教出來的殺手，我認為她非常符合你的用人標準。」

「我的用人標準，你說我的用人標準是什麼？」陸炳饒有興味地問。

天狼冷冷地道：「不問是非，不擇手段，對你的計畫百分之百地完成，出手冷血無情，事後也不會給你留下任何麻煩，這就是你要的人。」

陸炳笑了：「天狼，你覺得你符合這個標準嗎？」

天狼搖頭：「顯然不符合，但我至少對你有用，所以你現在還能忍受我。」

「你很有自知之明，整個錦衣衛，只有你敢對我這麼說話，但另一方面，你的特立獨行，也讓你能站在我這個角度來考慮全域，這一點是鳳舞、達克林他們做不到的。」陸炳道。

「是嗎？可是這種獨樹一幟的風格，相比你所要求的忠誠和紀律，應該是在其次吧。」天狼自嘲道。

「不錯，有腦子的人不需要太多，但也不能完全沒有，我不可能指揮到行動中的每一個人，所以我也需要有人能獨當一面。天狼，**你最讓我欣賞的，就是你的腦子和判斷力，這點在錦衣衛裡無人能比**。限於你的身分，朝堂上的一些事情你還不清楚，所以有時候會誤判，但隨著時間的推移，你的見識上來了，自然這些不成問題。」陸炳的眼光帶著期許之色。

「陸炳，不用給我戴高帽，我的立場和你不一樣，我一心想報效國家，懲奸除惡，而你不過是想保住你的地位。只是在對付嚴嵩這件事上，我們暫時取得了共識而已。」天狼大潑其冷水。

陸炳面上肌肉抽了抽：「我可沒說要對付嚴嵩，這就是你見識不足造成的誤判，能決定嚴嵩去留乃至生死的，只有皇上，而不是你，即使你找出再多的罪證，只要皇上不想動他，他照樣平安無事。」

天狼沉吟道：「不管怎麼說，能多找到他的罪證，以後皇帝需要扳倒嚴嵩的時候，總能派上用場。對了，這次的行動我只想一個人進行，你別派其他人來扯我後腿。」

陸炳笑道：「如果鳳舞想跟你去，你願意嗎？」

天狼斷然道：「不，我一個人就好，人多反而讓我分心，我到山西一帶暗查白蓮教，要是身邊還有別人，反而不好完成任務。」

陸炳答應道：「好吧，今天你不用回錦衣衛，一會兒，我會把你安排到一處秘密的據點，你養好傷後，就直接到山西去，為了方便你行事，我會給你留一面金牌，緊急時你可以出示。」

天狼看了眼遠處的車隊，想到夏言這一走便是有去無回，黯然道：「沈鍊人在哪裡？還有，夏言這次真的沒法保住一條命嗎？」

陸炳斬釘截鐵地道：「夏言是死定了，就算我為他求情也沒用，你一會兒去的就是沈鍊的府第，至於保全夏言和曾銑家人的事，我會盡力爭取，你放心吧。」

天狼再無疑慮，點點頭，轉身走上一輛空車。陸炳看著他的背影，若有所思。

車子在城外行走了個把時辰，從四周喧鬧的聲音，天狼知道車子已進入京師。

由於車窗被厚厚的布簾蓋得十分嚴實，看不清外面的情況，但他知道陸炳有一萬種辦法可以讓他甩開嚴世藩的監視，秘密到達沈鍊的府第，於是也就安然地閉目養神。

一旦不再想事，沉重的倦意便不停地襲來，當天狼感覺到車子停下時，便看到沈鍊那張不苟言笑的臉出現在車門處。

天狼才已經想好了，自己不能暴露李滄行的身分，要裝得和沈鍊完全不認識才行，於是說道：「閣下何人？」

沈鍊今天穿著一身綢緞便服，軟腳襆頭，頷下三縷長鬚飄飄，神情嚴肅，看到天狼後，沉聲道：「你就是天狼？」

天狼坐起身，上下打量了沈鍊兩眼：「你還沒回答我的問題呢，你是何人？」

沈鍊不悅地道：「天狼，你是揣著明白裝糊塗嗎，如果我記得不錯的話，今天你應該是護衛我去傳旨才是。」

天狼反問道：「可是那個傳旨的沈鍊卻在一瞬間變成了總指揮大人，所以我現在不知道你是不是戴著一副面具，這才要你報出身分。」

沈鍊聽了，從懷中掏出一塊金牌，遞給天狼：「臉可以變，這身分金牌是不會變的，這下你應該放心了吧。」

天狼看了眼那塊寫著沈鍊名字與職務的官牌，送還了回去：「你要看我的金牌嗎？」

沈鍊搖搖頭：「不用了，在這輛車來之前的半個時辰，陸總指揮來過我這裡，把事情交代過了。這裡是我的宅子，也是這陣子你接下來要待的地方。」

天狼質疑道：「這裡能把我藏好嗎？沈兄既然見過陸總指揮，應該知道這次的行動中，兄弟我得罪了嚴世藩，這會兒他在找我麻煩的事吧。」

「衝著這個，我也會好好保護你的，放心吧，在這裡你是安全的。」沈鍊承諾道。

下車後，天狼快速觀察一下周圍的情況，發覺這裡是一處偏僻的後巷，巷子兩頭站著幾個混混打扮的人，抱著胳膊倚牆而立，卻恰到好處地把進巷口的地方給堵上了。

再一看自己坐的馬車，更是改頭換面，從鑲金飾玉的松木豪車，變成桐木輕漆，看來在自己小憩的時候，車夫做了徹底的改造，把這車弄得看起來和原來完全不一樣，以騙過嚴世藩的耳目。

這座宅院看起來亦是很不起眼，青磚灰瓦，走進去再看，是典型的四合院建築，院子中間有棵槐樹，幾間低矮的平房分列四周。房門掛著棉布簾子，十分樸實無華的住宅。

沈鍊帶上門，自我解嘲道：「俸祿微薄，在京師中租不起大宅子，這小院在西城的城牆拐角處，離鬧市遠了點，和錦衣衛總部更遠，但好在還算僻靜，價錢也算公道。」

天狼環顧四周，並沒有看到別人，不禁問道：「沈兄，你的家人呢？」

沈鍊道：「我是一個月前剛剛調到京師的，家人還在路上，現在這裡只有我一個人，這也是總指揮讓你住在我這裡的主要原因。」

天狼點點頭：「原來如此，只是沈兄應該也是被嚴家父子留意的人吧，我住在你這裡，真的不會有問題嗎？」

沈鍊笑道：「陸總指揮早已有所安排，只是可能要委屈兄弟，讓你扮成我的長子沈清了。」

天狼一愣：「這又是為何？」

沈鍊道：「沈某有三個孩子，長子沈清年方十五，一直跟在我身邊，這次我進京，他也跟了過來，這點嚴氏父子是知道的，為了掩護你在這裡養傷，剛才陸總指揮便秘密把沈清帶走，這陣子就由你來假扮沈清，這樣就不會引人懷疑了。」

天狼恍然道：「總指揮想得確實周到。請問我在這裡需要做些什麼，以和令公子平時的行動吻合？」

「這小子平時也不太出門的，多半是在家讀書，每天早晨起來練上一個時辰的功夫，僅此而已，兄弟早晨出來活動筋骨，其他時間可以在房中打坐療傷，對了，這宅裡只有一個老僕，每天買菜做飯的事由他來做，你不用管。」

沈鍊說著，便對廚房喊道：「沈忠，出來。」

一個五十多歲，彎腰駝背的老蒼頭從廚房裡走了出來，見了主人，便對沈鍊一陣點頭哈腰，嘴裡「啊啊啊」個不停，手上又是一陣子比劃，看來是個啞巴。

沈鍊對這老蒼頭說道：「這位在我們家的事，半個字都不能向外洩露，明白了沒？若是有人問起，只說大少爺一切如故。」

那沈忠看來對這種事情頗為習慣，點點頭，對著天狼又是一陣點頭哈腰。天狼微微點了點頭。

沈鍊又對沈忠吩咐道：「上街買壺酒，再切一斤肉，今天我要和這位兄弟把酒言歡。」言罷丟給他一錠碎銀子。

沈忠行了禮，從廚房裡提著菜籃子，便出去採買去了。

「請跟我來。」沈錬又對天狼道，說著，走進院子裡最大的一間房間。

天色已黑，房裡點著燈，擺了一張炕，沈錬坐上炕，天狼便也脫了鞋，一樣坐到了炕上。

沈錬警惕地向外面看了一眼，然後用手指沾了水，在桌上寫起字來：當心隔牆有耳，手書交談吧。邊寫還一邊說道：「老弟，聽說你今天是威風八面，厲害得緊啊。」

天狼嘴上應道：「哪裡哪裡，今天差點把事辦砸了，幸虧陸總指揮收拾殘局。」順手在桌上寫道：沈兄何需如此？這裡不安全嗎？

沈錬點點頭，嘴上客套著，又寫道：小心駛得萬年船，而且有些事我不想讓總指揮知道。

天狼心中一動，開始東拉西扯地跟沈錬話起了家常，手上卻是一刻沒停：沈經歷，有什麼事需要連總指揮也瞞著呢？

沈錬疾書道：你和總指揮不一樣，今天的事我已經聽說了，總指揮一直想把你變成他那樣的人，今天的結果證明，天狼還是天狼，別人改變不了。

天狼寫道：「沈經歷，我不太明白你的意思。」

沈鍊微微一笑，寫道：「如果我沒猜錯的話，你應該就是前武當棄徒，失蹤江湖多年的李滄行吧。」

天狼心中一驚，但臉色仍是平靜如常，輕輕地寫道：「為什麼這樣說？沈兄可有何證據？」

沈鍊手走龍蛇地寫道：「你能力挫金不換一家三口，大戰司馬鴻，這份功力之高，江湖上找不出幾個，看你的皮膚，年紀應該不會超過三十五歲，有這等功力的江湖後起之秀裡，除了一個李滄行生死未卜外，還能有誰呢？」

天狼心裡思考著，沈鍊為什麼要在這裡猜測自己的身分，自己和他並不算太熟，只不過是一面之緣罷了，他搞得這麼神秘，是為了什麼？他判斷這八成又是陸炳設下的圈套，是在他執行新任務前對自己的又一次試探。

於是天狼不動聲色地寫道：「天外有天，人外有人，江湖上的高手太多了，就好比萬震，誰能想到兩年前一個不會武功的書生，居然遭遇大難後能學成神功，一躍成為一流高手呢？再者，司馬鴻如果不是機緣巧合遇到了雲飛揚，學成霸天神劍，又怎麼會有今天的地位？或是展慕白，八年前他被全家滅門時，功夫還只是三腳貓，現在又有多強？這些還都是出世的高手，不出世的高手不知凡幾，豈可如此就推斷說我就是李滄行？」

只見沈鍊低頭沉思，似乎是在研判自己的話是否正確，於是天狼繼續寫道：「沈經歷既然和陸總指揮聊過，應該知道我的武功是使刀為主，而且刀法威猛霸道，跟李滄行學的武當劍法完全不是一個路子，只因為他失蹤成謎，就猜測我是他，有些過於草率了吧。」

沈鍊寫道：「除了武功之外，你對正派人士的態度也讓我確信你就是李滄行，若非如此，為何你對伏魔盟的人手下留情，對魔教的人卻是痛下殺手呢？」

天狼寫道：「沈兄此言差矣，非但是對伏魔盟，就是對金不換一家，我也沒有趕盡殺絕，後來鬼聖他們要走，我也沒有出手阻攔，其實我對雙方都留有餘地，因為我的任務只是護衛去宣詔的你，在江湖上行走，如無必要，無論正邪，都少得罪一些為好。沈兄，你當年性如烈火，追殺倭寇的時候，不也是最後手下留情，沒有把倭首殺掉嗎？而是跟著譚綸一起，把那個叫什麼上泉的倭寇頭子給拿下，然後又送了回去。」

沈鍊眼神透出一絲慌亂，寫道：「本來我是想殺了那個倭首的，後來是在總指揮的嚴令之下，才留了他一條狗命。」

天狼觀察入微，心想這正是個可以查明沈鍊是否為本人的好機會，當年他與沈鍊一起親歷過這件事，沈鍊不會不知道細節，於是故意寫道：

「江湖傳言，沈經歷上次大戰倭寇，與那賊首大戰五百回合，身受十餘處刀傷，最後和譚大人聯手將之擒下，我只恨當時不能身在現場，與沈經歷聯手除倭。」

沈鍊的笑容變得有點勉強，在桌上寫道：「哪裡哪裡，主要是靠譚大人主攻，我當時只是在一邊協助而已。」

天狼有八成可以確定這個沈鍊是個西貝貨了，如果他確信自己是李滄行，又怎麼可能在自己面前說瞎話呢，但為了確保萬一，天狼決定再試探一下，寫道：「沈經歷，當時到了最後，只是你和譚大人二人聯手對付那個倭首嗎，倭寇裡還有沒有其他的厲害人物？」

沈鍊想了想，寫道：「當時打得很激烈，我帶去的手下們都在跟別的倭寇拼命，圍攻倭首的只有我和譚綸二人。」

天狼突然哈哈一笑，指著沈鍊，厲聲道：「好了，別再演戲了，把面具扯下來吧。」

沈鍊正準備在桌上寫字，天狼不耐煩地打斷了他的動作：「好了，不用裝了，我已經看出來啦，是陸總指揮吧。」

「沈鍊」的眼中閃過一絲寒芒，伸手向臉上一揭，黑裡透紅的臉露了出來：

「你是怎麼知道的？」

天狼「嘿嘿」一笑：「陸總指揮，以沈鍊的為人，不會背後說你壞話的，更不會對一個剛認識的錦衣衛殺手如此推心置腹，他並不算完全的江湖中人，又不像你這樣專門盯著我，哪會一見面就把我跟李滄行聯想到一塊兒呢？」

陸炳眉毛一動：「不對，天狼，你應該是從沈鍊一年前擒倭的事情看出破綻的吧，難道有什麼事是我不知道的嗎？」

天狼賣著關子道：「陸炳，你自己去問沈鍊好了，我剛才一直在想，會是何人假扮沈鍊，本來我想不到你身上，但是你聰明絕頂，總是出人意料，應該也猜到我不可能認為你在一天之內連續兩次假扮同一個人，所以才會使出這招，對不對？」

陸炳點點頭：「我確實用了這個思維盲點，但我也很確定你不是一開始就看出來的，天狼，不用繞彎子了，一年多前擒獲上泉信之的時候，你是不是在場？你不說我也會事後調查的。」

天狼知道此事無法隱瞞陸炳，索性承認道：「不錯，當時我正好在南京，被譚綸臨時招募進了抗倭小隊，整個戰鬥過程我親身經歷，難道沈鍊沒有和你交底？」

「他是違令出戰，而且戰鬥中損失不小，所以對之語焉不詳，對擒獲上泉信之的過程也是一筆帶過，我還以為是因為譚綸捉住上泉信之的，所以讓他羞於提及，**原來其中另有隱情，到底是怎麼回事？**」陸炳好奇地問道。

第六章

白蓮教

陸炳清了清喉嚨：「白蓮教是由南宋人茅子元，
又稱為慈照和尚所創，是佛教淨土真宗的一個分支。
茅子元自稱白蓮導師，其徒號白蓮菜人，
可娶妻生子，與常人無異，並可男女同修，
得到了下層民眾的廣泛信仰。」

天狼笑道：「上泉信之的身邊還有個厲害的東洋高手，名叫柳生雄霸，是被他騙到中原的劍豪，後來是靠了我和柳生雄霸的比武，譚綸和沈鍊才找機會把上泉信之拿下的。對了，我曾經託沈鍊把柳生雄霸送到汪直那裡，好讓他回東洋，現在如何了？」

提到這事，他有些記掛起柳生雄霸來，也不知道這個東洋人現在怎麼樣了。

陸炳回憶道：「這事我知道，但沒有插手，是浙直總督胡宗憲辦的。我不喜歡和倭寇打交道，所以沒有多過問這件事。你問的那個東洋人，我的情報也僅只是他到了汪直那裡，至於有沒有回到東洋，那就不得而知了。」

天狼奇道：「按說平倭之事，錦衣衛從情報收集上應該盡更大的責任才是，怎麼陸總指揮對此事一點也不上心呢？」

陸炳壓低了聲音：「皇上對於通倭和通韃這兩件事情非常敏感，沾上點邊就要殺，若是要打入倭寇內部，肯定要和倭寇有千絲萬縷的關係，得了功未必有啥獎勵，反是稍一不慎就會被人抓住把柄，何苦呢？」

天狼義憤填膺地道：「現在我大明內交外困，內有奸臣，外有南倭北虜，陸總指揮身為重臣，應該想法子為國盡力，而不是總想著明哲保身。說實話，大人有這個能力，卻選擇了現在這條路，天狼實在遺憾。」

陸炳擺擺手道：「大道理不用說了，你沒有和皇上接觸過，不知道他的為人，只有先保護了自己，才能談為國家出力，眼前夏言和曾銑不就是最好的例子嗎？」

天狼想想也是，換了個話題：「好，不說倭寇的事了，陸總指揮，你再次易容沈鍊來試探我，能給我個理由嗎？」

陸炳哼了聲：「理由？**理由就是你對我隱瞞事實，我還不能完全信任你**。這個理由足夠嗎？」

「我對你隱瞞什麼事了？」天狼裝糊塗地道。

「我問過鳳舞，你明明和她背地裡討論了不少以後兩人要聯手行動，脫離我控制的事，你還不承認？」陸炳話語中透出一股刺骨的寒意。

天狼突然笑了起來：「陸炳，你在我面前十句話裡有三句是真的嗎？要是你對我能坦誠一點，我們兩個的關係也不至於搞得這麼僵。鳳舞要是真的和我有這種密議，打死也不會向你承認的，你如果確認了我們兩個已經有叛離之心，還用得著試探我，跟我廢話？直接就趁著我現在有傷在身時，取我性命了吧。」

陸炳的黑臉微微一紅，「天狼，很好的判斷，看來這件事上我從你這裡是得不到答案了，不過，我會想辦法繼續問鳳舞的。你是個守信之人，當初跟我發誓會繼承你師父的遺願，為國效力，不要忘了這點。」

「我發過的誓我自然會遵守，只是陸總指揮，你自己在這點上做得如何呢？我來錦衣衛不過幾個月，在我眼裡，你的所作所為哪裡是為了國家，為了天下蒼生，只不過是為了保住你現在的官位而已，我相信我師父如果知道你是這個樣子，也不會為你臥底這麼多年了。」

陸炳的瞳孔收縮了一下，嘆道：「天狼，年輕人有血性，這是好事，但千萬不要意氣用事，人在官場，只有先保護自己，才能有所作為，要是你連自己都無法保全，還談什麼為國效力呢?!我年輕的時候，和你師父一樣熱血，但你到了我這個年紀後，就會覺得今天自己的想法很可笑了。」

天狼冷冷說道：「那我得趁著自己還有熱血，還有理想的時候去做些正事，陸總指揮，我還得好好養傷，這樣才能早點去執行你交代的下一個任務，這裡應該也不是什麼沈鍊的私宅吧，我這些天應該也不用扮演沈清了，對不對？」

陸炳點點頭：「這裡確實不是沈鍊的住所，只是我們錦衣衛的一處秘密據點，你這些天就在這裡養傷。我今天來還有一個目的，就是跟你交代一下白蓮教和宣府大同一帶的情況，免得你到了那裡兩眼一抹黑。」

這倒是天狼感興趣的，坐正身子說道：「我對北方武林知道的還真不多，請你說得詳細點。」

陸炳清了清喉嚨，開始娓娓訴說起來：

「白蓮教其實跟魔教也算近親，都是外來宗教，那魔教是從西方傳來的拜火教，信的是光明聖王，而白蓮教則是由南宋人茅子元，又稱為慈照和尚所創，是佛教淨土真宗的一個分支。因茅子元尊慧遠為初祖，自視為白蓮社傳人，故他創立的白蓮懺堂也就被認為是淨土宗的一派，稱白蓮宗，又稱白蓮教。茅子元自稱白蓮導師，其徒號白蓮菜人，可娶妻生子，與常人無異，並可男女同修，得到了下層民眾的廣泛信仰。

「白蓮教以『普化在家清信之士』為號召，形成一大批有家室的職業教徒，稱白蓮道人。因為他們在家出家，不剃髮，不穿僧衣，又被稱為不剃染道人或有髮僧。元代由白蓮道人組成的堂庵遍佈南北各地，聚徒多者千百，少者數十，規模堪與佛寺道觀相比。

「白蓮教的堂庵供奉阿彌陀佛、觀音、大勢至（合稱彌陀三聖）等佛像，上為皇家祝福祈壽，下為地方主辦佛事，也有一些修路築橋之類的善舉。堂庵多擁有田地資產，主持者往往父死子繼，世代相傳，堂庵的財產實際上是主持者世傳的家產。有些頭面道人勾通官府，交結豪強，成為地方一霸。

「在山西一帶，由於可以在家出家，加上這幾年山西一帶大旱，朝廷的救濟又跟不上，所以白蓮教大肆低價售糧，收買人心，那些在世襲軍戶的小兵過得不如意的，也多有加入白蓮教的。」

天狼納悶道：「聽起來這白蓮教好像並不是什麼邪教組織，為什麼要加以剿滅呢？」

「**這些披著宗教外皮，打著濟世口號的傢伙，無一不是有著勃勃的野心，想要收買人心，改朝換代**。白蓮教在元末的時候就發動信徒大肆起義，紅巾軍的韓山童、劉福通等人都是白蓮教眾，後來出身明教的我朝太祖洪武皇帝上臺後，意識到這些宗教的危害，於是下令取締明教和白蓮教，所以明教便改名日月教，正道門派稱他們為魔教，白蓮教便轉入地下活動，現在離開國已經過了一百多年，這些邪教組織又死灰復燃，魔教不用多說，現在成了江湖組織，已經沒有爭霸天下的想法，但白蓮教可不一樣，他們的資金和支持一部分來自於信徒的捐助，但更多是來自於漠北韃靼勢力的支持。」陸炳面色嚴肅地道。

天狼大感訝異地道：「蒙古人怎麼會和他們扯上了關係？」

「我皇登基以來，對日本和蒙古都是採取貿易中斷的國策，在北邊也完全關閉了以前的互市，這讓蒙古人無法用貿易的形式來獲得中原的物資，他們就只能不停地襲擾中原，破我邊關，掠我州縣，要做到這點，自然需要大明內部的奸黨作內應，這點和倭寇中沿海的刁民占了多數，是一樣的道理。」陸炳點出其中關鍵。

天狼暗罵嘉靖這狗皇帝，為了自己那點一錢不值的面子，弄得天下蒼生都跟著倒楣，但在陸炳面前他是不會直接罵出口的，皺了皺眉頭，道：「所以蒙古人就跟白蓮教暗中勾結，資助他們為內應？只是**既然我朝封鎖了邊境，與蒙古斷了聯繫，他們又是如何能搭上線的？**」

陸炳聞言道：「這一點就是你這次要查探的主要內容！據我所知，**白蓮教眾一定有出關和蒙古人接頭的方式**，我猜想很可能是地道，宣府大同一帶不少駐軍是白蓮教信徒，但要是公然出關肯定不行，所以暗中讓他們從地道走，這幾乎是唯一的途徑，只是白蓮教對於外人加入極為警惕，又殘忍嗜殺，我曾經派過幾十名錦衣衛試圖打入，都沒有成功，所以這次我並不是太希望你去。」

天狼哈哈一笑：「陸總指揮，你是不是怕我也陷在白蓮教回不來了？」

「你是我最優秀的殺手，我不捨得讓你冒這個險，這樣吧，我還是派人從旁協助你，如何？」陸炳探詢道。

天狼大手一揮道：「不必，人多了反而會分我的心。白蓮教現在的教主是誰？有什麼辦法可以打入他們內部？」

「白蓮教主現任教主，乃是號稱『**北地魔尊**』的**趙全**，當然，在白蓮教內部，他們得稱他北地聖尊，此人四十多歲，宣府人，武功已臻化境，白蓮劍法和白骨神掌皆已大成，天狼，此人的武功不在司馬鴻之下，你千萬不要掉以輕心。」陸炳警告道：「而且趙全心狠手辣，這些年手下從不留活口，山西一帶的綠林勢力幾乎全被他軟硬兼施收入麾下，儼然是第二個冷天雄。」

天狼默記在心：「北地魔尊趙全，我記下了。」

陸炳繼續道：「他的副手『**血手人屠**』**李自馨**，豐州人，外家高手，使一柄三百多斤的鐵杖，是個胖大頭陀，此人天生神力，七十二路瘋魔杖法極其威猛。」

「外家高手，相對於趙全來說要好對付一些，對了，趙全用的是什麼兵刃？也是某柄神兵利器嗎？」天狼問。

陸炳突然臉色變得詭異起來：「這正是我要跟你說的重點了，白蓮教極為歹毒殘忍，他們把捉**來的俘虜和一些青壯年泡到盛滿了毒藥的大缸子裡煉製，讓這些人神智盡喪，成為完全被他們指揮的行屍走肉，號為『毒人』。**」

天狼在上次武當山被金刀四傑偷襲時就聽說過毒人，但一直不知道是什麼東西，這回聽到陸炳說明，重重地一拍桌子：「居然有如此歹毒殘忍的邪惡門派，我必滅之！」

天狼平復了一下自己的情緒，說道：「這白蓮教煉製這麼多毒人做什麼？這些人無非一堆行屍走肉，能有什麼用？」

陸炳搖搖頭：「你有所不知，這些毒人是用幾百種劇毒的藥材和毒蟲煉製，在徹底失去意志的同時，也可以大大地激發人體的潛能，釋放出平時被大腦所壓抑和控制的力量，天狼，我們都是習武之人，你應該知道穴道中有重重的阻障，要想增強內力，讓內息運轉更流暢，就得打通這穴道，可你有沒有想過，為什麼我們人體生而就有這些穴道，有這些阻障？」

天狼自幼練氣，自然明白這道理，說道：「那是上天對凡人人體的保護，如果一個普通人沒有練內功，不知道如何控制丹田之氣，那麼穴道若是暢通無阻的話，一旦用力就有可能引起體內之氣在筋脈中亂跑，這樣只會讓他走火入魔，筋脈盡斷而亡。」

陸炳笑道：「這就是了，筋脈中的穴道之壁障，就是上天保護我們凡人身體的一道道關卡，除非是內家高手，控制內息的能力越來越強，才會打通相應的穴障，讓內息的流轉速度更快，其他方面也是如此，如果你體內的力量超越了你能忍受的肌肉痛苦的極限，那你的腦子也會強迫你停下來，天狼，你體內的天狼戰氣是摧毀一切的力量，想必你每次使用，也是痛不欲生吧。」

天狼想起自己的經歷，忍不住道：「不錯，每次一全力運起天狼戰氣，整個人都像要炸裂開一樣，尤其是眼睛，感覺隨時會爆出眼眶，那種感覺想了都可怕。」

陸炳道：「可是毒人沒有意識，他們完全不用理會來自身體的各種痛苦和警告，所以這些原本就有功夫在身的江湖人士被煉成毒人後，便有著一流高手的功夫，而且悍不畏死，全身是毒，與他們交手時間一長，毒氣從口鼻進入，不知不覺就會讓人中毒，無力再戰。靠這個辦法，趙全這兩年已經剿滅了不少山西和北直隸一帶的綠林山寨，甚至連華山派的分舵恆山也受到他們的攻擊，若不是司馬鴻和展慕白在緊要關頭率領大批高手來援，只怕這會兒恆山也落到白蓮教的手中了。」

天狼驚道：「這是什麼時候的事？」

陸炳似乎對天狼的這個反應有些意外：「一年前的事，此事轟動江湖，你不知道？」

天狼想起那時自己正在山谷裡和柳生雄霸苦練武功呢，這個經歷他沒有告訴過任何人，於是道：「當時我不在中原，所以對此事一無所知，不過，恆山派有楊瓊花這樣的高手坐鎮，怎麼會不敵白蓮教呢？」

陸炳嘆道：「白蓮教有備而來，出動了三百名毒人，當時楊瓊花帶著恆山的主力跟著司馬鴻南下集結，準備一起攻擊魔教的嶺南分舵，接到消息後，數百名高手星夜兼程趕回恆山。此時恆山已經幾乎要陷落了，機關消息全被破壞，而三百多名白蓮教眾也已經攻到了山頂，結果雙方大戰一場，白蓮教見敵方援軍趕到，這才退出戰鬥。

「經此一戰，恆山派的高手損失了十之六七，精英折損大半，要想恢復元氣，至少要好幾年的時間了。而白蓮教損失的不過三十多人，外加兩百多沒有意識的毒人而已，這一仗他們可以說占到了便宜，白蓮教之名也因此響徹江湖，大量北方的黑道人士紛紛加入白蓮教門下，成為能與魔教比肩的大型門派。」

天狼突然想到一個問題，道：「這白蓮教實力如此強大，有沒有朝中的背景或者是後臺？就像嚴嵩支持魔教，徐階是武當後盾那樣？」

「應該沒有，至少朝中的大臣是沒有的，至於是不是有邊關大將暗中支持白蓮教，那就不得而知了，所以我希望你能去查清楚。仇鸞擔任宣府總兵這一年來，白蓮教的勢力飛速增長，我相信這絕不是巧合，你要設法查探到他們之間是否有聯繫，記住！一定要有明確的證據才行。」

天狼點點頭：「這是自然，我感覺仇鸞肯定和白蓮教有關係。對了，那個白蓮教煉製毒人，用的是什麼藥，何以如此酷烈狠毒？以前在江湖上好像從未聽過有哪個門派有這本事。」

陸炳沉吟道：「那毒藥裡聽說有一味藥引來自西域，名叫曼陀羅草，服之可以讓人產生幻覺，麻木心神，感覺到極大的愉悅，即使刀劍加身也完全不覺得痛，這種藥我們中原是不產的，所以我確信白蓮教一定是和蒙古勢力有勾結，因為只有控制了西域的蒙古才會提供這種曼陀羅草。蒙古騎兵打仗衝鋒的時候，也是服用這種草，這樣能讓士兵捨生忘死，迎著槍林箭雨向前突擊，所以蒙古騎兵驍勇精銳，很大程度上是靠了這種毒草，這次**你除了留意白蓮教出關的秘密通道，還要留意他們存放曼陀羅草以及配製毒藥的地方。**」

天狼握緊拳頭道：「明白，我一定會查清楚的。」

陸炳臉上浮起一絲笑容，拍了拍天狼的右肩：「我相信你不會讓我失望的，更不會讓你的師父失望。」

三個月後，山西宣府。

天狼換了一副短衫夥計的打扮，戴著斗笠，站在一座數百米高的高嶺上的樹林裡，目光冷厲如電，看著遠方的宣府鎮。

宣府鎮，舊屬冀州，秦漢為上谷郡；遼太宗會同元年（西元九三八年），後晉石敬瑭割燕雲十六州獻給契丹後，屬遼國；金滅遼後屬金；元屬中書省上都路；大明時屬京師，屬萬全都指揮使司，由於其在晉北的山地中扼守著蒙古通向京師的要衝，歷來是兵家必爭之地。

此地南屏京師，後控沙漠，左扼居庸之險，右擁雲中之固，由於明初時，明成祖朱棣在起兵靖難，奪取皇位的過程中，借用了本來在塞外作為明朝屏障的蒙古朵顏三衛，事後對其作出讓步，控制力下降，因此大明從開國之初就再次直接以長城來防衛塞外的蒙古人。

永樂七年（西元一四〇九年），明成祖正式在宣化府設立總兵官，始稱宣府鎮。由於大明在明成祖時遷都北平，而宣府大同一線向來是蒙古騎兵直接從大漠攻入中原，衝擊京師的最佳捷徑，土木堡之變時的瓦剌騎兵就是從這裡長驅直入，殺到北京城下，給明朝造成了最嚴重的一次危機。

自宣府迤西迄山西，沿邊皆峻垣深壕，烽堠相接。隘口通車騎者百戶守之，通樵牧者甲士十人守之。武安侯鄭亨是這裡的首任總兵官，明成祖的敕書裡要求：各處煙墩，務增築高原，上貯五月糧及柴薪藥弩，墩傍開井，井外圍牆與墩平，外望如一。

也正是基於這一原則，從大同到宣府一千一百餘里的長城一線，處處都是烽火臺，共有一千二百多座，出關的城門衝口一百九十多處。

宣府鎮就是宣府這個戰區的總指揮部，宣府總兵鎮守府就在宣府鎮中，統領著一名副總兵，七名參將，三名游擊將軍，三十一名守備，以及十五萬士兵，五萬五千多匹軍馬，現任的總兵，正是靠著陷害曾銑和夏言起家的仇鸞。

那時在山谷中，天狼曾經看過劉裕留下來的兵書，這些天他走遍宣府各地，只見這裡守備廢弛，上長城烽火臺防守的士兵多是老弱病殘，不少額定三四千人的軍營裡，可戰的青壯年也就一千多，還成天在軍營裡喝酒賭博，那些出操和防守的士兵竟然有不少是從城裡雇來的乞丐和混混。

不僅如此，大明雖然明令禁止邊關與蒙古人的交易，但作為守軍，仍然跟關外的蒙古人有著來往，天狼至少在十幾處衝口看到過數百守軍帶著幾百匹馬馱著的貨物出城，一兩天後又帶著大批的皮毛、藥材等貨物滿載而歸，顯然是出關與蒙古人做生意去了。

這一個多月的明查暗訪，讓天狼對於大明邊事的崩壞吃驚不小，本以為江南內地一百多年沒有戰事，守備鬆弛還可以理解，可想不到作為九邊重地，甚至是大明最重要邊關的宣府鎮，也是這般情形。

雖然不少烽火臺剛剛修繕過，不算殘破，但守軍完全沒有邊軍應該具備的警惕性和戰鬥力，雖然天狼還沒有見過真正的蒙古鐵騎，但看到守軍這副德性，也不禁頻頻搖頭。好比自己一個多月來多次假扮販夫走卒或者是山野樵夫，離這些要塞不過數里之遙，居然從未被發現過，可見守軍的懈怠。

天狼收起思潮，看向遠方的宣府鎮上的總兵府，這裡倒是防守嚴密，幾百名全副武裝的士兵在鎮中走街串巷，來回巡邏。

仇鸞的宣府總兵府高大氣派，頗有大將軍行營的威嚴，如果仇大將軍能把保護自己的這份心思用在防線上，也不至於邊事如此了。

天狼在宣府鎮外已經待了三天，就沒見仇鸞出過總兵府一步，作為邊關大將，卻從不巡視邊防，難怪下面的守軍鬧得如此不像話。

天已近黃昏，天狼冷冷地看了總兵府最後一眼，看來今天仇鸞也不可能出府了。

今天是他計畫中觀察宣府邊防的最後一天，明天開始，他就要想辦法打入白蓮教的內部了。

他打聽到最近白蓮教一直在剿滅山西一帶的綠林山寨，以擴大勢力，那些被剿滅的山寨賊徒便有不少人加入了白蓮教，自己正好通過這種方式來混進白蓮教。

主意既定，天狼轉身進了身後的小樹林。

這葛嶺向南三十多里，有一處赤城，城西十餘里處有一座羊房堡，上面有一夥兩三百人的賊寇，嘯聚山林，時常打劫山下的來往客商，而官兵對這夥賊人卻始終不聞不問，估計私下裡也得了這幫人不少的好處，白蓮教這半年來掃平了這附近的六七個山寨，看來很快也會輪到這羊房堡了。

羊房堡裡有三個賊首，領頭的一個名叫**「立地太歲」楊春**，第二個叫**「掃地星」李雙全**，第三個名叫**「鬼頭刀」林武星**，三個人都是山西一帶綠林道上小有名氣的主，只是武功在天狼聽來，最多只能算是二流貨色，欺負一下老百姓可以，碰到白蓮教這種高手如雲的邪教組織，那只有等死的命。

可是羊房堡的三個當家也不是傻瓜，武功不行就指望著人數來湊，靠著山寨的險要機關與地形，與白蓮教周旋一二，昨天在宣府鎮上，天狼也聽說了羊房堡最近在四處拉壯丁上山。

這幾年由於邊關不穩，戰事頻繁，山西一帶去年又遭了大旱，因此到處都是流民乞丐，不僅給那些懶惰的邊防士兵們提供了大量代他們站崗巡哨的苦力，更是讓各種的山賊土匪有了源源不斷的後備嘍囉，只要一張大餅，就能忽悠人上山落草。

天狼把自己打扮成一個逃難的壯年災民，一身發達的肌肉都卸了勁，弄得鬆鬆垮垮，瘦骨嶙峋，臉上也弄得面黃肌瘦，灰頭土臉，拄著一根拐棍，拿著一只缺了口的破碗，向赤城的方向走去。

下了葛嶺不到三里地，在官道上就遇到了一幫逃荒的災民，上前一問，都是南邊十餘里處馬家坡的幾十戶人家，今年大旱，又碰到了蝗災，實在是活不下去了，全村的人於是結夥出來逃荒。

為首的一個五十多歲的老頭名叫馬老四，乃是村長，問起天狼從何而來，天狼謊稱自己是懷來鎮出來逃荒的，叫劉三愣子，路上碰到了土匪打劫，跟同村人跑散了，由於這陣子天狼走遍晉北，更是把當地話學得賊溜兒，這番說辭沒有引起馬老四的懷疑，又看天狼是個壯漢，比起自己這幫老弱病殘還是有把力氣，便帶上天狼一起走，一路上也好有個照應。

馬老四和天狼邊走邊話起了家常，天狼看著路上到處可見三五成群的饑民，嘆了口氣：「想不到不止是我們劉家村逃荒，居然有這麼多人都遭了災，四叔，你們馬家坡不比我們懷來，就在邊關上，也沒法過了嗎？」

馬老四苦笑道：「上個月鬧蝗災，春天種的苗全給啃了，顆粒無收啊，劉兄弟，你們懷來鎮可是軍府重鎮，就算遭了災，難道官府和駐軍都不開倉發糧的嗎？」

天狼嘆道：「當官的說，那裡是邊關重地，倉裡都是軍糧，要是開倉放給我們這些普通百姓，蒙古人打過來，當兵的就沒得吃啦，我們家不是軍戶，就只能和其他普通人家一起結伴出來逃荒，沒想到出來沒幾里地就碰到了強盜打劫，夜裡一片混亂，我跟同伴們走散了，就只能一個人繼續上路啦，也不知道我的同鄉們現在是死是活。」說到這裡，一臉的黯然，快要落下淚來。

馬老四連忙安慰道：「兄弟，不會有事的，這年頭啥都是假的，自己好好活下去才是真的，你放心吧，有我們一口飯吃，一定不會落下你的。聽說前面赤城那裡有人施粥放糧，我們先到那裡去，再做打算。」

天狼心中暗喜，這幫人正好要去自己的目的地，跟著他們一起混，倒省了不少事，臉上便擺出欣喜的表情：「真有這種大善人呀，太好了，奶奶的，狗官們都沒這麼好心。」

馬老四把天狼拉到路邊，等身後的同伴們走後，才悄聲道：「兄弟，不瞞你說，那施粥的可不是什麼善人，而是附近羊房堡的山賊土匪，喝了他們的粥，可要上山給他們做事的。」

天狼睜大雙眼，吃驚地道：「啊，老伯，你這不是坑大家嗎，要是勾結山賊土匪，那可是要殺頭的！還有，這山賊怎麼敢大搖大擺的在城裡開粥廠施粥，官府都不管？」

馬老四道：「這羊房堡的山賊們平時還算規矩，一般只劫財，不殺人，更是給東城的官府使了不少銀子，所以官府也懶得管他們。今年我們山西遭了大災，狗官都不肯開倉放糧，所以這些山賊打著城裡鄉紳的名義開粥廠，他們也樂得給自己省麻煩。」

天狼追問道：「可是山賊土匪靠著這一招招兵買馬，收攏人心，實力不是越來越強了嗎？到時候就有著打家劫舍，攻打州縣的兵力了，我們山西又靠著蒙古，難道這些當官的都不管嗎？」

馬老四微微一笑，露出了一口大黃牙：「反正我聽說羊房堡的山大王們是要招收流民到山上站崗放哨，順便修修山寨的防守工事，你看我們這些人，一個個都是老弱病殘，幾天沒吃飯了，連站都站不穩，哪有本事跟他們一起去搶錢呢。」

天狼問道：「那他們招我們這些幫不上忙，又不會武功的饑民做什麼？我聽說書先生說過，只有天下大亂，有人想造反的時候才會這麼幹。」

馬老四擺了擺手：「兄弟，管那麼多做什麼呢，這年頭人命也就跟螻蟻沒兩樣，你看看路邊的。」

說著，順手一指前方百餘步處倒斃在路邊的幾具屍體，「沒吃的就是死，而且是全家一起餓死，只要能活下去，管他是土匪還是蒙古人給東西吃呢。」

天狼心中一陣淒涼，剛來山西的時候，他看到這種路有餓死骨的時候，止不住的傷心和憤怒，也曾把自己的口糧分給奄奄一息的人，但一個多月來，這種現象看得多了，也就漸漸有點麻木了，對於「**官逼民反**」這四個字也有了更深的體會。但他還是忍不住說道：

「老伯，就算我們想上山落草，可是我們又不會武功，能做啥啊？」

說到這裡，他壓低聲音，臉上擺出一副神秘的表情，「我聽說白蓮教也經常施粥，讓窮人們入夥，可是進去的人沒一個能活著出來的，說是給拿去煉了藥渣，這羊房堡該不會也是這樣吧？」

馬老四的臉色一變，連忙搖手道：「兄弟，可別亂說啊，在這山西的地面上，你這樣說白蓮教，給人聽到了可是要沒命的。」

天狼歪了歪嘴：「哼，別人都怕白蓮教，老子可不怕，看到他們那幫裝神弄鬼的把戲就想吐，白蓮教在懷來那裡也開了粥廠，就是聽說了進去後有去無回，我才逃出來的，這羊房堡要是也是白蓮教的下屬，做同樣的事，馬老伯，那我可就不去了。」

馬老四拉住了天狼，搖搖頭：「兄弟啊，你有所不知，這羊房堡年前拒絕了白蓮教的招攬，這兩年白蓮教在山西地面上鏟平的山寨綠林也有十幾家了，羊房堡因為跟官府的關係不錯，還有不是身處要地，所以一直能保持獨立，一個月前，聽說白蓮教放話，四十天內就要滅掉羊房堡，所以那幾個當家的大王急了，就到處招人上山助守，以壯聲勢。」

天狼興奮地道：「哈哈，原來是這樣，老子早就看白蓮教不爽了，有機會跟他們幹，太好了！」

馬老四打量了天狼兩眼：「兄弟，你可是會武功？」

天狼搖搖頭，做出天真的樣子道：「咱是莊稼漢一個，哪會那個！聽說學了武功，人都可以在天上飛，不過，我有的是力氣，只要吃飽了飯，給我把鋤頭，掄棍子打妖人我還是可以做到的，我看那些白蓮教裡還有些女的，打不過男的，我打這些女人總沒問題吧。」

馬老四勸道：「兄弟，咱都是普通人，可別跟那些會武功的人硬拼，拼不過的！照我說啊，咱們去混點吃的，上山站站崗，趁亂帶幾天的口糧跑出來也就行啦，真要是白蓮教殺過來了，那可是等死了。」

天狼點點頭，馬老四看前面的人走得遠了，連忙拉著天狼跟上。

這一路上的官道，除了饑民外，幾乎就沒有別人，偶爾能見到幾個面相凶狠，挎刀騎馬的勁裝大漢呼嘯而過，都是向著東城的方向，天狼知道可能是羊房堡從各地找來助拳的高手，心中暗自嘆息這些人接下來悲慘的命運。

走了二十里後，終於趕在天黑前到了一處小集市，這裡的人也因為饑荒而逃散一空，村裡透著一股沉沉的死氣，連野狗都沒有一隻。

天狼內功已臻化境，除非大戰，平時可以十餘天不吃東西，但這些饑民可沒這本事，坐下來後，個個腹中大叫，連呼天搶地的力氣都沒有，眼神中透出的盡是對死亡的麻木，幾十個人找了一處大宅院，便東倒西歪地各自找地方躺了下來。

這一夜，天狼沒有睡著，一個人倚牆瞇著眼，想著混進羊房堡後的種種應對，直到太陽曬到身上，才發覺已是新的一天，起來叫醒馬老四，再叫這三十多名饑民起身上路，結果有三個人便在夜裡餓死了。這些人甚至連埋葬死者的力氣也沒有，跟著馬老四茫然地繼續前行。

天狼看得心中一陣淒涼，藉口要上茅房，溜回了那處宅院，確認四下無人後，運勁走遍全身，在地上轟出一個深達兩尺的大坑，把那三人的屍體扔進了坑裡，蓋上土，心中默念道：下輩子找個好人家投胎吧。

在回追馬老四等人的過程中，天狼的心中止不住的翻江倒海，所有的恨意都衝著嘉靖、嚴嵩和仇鸞等人，正是這些昏君奸臣尸位素餐，弄得天下民不聊生，災民遍地，他甚至懷疑起自己為這樣的國家出力，是否值得。

帶著這樣的想法，天狼一路默默無語跟在後面，走了二十多里地後，終於進了東城。

還沒進城，就看到城外一處地方圍了黑壓壓上千人，看起來都是滿臉菜色的饑民，有些人坐到一邊的路旁，端著手裡的破碗，貪婪地舔著碗裡剩下的一點點粥。

馬老四等人一看到這情形，個個都好像恢復了活力，居然能跑起路來，生怕落於人後，顫巍巍地向人群中擠過去。

天狼也跟著走了過去，只見路邊搭了一處涼棚，棚裡架著三個大鐵鍋，下面

「劈哩叭啦」地燃著乾柴，鐵鍋裡正煮著粥，一股久違的誘人米香鑽進了每個人的鼻子裡，鍋邊，一條大漢正坐在一張馬紮上，手裡撐著一把鬼頭大刀。

但馬老四等人卻沒有喝上粥，他們被幾個如狼似虎的壯漢們攔在外面，這幾人一臉的凶樣，一看就知絕非善類，而馬老四已經聲淚俱下，就差跪地磕頭了。

天狼撥開眾人，走到那幾個壯漢的身前，對馬老四問道：「老伯，這是怎麼回事？」

馬老四哭道：「兄弟，這幫大爺說，粥不多了，只分給有力氣的後生，我們這些老弱婦孺已經不再施粥了！兄弟，你知道的，我們有十幾天沒吃飯了，都餓死人啦，求求你幫著向這些大爺求求情，賞我們口飯吃吧，要我們做什麼都行！」

天狼轉向那幾個嘍囉，他心中正是一肚子的怒火無法發洩，拳頭不覺地握了起來，沉聲道：「你們既然開了粥廠，應該是積德行善，現在看著這些快要餓死的饑民不去救濟，就不怕遭報應嗎？」

一個嘴邊長了一顆黑痣，上面還帶著幾根毛的壯漢打量了天狼兩眼：「喲喝，還有打抱不平的傢伙，爺們開粥廠，愛給誰喝給誰喝，輪得到你在這裡指指點點的？看你還有點力氣，識相的拿了碗去打半碗粥，到路邊蹲著，喝完了跟咱們當家的上山。」

天狼對黑毛壯漢道：「我可以跟你們走，但你們要給這些人粥喝。」

黑毛壯漢臉色一變，捋起了袖子，身邊幾個壯漢一下子圍了上來，對天狼橫眉瞪眼地說道：「小子，不要命了嗎？也不打聽打聽我們羊房堡的厲害，敢跟我們講條件，活膩歪了！」

天狼盡力克制著把這些傢伙打成肉餅的衝動，嘴裡央求道：「我是跟老伯他們一起出來的，不能我有粥喝，卻看著他們餓死，你們開了粥廠招收壯丁，也不缺給這些人的一口飯吧。」

黑毛壯漢扭頭看了那名撐著鬼頭刀的大漢一眼，只見大漢向他使了個眼色，黑毛壯漢心領神會，二話不說，一招黑虎掏心，就對著天狼的胸口打了過來。

這一拳看似虎虎生風，但在天狼的眼裡，軟得跟棉花糖一樣，若是換了平時，他一根手指頭就能讓這黑毛壯漢躺下，但自己的任務是混進山寨，絕不能露出馬腳，作為戰敗的俘虜給抓進白蓮教，是他計畫的第一部分，於是裝著不會武功的樣子，本能地舉手一格，還是慢了一拍，一拳「砰」地打在他的前胸，他嘴裡「哎喲」一聲，身子晃了兩晃，仰頭就向後栽倒。

黑毛壯漢原以為眼前的這條大漢口出狂言，手底下會有點本事，所以這一拳用了九成勁，但一拳擊中天狼的胸口，卻是軟綿綿的，感覺發不出太大的力，對手卻仰頭便倒，這有點出乎他的意料之外，但仔細一想，這小子大概是幾天沒吃飯了，腳下虛浮，身上也沒有看起來的結實，都是浮腫的泡泡肉，所以才會這麼不經打。

黑毛壯漢想到這裡，哈哈一笑，指著地上的天狼笑道：「小子，沒有三分三也敢上梁山，看你口氣挺大，可是一點也不經打啊，照你這本事，別說讓他們喝粥了，就是你，我看也沒啥給粥的必要。」

一邊的幾個嘍囉都得意地跟著狂笑。

天狼抹了抹嘴邊帶血的口水，那是他剛才故意咬破嘴脣內側弄出來的，站起身，盯著黑毛壯漢，眼裡透出一股不服氣的倔強：「你這漢子，說打人就打人，只我五天沒吃飯了才會著你的道兒，告訴你，我的勁大得可以跟田裡的牛摔跤，只要我吃飽了，咱們再來打過，我肯定能贏你！」

黑毛壯漢先是一愣，然後哈哈大笑起來，上前又準備動手，卻聽到後面那個鬼頭刀大漢沉聲喝道：「薛平，且慢。」

黑毛壯漢看來頗為忌憚這個鬼頭刀大漢，連忙低頭退了下去，那鬼頭刀大漢把刀扛在肩上，站起身，幾個大步走了過來。

天狼見此人腳步沉穩，一步一個腳印，看起來外家功夫不弱，有股子硬氣功，但內息幾乎沒有，應該是標準的綠林賊寇，還稱不上高手，看他所用的兵器，應該就是羊房堡的三當家「鬼頭刀」林武星了。

林武星個子高大，比起沒有用縮骨法改變自己尺寸的天狼矮不了多少，年約三十五六，滿臉橫肉，一臉大鬍子，敞開的胸衣裡，可以看到胸口濃密的汗毛。

他走到天狼面前，嘴邊掛著一絲冷笑：「小子，你說你勁大得可以和田裡的牛摔跤，可是當真？如果你沒吹牛的話，我跟你打個賭，賭贏了，你跟我走，我管你飯吃，也會給你的鄉親們一頓飯；賭輸了，哼哼，就要你的命，敢不敢？」

天狼一拍胸脯：「我劉三愣子可不是白叫這名的，村裡人都知道，我跟你賭！」

馬老四等人雖然跟他不是一個村，但一聽有喝到粥的希望，忙不迭地跟著點頭稱是。

林武星點點頭，對那個名叫薛平的黑毛壯漢說道：「給這小子一碗粥，一個餅，先讓他吃了，再讓他舉那個三百斤的大石鎖，舉得起來，就是這小子沒吹牛，帶他走，順便給這幫人一人半碗粥，要是舉不起來，就是吹牛，當場打死他！」

薛平惡狠狠地瞪了天狼一眼：「小子，跟我來。」

天狼作出一副走路輕飄飄的樣子，以手掩著給薛平打了一拳的胸口，皺著眉頭，慢吞吞地走到鍋邊，捧起粥碗就大吃起來，而那個巴掌大的油餅沒兩口就給他吞下了肚，完全是一副餓死鬼投胎的德性。

薛平冷眼看著天狼把東西吃完，一揮手，兩個嘍囉哼哧哼哧地抬著一個三百斤重的大石鎖走到天狼的面前，重重地向地上一放，地上硬生生地被砸出一個不小的坑。

天狼抹了抹嘴邊的飯粒，貪婪地塞到嘴裡吞下，然後站起身，長舒了一口氣，他確實有一天多沒吃飯了，雖然靠著精深的內功沒覺得有多餓，但是吃到嘴裡，還是覺得能塞飽肚子真是件不錯的事。

走到石鎖前，天狼使勁地掄了掄自己的兩隻胳膊，踢了踢腿，然後半蹲下來，手牢牢地抓住了石鎖上的把手，裝模作樣了一番。

天狼沒有用一絲內力，單純的外力貫於雙臂之上，他擼起袖子，小臂上發達的肌肉開始跳動，意念所致，汗珠漸漸地沁出了手臂，感覺到身下的石鎖開始晃動，只要自己稍一運力，就會很輕鬆地給提起來，他連忙把力道減了兩分，那石鎖變得有重量起來，向下微微一沉。

天狼沒有舉起石鎖，退後一步。

薛平哈哈一笑：「三當家，我就說這小子是騙吃騙喝的，做了他！」

林武星搖搖頭：「這小子好像有幾斤力氣，你看他這身肌肉，比你都要強些，應該是剛吃飽飯，還發不上力，這三百斤的石鎖，你不也照樣舉不起來嘛？」

薛平不敢再說話，盯著場中的天狼，只見天狼再次掄了掄胳膊，這回他乾脆把外衣脫下，露出裡面的一身虯肌，天狼的這一身外皮也經過了易容處理，外面套著一身肌肉裝，很好地掩蓋住了他的傷疤。

第七章

立地成佛

天狼冷眼旁觀，這一招禪杖下立乃是
少林伏魔杖法中的霸道招式「立地成佛」，
非打通督脈的一流高手不能發揮威力，更難得的是，
在禪杖下立的同時，還能分出餘力抽出戒刀，
與向著頭上砍來的鬼頭大刀來一下硬碰硬。

只見天狼這回往自己的手上重重地唾了兩口，然後使勁地搓了搓雙手，拉住石鎖的把手。

這回他用上了七成的外力，特意屏著呼吸，把自己悶得臉紅脖子粗，連手上和脖子上的青筋都在不停地抖動，那石鎖終於艱難地離開了地面，一點一點地向上移動。

馬老四等人看得狂呼喝彩，他們能不能喝上粥，能不能看到明天的太陽，全有賴天狼能不能舉起這石鎖了。

在這些人的叫好聲中，天狼似乎增添了不少力氣，石鎖被他提過了膝蓋，到了腰間的位置，卻是再也提不上去了。

天狼蹣跚地踏出三步後，終於氣力不繼，「哎喲」一聲，石鎖重重地砸到地上，險些磕到他的腳，天狼一屁股坐到地上，喘著粗氣，一句話也說不出來，整個人像要虛脫一樣。

薛平見狀道：「三當家，這小子沒有把石鎖舉起來，我現在就去做了他！」說著就想向前，一隻手已經摸到了刀柄上。

天狼無力地看著薛平，胸口劇烈地起伏著，卻是動也不能動一下，這時的他，就像一隻待宰的羔羊，盯著薛平，像要噴出火來。

林武星喝道：「薛平，老子還沒下令，輪得到你出來得瑟？給我滾一邊去！」

薛平微微一愣，呆立原地，卻聽到林武星的聲音更大了，「看你奶奶個熊啊，叫你滾一邊去，老子不說第三遍！」

薛平悻悻地退下，林武星扛著鬼頭大刀走到天狼的面前，「嘿嘿」一笑：「小子，你輸了，你沒把這石鎖舉起來！」

天狼喘著粗氣，低聲吼道：「他娘的，你這石鎖有幾百斤重，誰舉得動！剛才抬過來都要兩個人，我看就是你這使刀的，也舉不動這石鎖吧。」

林武星哈哈大笑起來：「小子，沒見過世面吧，今天大爺心情不錯，就讓你見識一下什麼才是男人的力量！」

說著，把鬼頭刀往地上一插，站到石鎖前，兩腳微分，成馬步，氣貫右臂，牢牢地抓住了石鎖的把手，臉上騰起一陣紅氣，顯然是運上了力，舌綻春雷般地大吼一聲：「起！」

那三百斤的石鎖一下子就給他舉到了腰間，只見林武星手腕一轉，石鎖變成頭下腳上，大頭翻了個個兒，林武星的右膝微屈，右臂再一使力，那石鎖居然被他單手從肩上舉過了頭頂。一幫饑民們看得目瞪口呆，幾個嘍囉則拼命地拍手叫好。

天狼看著這一幕，心中暗笑，這套把戲我十歲就可以做到了，但他臉上仍然裝出一副難以置信的表情，嘴張得大大的，一句話也說不出來。

那林武星得意地把石鎖扔到地上，拍了拍自己的雙手，對著天狼道：「小子，怎麼樣，現在還說什麼這石鎖不可能舉起來的話嗎？」

幾個嘍囉都連聲附和：「三爺威武，項霸王也不過如此啊。」

「呸，項霸王算個屁，太上老君也不如三爺天生神力啊。」

「小子，沒見識過吧，三爺兩隻手舉兩個石鎖都跟玩一樣。」

林武星擺擺手，阻止了這幾個手下的馬屁，對天狼道：「小子，你輸了，現在你說怎麼辦吧。」

天狼咬咬牙，從地上一屁股爬起來，大聲道：「是我輸了，你可以取我性命，但剛才我把這石鎖舉起了一半，也不是完全輸，三當家，請你給這些鄉親們一口飯吃，取我性命就是。」

林武星眉毛微微一動，對天狼的這個選擇頗為意外：「小子，你自己命都不保了，還管這些人做什麼？」

天狼看著在一邊已經哭成一團的馬老四等人，說道：「這些是跟著我一起出來逃難的鄉親們，我們說過要互相照應的，三當家，這些人吃不了你多少東西，給他們吃頓飯，算我劉三愣子死前最後的要求了。」

林武星轉頭對薛平下令道：「就依他說的，給這些人每個人一碗粥，半個餅，打發他們走。」

薛平狠狠地盯著天狼，問道：「三爺，那這小子呢？他今天敢對我們羊房堡不敬，斷不可留他性命啊。」

林武星搖搖頭：「不，這小子為人挺仗義，又有一把力氣，現在山寨需要這樣的人，明天我要帶他回去，薛平，再給他一碗飯，兩個餅。」

薛平抗聲道：「三當家，萬萬不可，二當家有過吩咐。」

林武星帶著殺意的眼光射向薛平，嚇得薛平一激靈，閉嘴低頭，不敢再說什麼。

林武星「哼」了一聲：「現在在這裡，我就是最大的，別跟我提別的當家，薛平，是不是你眼裡只有二當家，沒有我這個三爺？」

薛平連連擺手，嘴裡結巴著道：「不不不，小的怎麼敢啊。小的一向對三爺忠心耿耿啊！」

林武星眼中凶光一現，突然抽出鬼頭大刀，刀光一閃，薛平一聲慘叫，一隻耳朵跟腦袋分了家，斷耳處血流如注，他也發出一陣殺豬般地慘叫聲。

林武星收刀回鞘，冷冷地環顧四周道：「都聽好了，哪個再敢在我面前拿別的當家的壓我，就是這下場！」

林武星的話語配合著薛平在一邊殺豬般的嚎叫，震得在場的每個人都低著頭，天狼暗想：看這樣子，**羊房堡的三個當家之間關係也很有問題**，大敵當前內部不和，這可就更沒有活路了。

林武星對天狼道：「小子，你不是要給你的這些同鄉們粥喝嗎？還愣著做什麼，早點分了粥，我們也該上山了。」

天狼連忙點點頭，站到大鍋前，招呼起馬老四等人，給每個人的碗裡舀起粥來。

那些行如殭屍的饑民們一個個千恩萬謝地離開，捧著粥蹲到一邊喝了起來。

馬老四最後一個上來，和天狼湊得很近，低聲道：「兄弟，真是太謝謝你了，記得我的話，永遠都別忘了保命第一。」

天狼點點頭，心想：不管怎麼說，這群饑民至少有了吃的，又能活上幾天了，至於他們以後的命運也只能聽天由命啦。

隨著馬老四的碗裡多了滿滿的一碗粥，退了下去後，地上薛平的慘叫聲也已經停止，幾個嘍囉扶起他，把斷耳處包紮好，他默默地坐在一邊，低著頭，看向林武星的眼神中盡是怨毒之情。

林武星看都不看薛平一眼，等天狼把粥分完，才冷冷地說道：「劉三愣子，你要求的事我都已經滿足你了，現在也該你兌現自己的承諾了吧。」

天狼拍拍胸脯：「三爺，三愣子的這條命是你的，你要三愣子做啥，三愣子絕不皺一下眉頭。」

林武星滿意地道：「嗯，夠爽快，老子就喜歡你這樣的性格。以後你就在我身邊當個親隨吧，少不了你的好處。」

天狼注意到一邊的幾個嘍囉眼中都透出了驚訝和幾分嫉妒，那薛平更是眼中露出惡狼一樣的凶光，一閃而沒。

林武星沒有理會其他人的神情變化，拍了拍天狼的肩膀，鼓勵道：「小子，好好幹，以後不會讓你吃虧的，現在就跟三爺回山！」

幾個嘍囉飛快地把鍋收了，剩餘的一點點鍋底米粥都倒到了路邊的溝裡，幾個沒吃夠的饑民紛紛撲上去，貪婪地舔著這點殘米渣。

林武星騎上一匹拴在棚邊的馬，薛平則恨恨地用腳踢著蹲在路邊捧碗吃飯的青壯饑民們罵道：「吃太飽走不動路了嗎，快走！」

天狼不想理薛平，逕自朝著林武星離去的方向走去，薛平卻一個箭步衝到他的面前，凶狠狠地道：「小子，大爺可沒讓你走，新上山的都要懂規矩，別以為三爺對你好就可以不顧規矩，你小子不是很有力嗎？給我去把大鍋背了！」

天狼知道這傢伙在林武星那裡吃了虧，想在自己身上發洩怨氣呢，看了一眼那些上路的人，抗議道：「都是新人，為何只讓我一個人背鍋？」

薛平的手按到了刀柄上，眼中閃過一絲殺機：「臭小子，老子來得比你早，功夫比你高，說的話你就得聽，你反倒管起老子的命令了是不是？實話告訴你，老子就是看你不爽，今天所有的鍋都你一個人背！」

天狼沒有一絲退讓的意思，搖搖頭：「薛平，剛才三當家已經說了，以後我就是他的長隨，只有三爺能使喚得動我，你沒資格叫我做這做那！」

薛平氣得滿臉通紅，怒道：「臭小子，造反了是吧，今天老子不好好教訓一下你，以後也不用混了！」說著，便踢出一腳直奔天狼的腹部。

這一腳他用了全力，帶起一陣呼呼的風聲，比起之前打天狼的那拳力道可大多了。

天狼也不躲閃，左手微一運氣，用了三分力，擂起拳頭，向薛平的正面小腿骨就是一拳砸了下去，只聽「砰」地一聲，沙塵散處，眾人只看到薛平抱著自己的腿嚎叫著，比剛才削了耳朵叫得還淒厲，天狼則不知所措地站在一邊，呆呆地看著薛平。

林武星聽得後面一陣嘈雜，不知發生了什麼，轉回來一看到這情景，臉色微微一變：「怎麼回事？」

天狼作出無辜的表情，搶先告狀道：「三爺，薛平要我把所有的鍋都背上，我不幹，他就說要教訓我，拿腳踢我，我用手一擋，他就成這樣了！」順手一指地上的薛平。

林武星看著在地上滾來滾去的薛平，只見他的一條腿已經腫得有碗口粗，在地上連聲哀號，林武星眼中閃過一絲狐疑，看向天狼的左手，突然右手疾出，快如閃電，直接扣住了天狼左手的脈門。

天狼早有準備，憨憨地一笑：「三爺，俺這回不疼。」

林武星武功雖然一般，但也學過一些擒拿手法，這一招下去，輕易地就控制住了天狼，顯然此人不會武功，連基本的武者本能反應也沒有。再看天狼的左手，掌邊緣處一片紅腫，暗想恐怕是此人皮粗肉厚，正好打到了薛平的哪個穴道或者是筋脈，才會讓薛平變成這樣。

想到這裡，林武星放下了天狼的手，追問了一句：「你真的不疼？」

天狼搖搖頭：「這回俺吃飽飯了，剛才我那麼一擋，就看薛平躺地上啦，跟我在村裡和二憨子打架一樣，他也喜歡出腳踢我，我每次往他腳踝上一敲，他就走不了啦，嘿嘿。」

林武星蹲下身子，抓住了薛平的腳，見薛平的腳踝又紅又腫，終於信了天狼的話，笑道：「三愣子，你這土法效果倒是不錯，回頭讓山寨裡的弟兄們都學學。」

天狼傻笑著道：「沒問題！對了，三當家，您剛才說，以後我就是您的長隨，有啥事都只聽您的吩咐，可是薛平說他的資格老，他的話我得聽，要我把所有的鍋都背上，這話我還聽不聽啦？」

林武星的臉一下子沉了下來，對著還在地上痛得眼淚直流的薛平，冷冷地道：「剛才我說的話，你難道沒有聽見？」

薛平這回哪還敢反駁，低聲下氣地回道：「三當家，這些鍋按規矩應該是由新入夥的背的，當年我入夥時也做過這些雜事，小的是按山寨的規矩……」

薛平話音未落，臉上就挨了林武星的一個巴掌，打得他眼前金星直冒，耳邊只聽林武星喝道：「混蛋，山寨哪條規矩要讓新入夥的兄弟把這幾口鍋全給背了？三口鍋加起來兩百斤重，你背一個給我試試?!分明是想刁難新來的兄弟，還他娘的找這些狗屁不通的藉口，二當家怎麼教的你！」

薛平不敢回嘴，抬手給自己兩個耳光，打得另一邊的臉高高腫起：「小的知錯，小的再也不敢了。」

林武星沉聲道：「你給我聽好了，以後這劉三愣子就是我林武星的長隨，全寨上下只有我林武星可以責罰他，再讓我看到你仗著自己資格老欺負新人，別怪我下次不給你說話的機會。」

薛平慢慢站了起來，擺著一個金雞獨立的姿勢，低著頭，乖乖地說道：「是。」

林武星看了一眼遠處的幾口大鍋，眼中寒芒一閃：「還有，那三口鍋，你給我一個人背回山去，要是讓我看到有人幫你，二哥也救不了你了。」

到了晚上，天狼已經跟著林武星和一眾嘍囉們回到了羊房堡。

這裡乃是一處典型的土匪山寨，建在東城邊的羊房山上，上山寨的通路只有前山的一條羊腸小徑，寬不過二人並行。

山寨順著這條小道設了三道關卡，每道關卡都築著兩丈高的寨牆，上面有嘍囉來回巡視，看這些嘍囉多半挎弓持叉，一個個雖然孔無有力，卻全無氣息，不似武林高手，看起來像是山中的獵戶。

天狼一路走來，總算明白為啥這羊房堡能撐到現在還沒給白蓮教吞併或者是給官軍剿滅，除了地理位置不太重要外，極為險要的地形是主要原因，稱得上是一夫當關，萬夫莫開。只是這種防禦對於戰鬥力極弱的官軍應該是綽綽有餘，但若是碰到大批高手以輕功在夜間突襲，只怕仍然無法抵擋。

天狼知道武當山的防禦是有著各種明哨暗哨，還有機關，雖然地勢沒有這裡險要，但各種厲害的機關埋伏，足以把夜探武當的高手打成肉泥，或者是射成刺蝟，但他在羊房堡沒有看到任何機關，這裡只是個標準的土匪山寨，看來近在眼前的白蓮教突襲，他們是很難抵擋了。

薛平被林武星逼著背了三個鍋回山，由兩個小嘍囉陪著，或者說是監視著他，三個人一直拖在後面，天狼雖然沒有看到薛平的樣子，但能想像得出他是如何哭喪著臉，咬牙切齒地大罵著自己，林武星他不敢得罪，所以回山後，他一定會想辦法殺自己報仇，如何能不露武功的做掉此人，倒是得想個辦法。

一路上，其他人看著天狼的眼神裡多是敬佩與羨慕，那些嘍囉們不敢像薛平那樣地再小看天狼，至少表面上都對天狼客客氣氣的。

還有個長得短小精悍，一臉媚態的嘍囉，名叫李三根的，主動跟天狼話起了家常，問東問西的。

這李三根上山也就兩個月，是前陣子從晉南運城一帶逃荒過來的，跟天狼這夥兒人一樣，同樣是喝了粥後上山當苦力，聽他說，上了山後就得賣力修寨牆，本來山上只有頂部的那處山寨，這兩個月，在山道上又加了三道哨卡，路過第二道哨卡的時候，李三根還驕傲地指著哨卡右側的那一排木樁子，說是他修的。

李三根還說他是木工出身，大頭領楊春看他木工活兒做得不錯，人也挺機靈，就免了他勞役的差事，讓他當了一個小頭目，帶著十幾個人修哨卡，等這第二哨卡修完後，李三根也正式轉成了楊春手下直屬衛隊的一個小隊長，還是管著原來的那十幾號人。

天狼問道：「你們不過才上山幾天，又不會什麼武功，怎麼就當上大頭領的直屬衛隊了？還是小頭目？」

李三根看了眼四周，故意拖慢腳步，等前面的人都離得遠了點，才悄聲道：「兄弟，我看你是新來的，卻得到了三當家的賞識，這才告訴你，你可千萬別說出去啊。這山寨上的三個當家雖然結了兄弟，但相互間關係不是太好，也都有自己手下的一幫人。像打你的那個薛平，就是二當家的手下，本來是想找些機靈點的人給二當家使喚的，卻不知三當家怎麼想的，自己下山到了粥廠，就把你搶到手下啦。」

天狼心道，果然如此！但臉上卻裝得很惶恐地道：「啊呀，這麼說我不知不覺已經得罪二當家了，今天三當家打了薛平，那二當家為了出這口氣，肯定要找我麻煩的，三根，你可得幫我想個辦法，我可不想死。」

李三根神秘地道：「應該不至於，二當家為人陰沉，喜怒不怎麼看得出來，據我的觀察，他好像想聯手三當家，先奪了大當家的位置，而且現在白蓮教大敵當前，三個當家間是戰是和，意見也沒統一，現在不是內訌的時候，所以老弟大可以放心，二當家不會在這個時候動你的，因為那會結怨三當家。」

天狼露出恍然大悟的表情，又抓了抓頭：「白蓮教？怎麼我們山寨跟白蓮教還結上仇了呀？這點我還真不知道呢。」

李三根嘆了口氣：「兄弟，不瞞你說，要是早知道這羊房堡招人是因為得罪了白蓮教，需要多拉些人防守，我就是餓死也不會上山啊，聽說是白蓮教三個月前給山寨下了白蓮令，限三個月內投降，作為白蓮教屬下的一個分寨，由白蓮教派寨主，三個當家的各降一級留任。結果二當家同意，三當家和大當家堅決不肯，最後還是一致決定不投降，全力對付白蓮教。」

「要是打白蓮教，我倒是肯，娘的，這幫神棍可把我們懷來鎮禍害得夠慘，兄弟，沒啥好怕的，我看咱們山寨這防守，白蓮教來了也不用怕。」天狼一臉不平地道。

李三根搖搖頭：「你是沒見過白蓮教的厲害，我以前在霍山伐木時，見過白蓮教攻破霍山好漢崗的情形，那白蓮教徒邪氣得很，和我同村的李二傻子給他們抓了去，我看到他也給派去打好漢崗了，娘的，箭射到身上就跟沒感覺一樣，照樣向前走，這小子平時打架都慫，那天我看他拿刀殺人，眼皮都不眨一下的，可邪氣了！」

天狼知道那個李二傻子一定是給煉成毒人了，但裝出一副不解的樣子：「這是怎麼回事？一個傻子進了白蓮教竟變得殺人不眨眼了？」

李三根帶著一絲恐懼地道：「傳說白蓮教有妖法，進去後有白蓮老祖點化你，讓你變得力大無窮，不懼生死，我們霍山那裡的好漢崗也算是晉南一帶響噹噹的綠林山寨了，有兩百多條好漢，實力比這羊房堡還要強，聽說還有些以前是大派的弟子，這樣的實力，一天就給白蓮教攻下來了，一個都沒逃得脫。」

天狼倒吸一口冷氣：「全殺了？」

李三根搖搖頭：「聽說不是，上個月上山入夥的蔡大膽是晉中五臺山的人，他看到白蓮教上個月滅他們那裡的黑雲寨時，打頭陣的居然是好漢崗的魏通天魏大當家，也一樣是不避生死地衝在最前面，看起來也是給白蓮老祖的妖法洗腦啦。」

天狼開玩笑說：「要是能給洗腦成一下子武功暴漲，不畏刀劍，這也不錯啊，奶奶的，我就是不會武功，只有一把子蠻力，嘿嘿。」

李三根連忙擺擺手：「兄弟，你可千萬別犯傻啊，那可不是讓你功力暴漲，而是讓你沒腦子，不覺得痛，比如李二傻子，給砍了一隻手，照樣用另一隻手把人掐死；又如魏通天，腦袋沒了，身子還在向前走，可你說他們沒了手沒了腦袋，還能再長出來嗎？」

天狼吐了吐舌頭，身體不禁抖了一下：「這麼可怕啊，那還是算了。」

二人說話間，走進了第三道哨卡裡。

林武星正站在大門口，對著天狼喝道：「劉三愣子，怎麼走路跟個婆娘似地慢騰騰地拖在最後？」

天狼連忙應道：「三爺，小的來了！」順便低聲對李三根道：「兄弟，好自為之，改天再聊。」

李三根眼裡閃出一道狡黠的光芒：「會有機會的，兄弟，進了山寨一定要保護好自己，三當家的人還不錯，跟緊點，不會有錯！」

進了三道哨卡後，林武星陰沉著臉，走過來把天狼拉到一邊，道：「小子，你不緊緊地跟著我，卻跟那李三根一路嘮叨個沒完，想做什麼？」

天狼「嘿嘿」一笑：「那位大哥教了我不少事情，他人挺好的。」

林武星看著李三根的背影，「哼」了一聲：「這傢伙很精，跟他主子一樣，陰死陽活的，他跟你都說了些什麼？」

天狼其實也挺奇怪，為何一路上李三根會跟自己說這麼多事，總覺得此人看來熱心的外表下，隱藏著不為人知的動機，這會兒正好可以從林武星那裡問出些什麼，於是說道：

「三根也是運城那裡出來逃難的，他說他看到過白蓮教的徒眾，悍不畏死，力大無窮，還親眼見到過白蓮教把他家附近的好漢崗給滅了，然後那個好漢崗的首領不知怎麼地，就為白蓮教衝鋒打下一個寨子，把命都給送了。」

林武星追問道：「他老是說這些，還有什麼嗎？」

天狼想了想，李三根跟自己說起山寨內部不和的事，最好還是不要說出來，於是搖搖頭：「別的沒什麼了，噢，對了，他說薛平是二當家的手下，要我以後對他留神。」

林武星的眉毛皺了皺：「他沒跟你說山寨裡三個當家的關係嗎？」

天狼臉上一副茫然的表情：「沒有啊，當家的事情，我們這些小兵卒子哪能瞎摻和，他說三爺挺賞識我，人也講義氣，要我好好跟著三爺幹呢。」

林武星的眉頭舒緩了些：「這小子還挺會說話，三愣子，實話跟你說吧，三爺在山寨裡和大哥、二哥的關係只能算一般，我能倚仗的，主要是你們這些我親自帶上山的兄弟，以後你只需要聽我的話，大寨主和二寨主也不能直接使喚你，聽明白了嗎？」

天狼做出驚訝的表情：「三爺，這不太好吧，山寨裡自然是大頭領為尊，如果您不在的時候，他給小的下命令，小的怎麼可能拒絕呢。就是您自己，對那個薛平下令，他不也是只能乖乖照辦嗎？」

林武星不耐煩地道：「多的事情就別問了，我治薛平不是因為他欺負你，而是因為我明明已經把你收到了手下，他還敢動我的人，別說是他，就是二哥這樣做，我也會跟他翻臉！三愣子，以後你儘量跟我的人走動，大頭領和二頭領的人你少招惹，如果有人欺負你，當場還擊，不得給我丟臉，聽明白了沒？」

天狼點頭如搗蒜：「我一切都聽三爺的。」

林武星笑道：「三愣子，你為人仗義，也有力氣，有點像十年前的我，好好幹，不要怕吃苦，沒準過幾年你也能混成當家的。」

天狼睜大了眼睛：「三爺別拿我尋開心了，你的武功這麼高，舉那石鎖就跟玩似的，三愣子這輩子拍馬也趕不上啊。」

林武星道：「那是三爺練了武功，以前三爺也不會武功，跟你一樣，愣頭青一個，後來是我師父看到我有把子力氣，教了我幾招，所以我才有今天的本事，三愣子，進了山寨後就要每天習武，總有一天你會有我的本事的。」

天狼臉上先是一喜，然後又嘆了口氣：「三當家，只是這白蓮教就要打過來了，還會給我練武學功夫的時間嗎？」

林武星臉色一變：「你從哪裡聽到的這事？」

天狼道：「逃荒的時候、我就碰到不少饑民們說起過，我們那幫饑民裡有不少人是別的村出來的，是他們告訴我在東城有粥吃的事情，還說白蓮教招攬羊房堡不成，所以羊房堡才用這種辦法招青壯上山助守。我是聽說有跟白蓮教幹仗的機會，才主動過來的。」

林武星打量了天狼兩眼，眼中閃過一絲驚異：「白蓮教的凶名你應該聽說過，就你這樣全無武功，跟他們衝突不是自己找死嗎？」

天狼抹了抹鼻涕，咧嘴一笑：「三爺，你有所不知，我最好的兩個兄弟就是去喝了白蓮教的粥，再也沒回來，想必是給他們害死了，我一個人是打不過白蓮教，但這山寨裡有幾百名兄弟啊，我跟在後面總能幫上忙的。」

林武星嘆了口氣：「你還真是個愣子，啥也不懂。也罷，不妨告訴你實話，白蓮教近期內就可能會攻山，這段時間，我會天天訓練我的親兵長隨，你也跟著練，到時候能不能活命，就看你這段時間能練多少了。」

天狼一臉的興奮：「能學功夫呀，太好了，什麼時候開始？」

林武星被天狼的憨厚樣給逗樂了，拍了拍他的肩膀：「三愣子，別急，今天天色已晚，好好休息，明天一早開始操練，就在山上的習武場。」

天狼眨了眨眼睛：「是只跟著三爺的兄弟們練武嗎？」

林武星點點頭：「不錯，我們三個頭領都是各自帶著自己的親隨練自己的，還有，這些天山寨裡也四處招收了一些綠林高手過來助拳幫忙，他們自成一隊，與你們不同。如果碰到這些江湖人士打扮和山寨裡的人完全不一樣的，切記敬而遠之，千萬別和他們起衝突，不然就是死了，三爺也沒法給你報仇的。」

天狼「啊」了聲：「還有綠林高手啊，有這些人助拳了，還要我們這些不會武功的做什麼呢？」

林武星道：「這些江湖上的高手，武功是有，但不會花力氣修寨子哨卡，這些事情只有你們這些不會武功的民夫會做，反正山寨的糧草充足，招個幾千人沒有問題，白蓮教要是真的進攻，人多也能撐撐場面，不然只靠幾十個會武功的人終究不行。」

天狼臉上現出喜色：「這樣我就放心啦，山寨的地勢這麼險要，又有高手，白蓮教來再多人也不怕。」

林武星眼中露出一絲憂慮，「三愣子，你是不知道白蓮教的厲害，算了，不說啦，明天開始好好習武練功，功夫強了才能保住自己的命。一會兒三爺要去見大哥二哥，你到了堡裡，我的其他親衛會領你去睡覺的地方，記住，以後和李三根儘量少來往。對了，記得去要一個腰牌，每天晚上出去時要問清楚口令，不然會被當奸細直接格殺。」

天狼點點頭，和林武星分手後，一個人走到了山頂的寨堡那裡，守門的嘍囉似乎已經聽說了他這個人，也沒驗他的腰牌就放他進了門，一個瘦高個子，二十六七歲的小鬍子嘍囉，早已經候在門口了。

那小鬍子嘍囉一看到天狼，便迎了上來，公鴨嗓子道：「你就是劉三愣子？三爺今天新招上山的嗎？」

天狼料想這便是來接自己的人，點點頭：「正是我，這位大哥如何稱呼？你是三爺的人嗎？」

小鬍子聲音中透出一股不耐煩：「不是三爺的人又怎麼會在這裡等你，真夠磨蹭的，這會兒已經過了飯點了，明天要吃東西得趁早，在山寨裡，沒人會通知你吃飯，我叫劉平達，現在我帶你去睡覺的地方，明天記得辰時就得起來練功。」

天狼傻笑道：「反正今天是下午吃的飯，這會兒肚子也不餓，有勞劉大哥啦。」

劉平達似乎不太喜歡天狼，帶著他在寨子裡七拐八拐，也不說明道路，直接到了一個低矮的平房，一打開門就是一股臭烘烘的味道，視線所及，裡面是個大通鋪，炕上正坐著十餘個赤膊漢子，正聚在一起喝酒賭錢。

劉平達向通鋪一指：「劉三愣子，這裡就是你睡覺的地方，找個地方湊合著睡吧。記住了，明早辰時起來練功。」說完後，轉身就走，一刻也不想多待。

天狼的目光轉向屋內，那些喝酒賭博的人都停下了手，齊刷刷地看向他，舉目望去；都是些莊稼漢，皮膚很黑，手上滿是做農活時的老繭。

一個黑瘦的傢伙手裡拿了一個小酒葫蘆，走過來打量了天狼兩眼，一張嘴就是股濃烈的酒氣撲面而來：「新來的？」

天狼點點頭：「嗯，今天新跟著三爺上山的。」

那個黑瘦漢子道：「這裡都是三爺的人，按三爺的規矩，每天習武，武功通過測試後，就可以正式進山寨的好漢營了，這屋子裡曾經有個出去過的，就看你有沒有這個福氣啦。」

天狼微微一愣：「有人學成武功，通過那個測試了？」

黑瘦漢子身後一個黃臉中年漢子道：「對，你今天可能見過那人，是大爺手下的親隨李三根。娘的，這小子跟我們在一起的時候，也沒見怎麼練武功，成天就是做木匠活兒，也不知道怎麼就通過測試了，真他娘的邪門。」

天狼吃驚地道：「李三根？怎麼會是他呀，再說，通過那個什麼測試後，他怎麼又跟了大爺？」

黑瘦漢子向地上吐了口唾沫：「這小子就會見風使舵，三爺本來是想好好栽培他的，他那個木工隊長還是三爺幫他爭取來的，沒想到這小子忘恩負義，通過了測試後，就轉投到大寨主的手下。喂，新來的，你認識這小子，不會跟他有什麼交情，也想學他這樣吧。」

天狼這回總算明白為啥林武星這麼討厭李三根了，趕緊說道：「不，我跟那李三根也是今天才剛認識，聽大家這麼說，我不會再和他說話了。」

黑瘦漢子的神情放鬆了些，大姆指一指自己：「這才是我們的好兄弟，我叫王四，蒲阪人，在這裡待的時間最久，你叫我四哥好了。」

其他一幫賭棍們紛紛自報家門，基本上都是一個姓加個數字，十足的貧下中農，天狼一個個都記下了。

最後是那個黃臉中年漢子站起了身，露出一口黃牙，道：「我叫李子元，跟李三根是一個村的，奶奶的，那小子平時就鬼頭鬼腦的，可沒想到這麼不仗義，害得我也給兄弟們鄙視了好幾天，差點都不給賭錢啦！」

天狼正待說話，突然聽到外面鑼鼓喧天：「不好啦，**白蓮教賊人攻上山啦！**」

在場的人都愣住了，天狼也吃了一驚，二話不說，轉身跑出房子，這排平房建在山寨後面，離著前面的哨卡有點遠，也看不太清楚，但能看到寨堡的入口那裡火光沖天，似乎還有兵刃相交的聲音。

王四等人也衝出了平房，看著遠處騰起的火光，每個人眼裡都寫滿了恐懼，天狼轉頭吼道：「四哥，賊人上山啦，咱們快抄傢伙過去拼命呀！」

王四還沒說話，那李子元卻叫了起來：「喂，新來的，你傻瓜啊，白蓮教都攻上山了，前面三道哨卡都沒法擋住他們，我們都不會武功，去了也是送死。四哥，別聽這小子的瘋話，趁著現在沒人管我們，快逃命吧。」

十幾個人開始交頭接耳起來，李子元的話顯然更對大家的胃口，很快就有人附和起李子元。

王四看到這情形，咬咬牙道：「現在情況還不明瞭，大家先到前面看看，萬一是有人故意起鬨，那我們也別上當，如果真是白蓮教的人攻上來了，那大家就各自逃命去吧。」

天狼本想勸這些人聯合起來對敵，突然想到這些人根本不會武功，若是真的和白蓮教的高手對上，無異於待宰羔羊，而且人一多，自己也不方便行事，雖然上山才半天，但他感覺那個三寨主林武星還算是條好漢，如果可能，他想暗中救他一命，若是身邊有人就不好出手了。

於是天狼沒有說話，跟著王四等人一起向著山寨前面起火的地方奔去。

一路上便不時見有山寨中人帶了兵器來回奔跑，沒有人有興趣管這十幾個民夫，越是向前方走，越是能看到有些全身是血的山寨嘍囉們四散逃跑，看來這絕不是有人在惡作劇，而不知什麼時候，李子元和幾個膽小的傢伙已經悄悄地溜走了。

天狼跟著王四，還有剩下來的六七個民夫跑到山寨前的演武場上，只見四周都亮著火把，幾百人手持刀劍，在這裡殺成一團，戰在最核心位置的，是林武星，和一個手持鋼叉，全身黑衣的高大漢子，還有一名使著雙鉤的黃衣中年人。

與三人對戰的，是一名高大的帶髮頭陀，一身肌肉如鐵疙瘩一般，使著一柄看起來足有二百多斤的巨大鐵禪杖，舞起來虎虎生風，勢大力沉，但招數卻非常精妙，舉重若輕，巨大的鐵禪杖在他手上如同小兒玩具一樣，雖然以一敵三，仍是占盡上風，打得三人連連後退。

林武星使了一把巨大的鬼頭刀，雙手握刀柄，也算是重兵器了，但只要跟那禪杖一碰上，就是冒出一陣火花，那頭陀幾乎紋絲不動，他卻給蕩開六七步才能勉強穩住身形，顯然力量不在一個檔次。

而那名使著鋼叉的高大黑衣漢子，看來力量比林武星要大一些，但即使如此，也擋不住那頭陀的鐵禪杖，每每杖叉相交之際，鋼叉也要在手上抖上幾抖，幾乎隨時就要飛出去。

只有那名使著雙鉤的黃衣中年人，看起來武功倒是三人中最高的，他的雙鉤舞起來如水銀瀉地，儘量不與鐵禪杖正面相碰，但雙鉤的鎖、拿、削、扣等招數卻是爐火純青，功力之高，不在當年的雙鉤鎮陝甘歸有常之下。

只是他的功夫還是走外家的套路，雖然招式精妙，但內力不濟，即使不與鐵禪杖正面相撞，也會被那禪杖帶起的罡風震開，雖然不至於像林武星和那使鋼叉的漢子那樣直接給震開，卻也無法攻進那頭陀的核心圈子裡。

除了這殺成一團的四人以外，其他地方都是三人一群，五人一組的混戰，白蓮教眾們多數穿著白色的勁裝，白巾蒙面，胸前繡著一團燃燒的火焰，兩三人一組，進退配合有據，看他們刀劍的揮舞，兵器上都帶有內力，顯然都是二流以上的武林高手。

反觀山寨的嘍囉和請來助拳的那些綠林好漢們，比起這些人就差多了，那些山寨的嘍囉就不用說了，只學了幾天三腳貓的招數，全無內力，基本上只能在一邊打打敲邊鼓，若是與白蓮教高手正對面兩三個回合，就要中劍倒地。

至於那些請來的綠林好漢，比山寨嘍囉們要強一點，但也只是些三流的貨色，往往需要四五個加上十幾個嘍囉，才能跟白蓮教的那些三四人小組勉強相持。

下面的哨卡處殺聲震天，熊熊的火光照亮了整個夜空，山下白蓮教的人正源源不斷地湧上來，顯然底下的哨卡已經無法阻擋敵方的攻擊。

就在天狼觀察的這小半個時辰，羊房堡這一方已經倒下近百人，雖然也有數十名嘍囉和民夫衝入戰團，但杯水車薪，根本無法抵擋對方越來越凶猛的攻勢。

隨著胖大頭陀的一聲暴喝，鐵禪杖猛的一掄，一招旋風掃落葉，沉重的禪杖以他那水桶般的腰為支點，迅速一個迴旋，帶起一地的飛沙。

使鋼叉的二當家「掃地星」李雙全，本來在前面的一連串硬碰硬中就震得虎口發麻，腳下一陣虛浮，這一下咬著牙，鼓起腮幫子，雙手緊握叉身，橫著一格擋，只聽「砰」地一聲，激起一陣飛沙，他的喉頭一甜，人也倒退出十幾步，趕忙把鋼叉向地上一撐，這才勉強定住身形。

林武星大叫一聲：「二哥！」鬼頭刀一記力劈華山，衝著那胖大頭陀當頭斬去，使雙鉤的大當家「立地太歲」楊春也趁機一個地滾翻，欺近胖大頭陀身前三尺處，手中雙鉤幻起一片銀光，急襲對方的左右兩腿。

胖大頭陀大喝一聲：「來得好！」禪杖向下一豎，帶起巨大的勁氣，直逼楊春，左手從腰間抽出一把大戒刀，向上一記「舉火燎天」，連頭都不晃一下，直擊林武星的鬼頭大刀。

天狼冷眼旁觀，看得清清楚楚，**這一招禪杖下立，乃是少林伏魔杖法中的霸道招式「立地成佛」，全憑下豎的這一下霸道勁氣，非打通督脈的一流高手不能發揮威力**，更難得的是，在禪杖下立的同時，還能分出餘力抽出戒刀，與向著頭上砍來的鬼頭大刀來一下硬碰硬，顯然是功力明顯高出兩個對手太多，才敢如此托大。

但這一下硬碰硬的實力較量，來不得半分討巧，林武星的一刀砍下去，正好和胖大頭陀上撩的這一下打了個正著，虎口一陣劇痛，鬼頭大刀竟然脫手飛出，「噗」地一聲，插進身邊四五尺處的一個手持長矛的嘍囉心口，那人連哼都沒來得及哼一聲，便倒地身亡，林武星給這一下震得飛了出去，正好倒在李雙全的身邊，口吐鮮血，再也站不起來。

而下盤的楊春也沒占到什麼便宜，那招「立地成佛」勁氣四溢，帶起的罡風吹得一丈外搏鬥的眾人都衣袂飄起，三四尺外離得近的人，更是給一陣飛沙走石迷了眼睛，紛紛虛晃幾招後向後跳開，可見其霸道之處。

而楊春最吃虧的就是內力不濟，這一下搏命演出也是他雙鉤的絕殺招數，在他幾十年的綠林生涯中，無數次靠著這一招斷人雙腿最後取勝，剛才靠著二弟李雙全的全力一拼，終於給他找到了一個近身搏擊的機會。

他也看出對面的這個胖大頭陀武功遠在自己之上，再打下去凶多吉少，勝負在此一舉，所以剛才沒有對李雙全做任何的側翼保護，而是利用他吸引了火力，給自己創造絕佳機會。

可是胖大頭陀的這招「立地成佛」卻出乎他的意料，這一下他身子完全在地下，失去了閃避的空間，雙鉤剛一揮出，就被一道如牆一般的氣勁擋住，震得直接變了形，想要再退卻已無退路，胸口被一塊飛起的石頭擊中，不自覺地一張嘴，「哇」地一口鮮血噴出，而人在地上倒飛出去四五尺，落到了李雙全的左手，面如金紙，氣若游絲。

胖大頭陀靠著這一下，把羊房堡的三個寨主全部打倒在地，這一身霸道的功夫實在是厲害，天狼知道這一定是**白蓮教的副教主「血手人屠」李自馨**。

此人出身少林，因為犯戒被逐出門派，後來與白蓮教主「北地魔尊」趙全臭味相投，就進了白蓮教，從此無惡不做。都說他這一身霸道外功已臻登峰造極，今天一看，果然名不虛傳，比起那天自己對付過的「長白夜叉」莫問天，似乎還要高出半籌。

莫問天哈哈一笑，戒刀在手中一轉，一下子插回了鞘中，禪杖重重地往地上一頓，獅子般地暴喝一聲：「還他娘的打個球啊，你們三個當家的都給老子搞定了，再不放下兵器投降，一會捉到了全剮啦！」

那些羊房堡剩餘的嘍囉和來助拳的綠林人物們本就已經心驚膽戰，步步後退，眼見本方三員主將都被打得吐血不起，知道敗局已定，紛紛收手後退，大部分人扔下了兵器，跪地求饒，還有二十餘名看起來很凶悍的綠林悍匪，一小半因為本性剽悍，大半是不敢面對自己未來的命運，仍然持刀劍在手，互相背靠著背，困獸猶鬥。

莫問天的眉頭一揚：「媽拉個巴子，還不投降，上毒人，弄死他們！」

那些白衣紅焰的白蓮教眾們聞言紛紛後退，只聽一陣悠揚的笛聲響起，不知什麼時候，山下哨卡處的戰鬥已經停止了，二百多名白蓮教眾紛紛上了崖頂，手持兵器，站在廣場的四周，而隨著這陣笛聲，這些人閃開了一條通道，只見十餘名渾身腐爛，淌著膿水，面無表情，形如殭屍的人，拖著腳步，緩緩地向著那二十餘名悍匪移去。

那些悍匪的眼神中閃過一絲驚懼與恐怖，有兩三個頭腦比較靈活的，紛紛從腰間的百寶囊裡掏出暗器，一抬手，幾支鋼鏢帶著呼嘯的風聲打到那幾個領頭毒人的身上，深深地嵌進那幾人的身體，傷處流出的血液都是黑色的，散發著腥臭的味道，天狼正站在下風口，那股氣味隨著山風一起吹過來，讓隔了二十餘丈遠的天狼都覺得一陣噁心。

可是中了致命暗器，打在要害處的那幾個毒人根本沒有倒下，甚至眼皮都不眨一下，彷彿已經沒有了任何的知覺與靈魂，繼續抬著手，麻木而堅定地向前走著，在火光的照耀下，這些人伸出去的手上的指甲，閃著綠油油的光芒，配合那副陰死陽活的表情，讓人不寒而慄。

那幾個悍匪從沒有見過如此詭異的情形，都駭得呆立當場，有兩個機靈點的回過了神，拔出腰間的刀劍，跳上前去，攻出兩刀，而那幾個毒人根本無動於衷，完全不躲閃，兩條胳膊帶著腥臭的黑血飛出，血液一下子濺得兩名悍匪滿臉都是。

兩個悍匪發出了一聲恐怖的叫聲，滾倒在地，丟掉兵刃，不停地撓起臉來，那聲聲慘叫奪人心魄，天狼心中暗驚，顯然是那幾個毒人的血液中有劇毒，濺到幾個悍匪的身上，直接讓他們中毒。

那兩個斷了一隻胳膊的毒人，無動於衷地走到兩名悍匪的身邊，直接腰彎了下去，隔著幾十步遠，天狼只聽到一陣啃咬的聲音，毒人竟然咬起那兩名悍匪來。

毒人偶爾一抬頭時，便能看到他們滿臉都是鮮血，嘴裡還咬著一塊塊的生肉，隨著越來越多的毒人紛紛上前，地上那兩個悍匪的慘叫和呻吟聲漸漸地聽不見，夜空中迴蕩著可怕的撕咬聲。

這一幕嚇得有些膽小的傢伙當場暈了過去，天狼只聽到身後有人喊了一聲「我的娘啊」，直接栽倒在地，站在他身邊的王四已經面如土色，身體如篩糠一樣地發抖，接著聞到一股尿味，只見王四的褲襠濕了一大塊，尿液正沿著他的褲管流了出來。

天狼的胃也是一陣陣抽搐，說不出的噁心，論武功，他可以很輕鬆地把這十幾個毒人瞬間殺掉，但這暴力殘忍的一幕讓他止不住地反胃。

這種滲入人靈魂與骨髓裡的可怕與殘忍，不是武功高就能免疫的，他一邊抑制著自己強烈的嘔吐衝動，一邊恨起白蓮教這個邪惡的組織，居然把活人變成如此喪盡天良的野獸，**此教不滅，誓不為人！**

第八章

毒人戰術

李三根「嘿嘿」一笑：
「我們早就計畫好了，把你們煉成毒人後，
讓你們到宣府鎮的長城外，到時候大軍攻城，
用毒人打先鋒衝擊城門，然後我們在關內響應，
破關後就能直接拿下宣府鎮。」
天狼暗罵這招毒人戰術的殘忍。

就在這片刻的功夫，圍著兩個悍匪的毒人，已經把地上兩個活人啃成了兩副血淋淋的骨架，他們臉上面目猙獰，嘴邊帶著血，朝剩下的二十來個悍匪們走去。

即使是再凶悍的綠林巨盜，看到同伴給這樣活活吃掉，也早已吐了一地，再也沒有戰鬥的勇氣，紛紛扔下兵器，跪地磕頭如搗蒜，嘴裡不停地叫著：「我等願降，好漢饒命！」

李自馨眼中凶光一閃，摸了摸自己那個形如大蒜的酒糟鼻子，對著身邊的一個蒙面手下笑道：「我們出來混江湖的，一定要說話算話，說讓他們死無全屍，就得做到，不許停！全餵了毒人，好讓人知道我們的厲害和手段！」

那個手下點點頭，摸出懷中的一支笛子，聲音突然變得淒厲，如惡狼夜號，讓人聽了說不出的難受，胸中一陣氣血翻湧。

那十幾個毒人聽到這個笛音，立刻變得動作迅速許多，姿勢還是保持不變，卻是向前跳了幾步，一下子鑽進二十幾個綠林悍匪的人群中，低下身子就是一陣啃咬，很快，慘叫聲此起彼伏，可怕的生撕皮肉的聲音再度迴蕩在空中。

悍匪中響起一聲怒吼：「媽的，橫豎是個死，跟他拼了！」

隨著罵聲，六七個身影舉刀狂揮，四五顆毒人的腦袋飛到了空中，被割了腦袋，斷首處還噴著黑色毒血的毒人用手死死地掐住這幾個人，在他們身上抓出一個個血印。

這幾個是悍匪中有名的巨盜，雖然剛才一時嚇破了膽，但在這種必死之局中，反而激發了他們殺一個夠本，殺兩個賺一個的心態，放開了手腳，與毒人展開生死搏鬥。

有兩個人的眼睛被毒血噴到，看不清周圍事物，握著刀便亂砍亂劈，毒人被砍中，就在倒下的一瞬間，軀體突然「砰」地一聲巨響，爆炸聲接二連三地響起，刺鼻的火藥硝石味瞬間瀰漫了整個場地。

天狼心中一驚，**想必是這些毒人的體內都被埋了炸藥，肚破腸流之時，便引爆這些炸藥，變成人肉炸彈！**

這白蓮教果然邪惡至極，不僅讓這些毒人力大無窮，生啃活人，血液帶毒，還能讓他們在被人砍殺，無法繼續戰鬥時主動爆炸，若非自己今天親眼見識到毒人的厲害，初次交手的，還真的很可能著了毒人的道兒，給炸傷或者是毒到。

硝煙漸漸散盡，戰場上一片狼籍，七零八落的殘肢碎體到處都是，毒人的黑血四處流淌著，散發著刺鼻的腥臭，中人欲嘔。

躺在地上無法行動的大寨主楊春捂著胸口，眼眶欲裂，對李自馨吼道：「他們明明已經棄劍投降了，你們怎麼還下如此狠手！」

李自馨冷笑一聲：「老子讓他們投降的時候，他們卻不扔下兵器，還想抵擋，機會只有一次，說要他們死無全屍，那就一定要做到，明白嗎？」

他的眼光掃了掃楊春、李雙全和林武星三人，陰惻惻地道：「你們在擔心別人之前，先想想自己吧，我們教主說過，如果你們投降，可免一死，還可以給你們留下寨主之位，但你們不投降，那就是自己找死，怪不得別人了。」

林武星怒道：「李自馨，我們戰敗，無話可說，要殺要剮，衝著我們三個來就好，別動我們寨裡的兄弟，他們是無辜的。」

李自馨突然仰天大笑起來，聲音充滿了殺氣，聽得人背上發涼，笑畢，他惡狠狠地道：「只動你們三個？太便宜你們啦，你們羊房堡敢當面對抗我們白蓮教，不給你們一點教訓，其他寨子還不知道我們的厲害呢！」

說著，他做了一個手向下的姿勢，持刀劍立於一旁的白蓮教眾們眼露凶光，立即對著那些已經棄刀劍而降的羊房堡的嘍囉和外援們一陣砍殺。

他們並不是毒人，武功本就高強，殺起人來也是乾淨俐落，刀刀直衝要害，往往一下斃命，那些可憐的人連慘叫都來不及出口，就一個個身首異處，倒在血泊之中。

林武星看得一口血吐了出來，眼裡幾乎要冒出火來，他掙扎著想起身反抗，卻被幾個蒙面的白蓮教高手上前以劍加頸，又點了幾處穴道，頓時動彈不得。

李雙全和楊春也遭到了同樣的待遇，除了三個首領外，其他所有在場內抵抗過的羊房堡的人，就這樣被殺了個乾乾淨淨，幾百個活生生的人幾乎是在一轉眼的功夫變成了屍體，速度快得連天狼想找個地方易容出手相救都來不及。

林武星的嘴角和鼻孔冒著血，幾乎要把鋼牙咬碎，怒吼道：「李自馨，你這個言而無信的畜生，你說過放下武器不殺的！」

李自馨狂妄地大笑著，絲竟沒理會林武星的抗議。林武星等人也知道人為刀俎，我為魚肉，講道理是完全沒有用的，只能閉上雙眼等死。

一旁的天狼冷冷地看著這一切，握緊的拳頭和微微發抖的身軀，顯示他此時正極力壓抑自己的憤怒，王四等人已經全跑了，只剩下他一個人躲在角落裡。

黃衣的羊房堡大當家楊春，眼中神光已散，他吃力地撐起自己的軀體，看著李自馨：「在我死之前，我還有最後一件事要問，**你們白蓮教雖然厲害，但也不可能飛過三道哨卡直接攻上來，到底是誰接應你們的？**」

李自馨哈哈一笑：「楊春，你們死期就在眼前，現在還問這個事，有什麼意義？」

楊春吃力地說道：「起碼讓我當個明白鬼也好。」

李自馨點點頭，轉頭對身邊那個吹笛子的蒙面手下說道：「他們想看看你是誰，就滿足他們這個最後的心願吧。」

蒙面手下向李自馨行了個禮，走到三人面前，揭下了臉上的面紗，赫然正是李三根！他對楊春笑了笑：「大當家好啊。」

連躲在暗處的天狼都吃了一驚，沒想到羊房堡的內鬼竟然是他，地上的楊春更是驚怒交加。

林武星直接罵了起來：「你這個叛徒，不得好死！」

李三根冷冷地說道：「三寨主，你好像弄錯了一件事，我可不是什麼叛徒，事實上，我一直是聖教的人，號稱『**千面神手**』，來這裡就是為了裡應外合，為聖教攻山作準備的，可笑你們這幫蠢貨，以為靠些饑民給自己壯壯聲勢就能保全自己，真不知道這麼多年你們是怎麼混過來的。」

二寨主李雙全恨恨地說道：「大哥，三弟，我不同意跟白蓮教正面對決，就是因為這種臨時招人的辦法有害無益，一下子招這麼多人，不但派不上用場，還會把我們的虛實透露給白蓮教，這次果然就栽在這上面，早知道找些綠林道上的兄弟助拳就行了，那些兄弟們個個都是好漢啊！」

他想到剛才死於非命的那些綠林同道，這些人多數是他出面拉來的，卻已是陰陽兩隔，不由得熱淚盈眶。

李三根哈哈一笑：「二寨主，你知道我為啥叫千面神手嗎？就是因為我的易容之術可以變成任何一個人，別說是扮一個饑民，就是扮成你們招來的綠林幫手，也是輕而易舉的事，不信你看！」

他說著，轉過身，從懷裡掏出一張面具，背著火光在臉上一陣摸索，再一轉身，赫然就是李雙全的樣子，幾乎分毫不差！

李雙全等人從沒有見過這種易容術，這下驚得連下巴都快要掉到地上了。

只聽李三根得意地道：「也不怕告訴你們這幾個笨蛋，這叫易容術，可以讓我變成我想變的任何人，現在知道我為啥叫千面了嗎?!」

楊春長嘆一聲，對李雙全和林武星道：「兄弟，都怪大哥過於輕敵，連累了大家，對不起。」

李雙全搖搖頭：「大哥，事已至此，啥也別說了，以白蓮教這樣的凶殘狠毒，我們就是投降他們，多半也不會有好果子吃的，今天壯烈一戰，也殺掉他們幾十個人墊背，也算夠本了。」

林武星也笑道：「大哥，這輩子我們能在一起當兄弟，是我的福分，下輩子咱們繼續當兄弟。」

楊春虎目含淚，激動地說道：「好，下輩子繼續當兄弟！」

李自馨「嘿嘿」一笑，突然出手如風，駢指在三人的肩井穴處重重地一戳，只聽三聲慘叫，楊春等三人的鎖骨被硬生生打斷，痛得在地上打起滾來。

天狼嘆了口氣，他知道這一定是李自馨早就計畫好的，楊春等三人都練的是外家功夫，內力不是很強，所以破他們的丹田或者是氣海穴，還不如直接打斷他們的鎖骨，鎖骨下的琵琶軟骨一斷，任你再強的外家高手也無法發力了，而**他沒有出手殺這三人，看樣子是想把這三個寨主煉成毒人，在下次戰中使用**。

天狼知道現在是實現自己計畫的好機會，只有被抓去煉成毒人，才有可能在最短時間內打入白蓮教，查清楚白蓮教的一切。

天狼主意既定，便故意踢了身邊的一個木箱一下。他藏身的地方乃是一處貨倉，堆滿了木桶，他這樣輕輕一碰，幾個木桶互相撞到一起，即使隔了十餘丈遠，這個聲音也足以讓所有人眼光望向這裡。

李自馨一頓禪杖，厲聲喝道：「什麼人！給老子滾出來，不然放毒人咬你！」

天狼連聲大叫道：「千萬別，我這就出來！」他說著，慢慢地高舉雙手，走了出來，面容也一片慘白。

經過這一年多的研究，他在易容上的技術更加精進，幾乎與真的皮膚相差無幾，連面部的顏色，不論蒼白或通紅都可以做到唯妙唯肖。

李自馨本來見陰影處冒出一個高大的身形，神色還有些嚴峻，但再一看是個拖著鼻涕，臉色發白，渾身發抖的傢伙，眉頭立即舒展開來，輕蔑地道：「看到沒，這就是羊房堡的人，瞧這傢伙被嚇成啥樣了，哈哈哈。」

白蓮教眾們也跟著放聲大笑，只有李三根似乎有些意外，眉頭微皺，對天狼喝道：「劉三愣子？你怎麼成這副德性了？」

天狼像是回過神來，看到李三根，破口大罵道：「你這個不要臉的叛徒，殘害自家兄弟，老天讓你不得好死！」

李三根冷哼道：「三愣子，我原以為你有幾分骨氣，敢跟白蓮教正面對抗，沒想到你也是個慫蛋啊，看著你們的人給殺成這樣，竟被嚇得動都不敢動，真讓我失望！剛才我已經說了，我不是叛徒，是來羊房堡當臥底的。」

天狼罵道：「沒啥區別，你不是人，羊房堡就壞在你的手上！」

李三根搖搖頭：「這話你只說對了一半，要說真正出賣羊房堡的人，可是這一位。」他順手一指，火光照耀處，只見寨門處站著一人，已經換上了白蓮教的白色火焰服，正是白天和天狼打過交道的薛平。

李雙全忍著痛，在地上定睛一看，大罵道：「薛平，你這個叛徒，不得好死！」

薛平的腦袋已經紮上繃帶，由於缺了一隻耳朵，腦袋顯得極不和諧，狡辯地說：「二寨主，別怪我，要怪就怪三寨主不講義氣，為了這小子不惜當眾割我耳朵。」

「老子只恨當時沒割了你的狗頭，還留你這畜生一條命，讓你來禍害大家。」林武星破口罵道。

薛平怨恨地說：「你割我耳朵，還讓我背三口大鍋，這樣的大仇，我找白蓮聖教來為我報，有錯嗎？怪只怪你有眼無珠，寧可相信這小子。」他伸手一指天狼，眼中殺氣大盛。

李自馨不耐煩地擺手道：「你們這些屁事老子懶得聽，羊房堡已經滅了，教主大哥吩咐：三個寨主和會武功的嘍囉們都帶回去煉毒人，千面，我有事先回去了，這裡你處理一下吧。」

李三根點點頭：「恭送副教主！」

李自馨提起那根兩百餘斤的禪杖，帶著六十多名白蓮教眾飄然而去，剩下低階的白蓮教徒們把在場的嘍囉們十幾個一夥地捆成一串，準備押走。

李三根看了眼怒氣滿滿的薛平，道：「薛平，你是不是很想殺了劉三愣子？」

薛平恨恨地點頭道：「我這一路想的就是怎麼才能宰了他！千面堂主，請你務必給我一個機會，讓我親手能宰了這小子，我也就沒遺憾了。」

李三根又轉向天狼，不懷好意地道：「劉三愣子，我給你一個親手殺了薛平，讓你實現跟白蓮教的人大戰一場的心願，你會不會感謝我？」

天狼挺直了腰，一拍胸脯：「娘的，別人我打不過，這個混球我就是死了也要拖他墊背，李三根，謝謝。」

李三根下令：「來人，給他們一人一把匕首，讓他們打，打到死為止！」

兩個白蓮教眾走了過來，從懷中掏出隨身的匕首，擲到兩人腳下，天狼從匕首上閃著的寒光可以看出匕首上沒有塗毒，但這兩把精鋼匕首卻非常鋒銳，即使一個不會武功的尋常壯漢也能靠這匕首殺人。

薛平臉上掛著獰笑，他認定對面的這個劉三愣子根本不會武功，只是有三分蠻力，白天打到自己純粹只是誤打誤撞，這回，自己有匕首在手，絕不會給他任何機會。

薛平撿起匕首，退後了兩步，單手反持匕首，看得出作為一個優秀的地痞混混，他對使用匕首很是精通，曉得反握的匕首比起正握的匕首來，靈活度要大得多。

天狼隱藏了身上的氣息，握著匕首，身體做出僵硬的樣子，看似就是完全沒有武功，甚至是沒用匕首打過架的人，圍觀的白蓮教眾們一看他這樣子，都爆出一陣哄笑，在他們眼裡，只看這拿匕首的姿勢，天狼已經一半是個死人了。

天狼發出一聲怒吼，低著頭，朝薛平直衝了過去，腳下毫無步法可言，就像一頭橫衝直撞的公牛。

薛平稍稍一扭腰，向右閃開一步，就躲開了他的這下突刺，轉過身在天狼的屁股上狠狠地踹了一腳，直接把天狼踢了個狗吃屎，跌出去六七步。

在眾人的哄笑聲中，林武星痛苦地閉上眼睛，此時他自顧不暇，完全無法幫天狼任何忙，如果眼神能殺人的話，他早已把薛平殺了千次萬次，然而現在自己也成了一個廢人，刀劍加頸，動彈不得，與其看著劉三愣子白白送死，不如眼不見為淨。

天狼手足並用地爬起了身，剛一轉過來，就看到一把沙土撲面而來，原來是薛平趁他不備時，在他背後抓了一把地上的灰土，直接糊了他一臉。這下子弄得天狼眼睛都睜不開，漫無目標地空中亂揮著匕首。

只是沒有人注意到天狼的耳朵在微微動著，薛平的一舉手一投足，每一刻的動向和姿勢，都如放電影般在天狼的心裡纖毫畢現。

薛平悄悄繞到天狼的側面，無聲無息地一刀劃過，天狼假裝腳下一絆，身形一個踉蹌，堪堪閃過捅向肋部要害的這一刀，只聽「嗤」地一聲，他的衣服給劃開了一道大口子，一道深達兩公分，長約三寸的裂口出現在他的腰間。

天狼裝著很痛的大叫一聲，左腿盲目地飛出，正好踢在薛平的右胯骨處，薛平悶哼一聲，向左跌出去兩步，身形晃了晃，沒有倒地，卻也無法再發動繼續的攻勢了。

天狼趁此時向後跳了一步，揉了揉眼，方才睜開眼，在眾人的嘲笑聲中好容易才找到了薛平的方位，抗議道：「狗賊！好不要臉，打架還拿灰撒人，你他娘的是小屁孩打架嗎？」

薛平冷笑道：「土包子見過搏鬥嗎？告訴你，這是生死相搏，什麼手段都可以用，剛才算你運氣好，躲過老子這一下，這回就要你小子的命！」說著，腳下一動，踢起一把塵土。

這回天狼裝得有所防備，手忙腳亂地用袖子一擋，一把塵土砸在了他的袖子上，沒有糊進眼裡，可是這一下卻也阻擋了他的視線，等他放下袖子時，只看到薛平那閃著寒光的匕首離自己的肚子已經不到一尺了。天狼「啊」地大叫了聲，拼命向後扭了一下腰，那把匕首從他的腹部劃過。

薛平信心滿滿地以為這回能把天狼的肚子切個肚破腸流，卻突然聽到體內「格迸」一聲，持刀的右手突然一酸，似乎完全發不上力了，匕首則是在天狼的肚子上留下一道長四寸深一分的口子，一道血劍噴了出來，看起來很嚇人，但他知道這一下絕不足以致命。

薛平的腦袋還來不及反應的時候，只聽對面的天狼一聲怒吼：「老子跟你拼了！」緊接著就看到天狼那高大的身軀向自己撲來。

他想移動腳步閃開，順便把右手的匕首向天狼身上捅去，可是他的身體竟動不了，一股奇怪的氣流在他的五臟六腑間遊走，身子像是要炸裂開一般。

薛平眼中閃過一絲恐懼，幾乎是眼睜睜地看著天狼把自己撲倒在地，他持著匕首的右手被天狼的左手死死地抓著，像是吃力地在向天狼的後背捅去，在外人看來，卻像是兩人在生死相搏。

更恐怖的是，天狼的嘴沒有動，他卻聽到天狼的聲音在自己的耳邊迴蕩道：「薛平，那一腳叫**天狼殘悔殺**，你體內已經中了天狼戰氣，我再數三下你就會體內爆裂而亡，趁這最後的功夫懺悔一下自己做的惡事吧。」嚇得他魂都要飛了出去。

薛平突然明白過來，**這哪是什麼劉三愣子，分明是個武功相當厲害的超強高**

手，他張口嘴想要喊叫，可是喉頭格格作響，半個字也叫不出來。

天狼狠狠地一口咬到薛平的喉結，薛平感覺就在這一瞬間，自己的肚子像是火藥炸了開來，在他臨死前的最後一瞥，只看到天狼那泛紅的眼珠子裡那一閃而沒的殺氣。

外圈的白蓮教眾們看兩個人在地上滾來滾去，還在那裡談笑風生，因為在他們的眼裡，薛平的匕首離天狼的後背只有寸餘，隨時都可以狠狠地扎進去，而天狼手中的匕首在他撲向薛平時就掉到了地上，兩人的功力顯然不在一個層次。只有李三根滿臉陰沉，一言不發。

兩人在地上撲來滾去的，捲起一陣塵土，也擋住了眾人的視線，終於，翻滾的兩個身影漸漸地停止不動，壓在上面的，看起來就是那薛平。

白蓮教眾們哈哈大笑起來，交頭接耳地道：「看，果然還是姓薛的殺了那個蠻子，只是跟這蠻子糾纏了這麼久，真夠丟人的。」

「可不是嘛，哈哈。」

說話間，地上的兩個身軀慢慢地分了開來，處在上面的薛平像死豬一樣地翻了過去，喉頭被咬得鮮血淋漓，心口處插著匕首，在他身下的天狼則是渾身鮮血，眼中盡是茫然。

李三根立刻上前幾步，看著薛平的屍體，眼中充滿了驚懼與不信。

血如泉水般地從薛平身上不停地冒出，一會兒功夫便把地上淹出了一個小型的血泊。天狼坐在地上，直勾勾地看著自己沾滿鮮血的雙手，整個人像是丟了魂似的，似乎不知道自己已經殺了一個人。

李三根迅速地在天狼胸前背後點了穴，把天狼一把從地上提起來，鷹爪般的右手疾出，扣住天狼的右手脈門，內息直入天狼體內，瞬間走遍天狼的周身經脈穴道，包括丹田處也是空空如也，各穴位都塞著厚厚的穴障，明顯是個沒有學過任何內功的人。

李三根收回內力，又拿起天狼的雙手，這是一雙普通農家漢的手，上面有厚厚的老繭，是常年做農活所致，心中暗道，這小子是真的不會武功，剛才大概是一時僥倖才咬了薛平，然後在搏鬥中一刀捅死了對方。

李三根解開天狼周身的穴道，冷冷說道：「劉三愣子，你的運氣不錯，現在死的是薛平，你可以活下來了。」

天狼似乎反應過來，喃喃說道：「我殺了薛平?我殺了薛平？」

他的眼光落在地上的薛平屍體上，哈哈大笑起來，「我真的殺了這惡賊?!太好了！三爺，我殺了薛平啦！」

林武星亦是激動得淚流滿面，也不顧冰冷的刀劍架在脖子上，忘情地叫道：「三愣子，好樣的，我果然沒有看錯你！」

李三根眼中閃過一絲凶光，道：「你小子確實有一把子力氣，做毒人再合適不過了，既然你這麼喜歡讓自己變強，那我一定會讓你變到最強的。」

他話音未落，一掌重重地切在天狼的脖頸處，天狼只覺眼前一陣金星直冒，人便一下子暈了過去，無力地歪在李三根的懷裡。

當天狼再度醒來的時候，發現自己正身處在一座黑牢之中。他稍一調息，雙眼馬上變得透亮，可以很清楚地看到自己與林武星、李雙全和楊春被關在同一室，手上則被拴著十餘斤重的鐵製鐐銬，再一看腳上也是如此。

林武星等三人倚著牆坐在對面，目光呆滯，聽到天狼的響動，林武星驚喜地叫道：「劉兄弟，是你嗎？你醒過來了？」

天狼知道以他們三人的功力，做不到在黑暗中也能目光如炬，只能聽到自己起身鐵鎖相撞的聲音，知道自己醒了過來，便裝出一副頭很疼的樣子，一邊摸著頭，一邊痛苦地問道：「三爺，我這是在哪裡？」

林武星長嘆一聲，聲音也由剛才的驚喜轉成落寞：「這裡大概是白蓮教的地牢吧，劉兄弟，看來我們都要給煉成毒人了，對不起，是我拖累了你。」

天狼和林武星才認識一天而已，但看此人也是頗為豪爽的綠林好漢，雖然剛見面時對他那種動不動就下令殺人的作風極為反感，但細想當今世道，與亂世無異，人命賤如螻蟻，稍微仁慈一點的人也不會混成山賊土匪了。

於是天狼搖搖頭，聲音中帶著幾分驚恐：「毒人？就是那種肚子裡有炸藥，血都是黑的，吃人的怪物嗎？」

林武星嘆道：「只怕就是那樣吧，劉兄弟，你怕不怕？」

天狼突然拿腦袋去撞牆：「不，我死也不要變成那樣的東西。」這一下他用了幾分力，登時撞得頭上起了個大包。

對面的楊春突然奇道：「劉兄弟，我們來此後，都給服下了軟骨粉，我看到你也被餵下了那東西，我們三個都是酸軟無力，連起身都不行，你怎麼還有力氣能撞牆呢？」

天狼心中暗叫糟糕，想必是自己用龜息術裝暈的時候，被餵下的飯菜和藥粉也都給逼出了體內，他「啊呀」了一聲：

「大寨主，這是怎麼回事，我一下子又沒勁了，剛才我只想著不能變成毒人，寧可死了的好，這才一下子撞到牆的，奇怪，為啥我沒給撞死呢？」

楊春想看清楚天狼的樣子，但在黑暗中，又內力已失，什麼也看不見，只能幽幽地道：「可能是你天生神力，剛才情急時突然發了一下力吧，又或者是那軟骨粉只對有內功的人起作用，像你這樣從沒有學過內家運氣之法的人，反倒沒有影響。」

天狼「哦」了一聲，又裝著向牆上撞，卻沒能成功從地上起來，苦笑道：「這回不成了，可能剛才那一下是剛醒來，還沒有完全給軟到骨頭，撞了那一下後，現在我全身都是軟的，起身都不可能了。大寨主，我不會真的給煉成那種毒人吧。」

林武星長嘆一聲：「兄弟，我們都不想變成那種不人不鬼的怪物，不瞞你，我們給送到這裡後，也想過不少自盡的辦法，咬舌，絕食都試過，沒有一個行得通的，索性不管了，反正變成毒人，最後也是一死而已。」

天狼哭道：「娘的，早知道要死得這麼窩囊，不如直接餓死得了。三爺，他們什麼時候會把我們煉成毒人啊，山寨裡其他的人不知道怎麼樣了？」

林武星道：「山寨裡其他的嘍囉都和我們一起被押到了這裡，給關在別的牢房，聽那李三根的意思，是要把我們幾個最後才拿去煉毒人，媽的，都怪我有眼無珠，帶這狗東西上山。」

楊春自責道：「都是我這個做大哥的沒做大哥的樣子，猜忌你們，才會逼得你們各自發展自己的人以自保，現在我才知道誰是兄弟誰是敵人，哎！」

林武星哈哈一笑：「好在現在知道了誰忠誰奸，也算能做個明白鬼。」

楊春點點頭：「只是這位劉三愣子兄弟，是我們害了人家，他本可以跟著其他民夫們一樣被遣散的，卻因為受了我們的連累，落到這種境界，劉三兄弟，我們對不住你，來世做牛做馬再回報你的恩德！」

天狼聽得心中一熱，他打定主意，無論如何也要想辦法救下這三人！

但他知道那個李三根對自己還是有些戒備，不然不會把自己和三個寨主放在一起，也許他正藏於某個陰暗的角落，窺視著牢裡的一切，自己好不容易打入白蓮教的基地，這時候千萬不能暴露。

於是天狼裝著很激動的樣子說道：「三位當家的太看得起我了，劉三愣子不過是個村裡的混混，一事無成，卻能在死前結識三位，實在榮幸，下輩子我還是跟你們混！」

李雙全剛才一直沉默不語，這時突然說道：「大哥，我一直挺奇怪，白蓮教行事如此狠辣，為何要把那些不會武功的民夫都放走呢？按說這幾百個精壯的漢子拿來煉製毒人，也是很好的材料啊。」

楊春神情凜然道：「這問題我也想過，這正是白蓮教的邪惡和可怕之處，他們需要透過這些民夫到處宣揚毒人的可怕，這樣一來，以後綠林道上便沒有敢跟他們正面較量的門派了。」

「只是白蓮教以前一向行事隱秘，只在山西一帶悄悄地擴張勢力，為何這次卻如此大張旗鼓？現在正道武林裡，少林、華山和丐幫的實力都非常強大，如果聽到他們的惡行，怎麼會坐視不理？白蓮教雖然比我們強了太多，但跟這些高手如雲的名門大派相比，還是差了許多吧。」林武星不禁問道。

天狼卻是心中雪亮，**只怕白蓮教跟蒙古人早已勾搭上了，從地下轉為公開，就是要為蒙古的入侵製造內應**，從白蓮教在山西一帶大肆宣揚自己手段的毒辣來看，他們是在提前把蒙古軍的殘酷帶進關內，看起來蒙古韃子入侵的方向，也是山西的宣府大同這裡，**內有邪教內應，外有強敵叩關，再攤上仇鸞這個混球心思完全不在邊防上，大明的邊關岌岌可危**。

楊春嘆了口氣：「聽說那些正道的大派組成了聯盟，主要是在南方一帶和巫山派與日月教作戰，丐幫則是在城裡活動，對綠林的事情一向是井水不犯河水，所以給了白蓮教趁機坐大的機會。只是他們用這樣殘酷的手段清洗綠林，還大肆宣揚那些人神共憤的手段，彷彿不怕招致名門正派的圍剿，這一點我也想不明白。」

「這些就不用你們操心了，就算對上那些所謂的名門正派，也有你們這些毒人來幫我們抵擋，這點我們並不擔心。」

牢門外突然響起一個聲音，隨著這冷冷的聲音，李三根那張似笑非笑的臉出現在牢籠之外，他的眼睛盯著天狼說道：「劉三愣子，那一下居然讓你睡了兩天，有點出乎我的意料啊，我出手可不重。」

天狼叫道：「老子跟那薛平剛生死搏鬥過，再給你偷襲一傢伙，睡得久點了有問題嗎？」

李三根轉向楊春，「嘿嘿」一笑：「剛才三位的話我都聽到了，你們說得不錯，我們白蓮教就是要借那幾百民夫的嘴，把我們的手段傳遍北方，這樣下次再攻打別的山寨時就輕鬆多了，這次你們敢對我們抵抗到底，也給我們一個殺一儆百的機會，還得多謝謝你們呢。」

林武星怒罵道：「狗日的東西，你們這樣喪盡天良，遲早不得好死，要遭報應的！」

李三根笑得更燦爛了：「林武星，你這是在說自己嗎？你們羊房堡開山立寨也有七八年了，劫的客商、殺的人也不在少數，所以今天有這個結局，很正常啊，至於我們明天會怎麼樣，嘿嘿……」

「李三根，你在白蓮教做到堂主了？為什麼我以前從沒有聽說過你這號人呢？你的真名叫什麼？還有，那天你一轉頭就變得和我們一樣，是怎麼做到的？」楊春按捺不住，提出一連串問題。

李三根摸了摸自己的臉：「讓你們做個明白鬼也好，這個叫易容術，用豬皮做成臉皮模子，套在臉上，就變成了另外一個人，我現在戴的就是一張面具，你們的臉模子我都有，可以隨時變成你們。」

楊春三人面面相覷。天狼知道他們見識不足，第一次聽說時很難相信，便開口道：「你處心積慮，易容打入羊房堡，就是為了打開哨卡的寨門，裡應外合嗎？」

李三根搖搖頭：「非也非也，打開寨門這種事，交給薛平這樣的小角色去辦就可以了，我的主要任務是要摸清楚羊房堡的虛實，包括有多少嘍囉，有多少外面請來的高手，佈防的情況如何，其實那天讓薛平騙開哨卡大門算是個意外，本來我們是準備用毒人強攻哨卡的，但有薛平在，更省力而已。」

楊春三人知道他所言非虛，盡皆默然。

李三根看他們不說話，得意地道：「我的名字也不叫李三根，那只是我為了打進羊房堡隨便取的一個名字罷了。我自出江湖以來，一直都是假扮各種人，為聖教刺探情報，所以聲名不顯，這次是我千面神手第一次在江湖上正式揚名立萬。」

李雙全怒道：「你這回不惜暴露自己的身分來對付我們羊房堡，到底是為了什麼？你既然說要我們做個明白鬼，不妨說清楚點。」

李三根哈哈一笑：「也罷，反正你們馬上就會被提出去煉成毒人了，就告訴你們好啦！**我們已經和蒙古大汗說好了，願意作為他們入主中原的前部先鋒，這次對你們動手，包括之前吞併各地的綠林山寨，都是為了給蒙古大軍來襲作準備**，你們這些人，是我們煉製毒人的最好原料，到時候攻城破關，有你們這數千毒人打前鋒，自然是事半功倍，蒙古大軍破關之後，也不會再有人敢反抗我們了。」

天狼終於明白白蓮教的全部計畫了，蒙古騎兵雖然來去如風，剽悍迅捷，但騎兵天生不善於攻城，碰到宣府和大同這樣的堅固邊關，還是要有大量的炮灰作攻城之用，看來蒙古大舉入侵也只是時間問題了。

天狼正思索間，卻聽到林武星高聲叫罵起來：「你們不止沒有人性，還甘當狗漢奸，娘的，你就是死後也沒臉見你的祖宗！」

李三根不為所動地道：「老子本就是蒙古人，你們的狗皇帝不開邊市，害得我們草原雄鷹無以為生，沒關係，我們的俺答大汗已經作好準備，只要一聲令下，十萬鐵騎就會越過長城，潮水般地湧進關內，你們漢人所有的一切，我們都會拿走，哈哈哈哈。」

天狼的心猛的一沉，看來蒙古入侵的速度要比他想像的還要快，與來這裡之前的計畫相比，**查探仇鸞和白蓮教的關係已經不是最重要的事，儘快破獲白蓮教和蒙古大軍的關係，設法阻止這場入侵，才是重中之重。**

天狼主意既定，看著得意洋洋的李三根，沉聲道：「原來是個韃子，怪不得這麼狼心狗肺，只是我想不明白，你既然是蒙古人，為什麼要屈居白蓮教？」

李三根笑了笑：「趙全和李自馨只是武夫而已，沒什麼見識與頭腦，更不會煉製毒人的辦法，這可是我們大汗可部的不傳之秘，讓蒙古人做這種炮灰實在是太可惜了，所以**我的任務就是秘密進關，跟白蓮教接上頭，然後把他們抓到的俘虜製成毒人，以作軍用！**」

林武星罵道：「不是人的畜生，白蓮教這幫狗漢奸，個個不得好死！」

李三根不屑地道：「誰讓你們明朝的太祖皇帝一登基就過河拆橋，把這些他起兵時幫過大忙的白蓮教兄弟們給拋棄了呢，所以說，萬事有因有果，他做得了初一，別人就能做十五，這一切不過是報應。」

天狼看著李三根，冷冷地道：「問你最後一件事，除了白蓮教這個內應外，宣府總兵和大同總兵這樣的邊將，也給你們收買了嗎？」

李三根搖搖頭：「那倒還沒有，比如你們宣府的那個總兵仇鸞，雖然是個無能的廢物，貪財無恥，但也不敢直接就倒向我們大汗，因為你們明朝皇帝能給他的，我們的大汗一時半會兒給不了，不過，他倒是想收買我們大汗，這傢伙上任半年以來，給我們送的錢可不少，足有幾萬兩黃金了。」

天狼故意道：「我才不信，我們大明的守邊大將，怎麼可能反過來給你們蒙古人錢？」

李三根得意地說：「因為你們明軍根本不能打仗，那個仇總兵也清楚自己那兩下子，靠著邊關要塞還可以抵擋抵擋，要真是和我們蒙古大軍野戰，那純粹就是找死！為了讓我們不至於令他太難堪，他一直在給我們大汗送錢，就是求我們大汗千萬不要起兵犯境，哈哈，如果不是他的這種舉動，我們大汗也不會最後定下起大軍攻打中原的方案呢。」

天狼心中暗罵仇鸞示弱於敵，終於招致大禍，但現在最要緊的，顯然是探知蒙古軍的出兵時機，便恨恨地說道：「這幫狗官，江山都要斷送在他們手上了！

臭韃子，你們準備什麼時候攻打宣府？」

李三根眉頭一皺，狐疑地道：「小子，你怎麼話越來越多，這些軍國之事，你一個將死的傢伙問了做什麼？」

天狼見這個惡賊心生警惕，換了個話題：「奶奶的，反正快要死了，想問個明白罷了！臭韃子，這裡就是你們煉製毒人的基地吧，**是不是把我們全煉成毒人了，就送給蒙古人當攻城的炮灰了？我們這幾百上千人，你們又怎麼可能帶出關去?!**」

李三根「嘿嘿」一笑：「我們自然有出關的秘道，幾千人不好說，一次運個幾百人出去還是沒什麼問題的，這個我們早就計畫好了，把你們煉成毒人後，讓你們到宣府鎮的長城外，到時候大軍攻城，用毒人打先鋒衝擊城門，然後我們白蓮教眾在關內響應，破關之後就能直接拿下宣府鎮，整段的明軍防線全部崩潰。」

天狼暗罵這種毒人戰術的殘忍，更是心驚於蒙古大軍似乎已集結完畢，只等自己這批毒人運送完畢，就會叩關攻城。

李三根又說道：「好啦，該說的，不該說的，都跟你們透露了，今天我就是來送你們上路的，你們的體質比一般人要強一些，雖然三位寨主被我廢了武功，但底子還在，成了毒人以後，也會比別人更出色的，哈哈。」

天狼不動聲色地道：「這麼說來，這裡並不是白蓮教的總舵，只是你們煉製毒人的基地，而且就在宣府鎮附近，對不對？」

李三根哈哈一笑：「劉三愣子，我怎麼覺得你一下子開竅了呢，今天我心情不錯，不妨跟你直說，我蒙古十萬大軍已經整裝待發，就在宣府鎮外五十里處的大漠待命，就等這批毒人一到，大軍就會全線攻城啦！所以我現在沒空跟你再浪費時間了，這一批就剩下你們四個，煉成後就出關！」

隨著李三根的手一揮，身後八個白衣蒙面的白蓮教眾打開牢門，兩人一組，上前把地上的四個人夾起來。

楊春等三人因為鎖骨被打斷，又吃了軟骨散，身子癱軟無力，幾乎是像被拎小雞似地架了起來，而天狼有意見識一下他們煉製毒人的地方，也裝著疲軟無力的樣子，被四隻有力的胳膊牢牢地架起。

李三根負手於背後，走在前面，白蓮教眾夾著四人一路拖行，天狼低著頭，用餘光觀察著周圍的環境，這是一座大型石牢，一個石洞外加上幾根手指粗的鐵柵欄，就算是一個牢房，除了他們出來的這間牢房外，通道的兩邊還有二十多間石牢，只是裡面空空如也，顯然那些人已經被提出去煉成了毒人。

天狼暗罵自己龜息的時間長了點，要是早一天醒來，也許還能多救一些人，然而事已至此，後悔無用，只能跟自己說，待會兒在這個魔窟一定要大開殺戒，一個白蓮教的賊人也不放過！

第九章

英雄門

「英雄門！這又是個什麼組織？我怎麼從來沒聽過？」
王木風臉上顯出得意的表情：
「這是大汗秘密成立的一個精英高手組織，
是我塞外武林好手，帶頭的幾位更是身兼蒙古大將，
實力不下於中原的少林、武當。」

一行人走過百餘步長的通道，跟剛才幽暗的通道相比，眼前一下子變得明亮許多，令人毛骨悚然的慘叫聲也順著通道盡頭那道打開的鐵門傳了出來。眼前的一幕讓天狼頭皮發麻，只見這是一個巨大石室，石室裡放著一百多個大缸，每個缸裡都泡著一個人，臉色有的發青，有的發紅，大缸的下面炭火滾滾，缸中不停地發出陣陣腥臭難聞的氣味，這一百多個人裡，已經有七八十個完全不叫了，狀如死人，兩眼泛白，和那天看到的毒人一樣，剩下二三十個人發出慘叫，聲音如地獄厲鬼哀號。

在每個大缸的邊上，都有四五個白蓮教眾不停地在忙活著，有些人從缸中用長柄大木勺舀出一些呈暗黑色的液體，一些人則從一個大池子裡不停地舀上碧綠中泛著暗紅色的液體，加入大缸中。

天狼定睛一看，差點沒吐出來，大池的池底蠕動的都是青蛇、蜈蚣、蟾蜍等毒蟲，這顯然是煉製毒人的原料。

楊春三人也看到了這可怕的景象，拼命扭動著身軀，夾著他們的白蓮教眾早已習慣了這種情形，也不多說話，直接拖著他們就向遠處空著的四個大缸走去。

天狼突然扭頭看向李三根，笑了起來：「臭韃子，你們的教主和副教主都不在這裡嗎？只有你帶著這些死鬼幹這些喪盡天良的事？」

千面神手微微一愣，臉色一沉：「你問這麼多做什麼，很快你就會和那些缸裡的毒人一樣了。」

天狼突然變臉道：「那太可惜了，沒有他們陪你一起上路，你應該會很寂寞的。」

只見天狼身形一變，周身瞬間騰起一陣血紅的氣勁，一道如牆般的強大氣息向千面神手湧去，沒等千面神手提氣抵禦，這股紅氣就撞上了他的胸口，只聽他悶哼一聲，胸口如遭千斤大錘重擊，身形有如斷線風箏似的倒飛十餘步，掉落在入口處的那道鐵門附近。

石室內所有白蓮教眾們一看到這情形，紛紛抽出兵刃，扔下手中的木勺，向天狼衝過來。

天狼這一下戰氣暴溢，把夾著他的那兩個白蓮教徒震得內臟碎裂，嘴裡狂噴鮮血，連哼都沒哼一聲，直接倒地氣絕，夾著楊春三人的那六名白蓮教眾，也是東倒西歪，若非天狼剛才顧及楊春三人，沒有把主要氣勁對著他們，只怕這會兒這六個人也都要倒地了。

這些白蓮教眾的實力與幾年前天狼在黑水河邊大戰魔教徒眾時，那些魔教的外圍成員差不多，比起伏魔盟各派的正式弟子們則差了許多，所以天狼有足夠的自信，對付起這種武功只能算三流的白蓮教徒們，連兵刃也不需要用。

離得最近的那六名白蓮教眾，齊刷刷地抽出腰間的兵器，三把刀，兩把劍，一支短槍，從六個不同的方位向天狼的六處要害招呼。

天狼不閃不避，紅色的天狼戰氣瞬間暴漲，周身流動著那血一樣的氣流，向他襲來的這六把兵器還沒挨到他身邊一尺，就被強勁的護身氣勁所阻，無法向前遞出哪怕半寸。

這六名白蓮教徒何曾見過如此神奇的武功，眼中現出驚恐之色，想要抽回自己的兵器，哪還來得及，離得最近的一人只看到一隻閃著紅光的爪子，狠狠地向自己的面門擊來，他的頭卻無法扭動，眼睜睜地看著這隻爪子按上自己的面門，他甚至能感覺到那隻黑乎乎的指甲挖進自己的眼裡，把自己的眼珠子慢慢地摳出來的過程。

這名倒楣的白蓮教徒發出了一聲淒慘的哀號，身形緩緩地倒下，身後的五人只看到他的臉被抓出了五個血洞，直透後腦，而對面那個殺神的手中還拿著兩顆眼珠子。

這些白蓮教眾雖然狠毒殘忍，毫無人性，但那只限於對付手無寸鐵，甚至被點了穴道的人，當這種殘忍的事換到了自己的頭上，他們的心理防線崩潰得比正常人還快，五個人裡有三個當場嚇得尿了褲子。

天狼眼中殺機大盛，大喝一聲：「還你們！」兩顆眼珠子被他以暴雨梨花的手法激射而出，迎面的兩名白蓮教眾的額頭各自被嵌進一隻眼睛，看起來活像三隻眼的二郎神，接著便慘叫倒地而亡。

天狼這份準度和把眼球打進頭骨的力量更是匪夷所思，嚇得剩下的三人張大了嘴，連驚呼都忘了。

天狼的鼻子裡鑽進了濃烈的血腥味，這種殺戮的味道讓他血脈賁張，他已經忍耐太久！他並不是一個嗜殺之人，但現在他卻只有一個念頭：這個基地裡的每一個白蓮教眾，他都要用最酷烈的手段殺掉。

他一直自責自己沒有救下那一百多個嘍囉，現在只能用這些白蓮教眾的血來償還，只有這樣，他才能讓自己的良心稍稍得到一些平復。

天狼仰天長嘯一聲，嘯聲中帶著自責，悔恨，憤怒與沖天的殺意，周身的紅氣再一次如紅潮般暴漲，三把黏在他身上的刀劍立即碎成千段飛濺而出，他面前的三名白蓮教眾，臉上和前胸被這些碎裂的鋼刀斷刃擊中，變成了三堆插滿碎鐵片的爛肉，有氣無力地倒下。

一邊的楊春三人看得目瞪口呆，齊聲叫好！他們做夢也沒有想到這個劉三愣子居然是如此的絕世高手，這等武功甚至大大地超過了白蓮教副教主李自馨。

百餘名白蓮教眾持刀持劍撲上，最前面的幾個人目睹了天狼是如何在一瞬間內殘殺了六名同伴，不禁心驚肉跳，因而減緩了上衝的速度，天狼猛的一扭頭，原來束著髮髻的那根木棍瞬間斷開，一頭亂髮披了下來，配合著他滿臉的殺氣和濺滿鮮血的身子，透出一股原始殺戮的性感。

只是這些白蓮教眾們這時候考慮的不是天狼有多帥，就見這尊可怕的殺神雙腳一動，帶著周身的紅色戰氣向自己飛過來了！

他們感覺到一股令人窒息的灼熱，前方幾名白蓮教眾終於反應過來，鼓起全身的力量，向天狼使出各種招式，砍了過去。

這裡算是一處開闊之地，頓時一百多人把天狼圍在圈中，內圈的二十多人刀劍齊下，只想迅速把眼前的這尊殺神亂刀分屍。

天狼發出恐怖的狼嚎，身形如鬼魅般，從六七把刀劍的空隙中一閃而入，鑽進了白蓮教眾的人堆中，左一招「天狼碎顱爪」，直接把左手處的一名白蓮教眾的腦袋像拍西瓜似地打了個稀爛，右一掌「龍游淺水」，右手打出的金色掌風幻成龍形，結結實實地拍在右邊一人的心口，把他的前胸打出了一個血洞，掌風去勢未息，還把他身後的三個人帶的摔倒一地，一陣鬼哭狼嚎之聲。

左邊那人腦袋被打爆的那一瞬間，紅白相間的腦漿與血液濺得天狼滿臉都是，**他現在完全進入了瘋狂的殺戮狀態**，人群之中，紅光與金氣交相輝映，伴隨著他的聲聲怒吼，一爪出去，必血濺五步，一掌擊出，必掃倒一片，幾個企圖偷襲他下盤的白蓮教眾，更是被他用玉環步閃開，順勢幾腳鴛鴦腿，踢得凌空飛起，頭上腳下地栽到那些還泡著人的毒藥缸裡，很快就沒了動靜。

天狼只感覺自己的血在燃燒，在沸騰，前世的記憶再次一幕幕地浮現，那一世他變身天狼，成為恐怖殺神的時候也是如此，**他甚至發現自己很喜歡這種一爪打進人體內的感覺**，那種撕裂血肉，摧毀人體的快感，實在是妙不可言。

白蓮教的毒人基地裡，牆壁上的火把被場中的勁風吹得不停地搖晃，而刀砍劍劈的聲音伴隨著拳掌到肉，骨斷筋折的聲音，再配合上白蓮教徒們臨死時的慘叫，勾勒出一幅血腥而恐怖的畫面。

天狼已經渾身是血，只是沒有一滴是自己的，他的身上甚至還沾了不少被自己打入胸腔後生生震碎或者是掏出的內臟殘片，這讓他看起來更像一個嗜血的魔鬼，地上則是滾著許多被他生生擰下來的人頭。

自天狼出手以來，也就小半個時辰的功夫，已經被他殺了兩百多人，沒有一個人可以正面擋他一招，甚至連逃命的功夫也沒有，幾個企圖想要逃走的白蓮教眾，都被眼尖的天狼直接踢起一個人頭，砸得後背直接陷進去，甚至有兩個人在臨死前還把已經被震碎的內臟給吐了出來。

白蓮教眾們已經完全失去了戰鬥的勇氣，再無一人敢上前，只有到這尊死神殺到自己面前時，才機械本能地舉起刀劍做做樣子，然後就是被以迅速而殘忍的方式打得四分五裂。

天狼殺到最後，已經拋開了一切的理性，衝進人群裡，血紅的天狼戰氣不斷爆裂，生生把身邊圍著的白蓮教眾們給炸成碎片，隨著一陣陣紅光閃過，爆炸聲此起彼伏，漫天飛舞著白蓮教眾的斷肢殘臂。

楊春三人開始時看得興高彩烈，但隨著天狼殺的人越來越多，手段越來越殘忍，幾乎把每一個白蓮教眾都打得四分五裂，徒手開膛破肚，饒是這三個刀頭舔血的綠林悍匪也有些不忍再看，甚至胃裡開始一陣陣地翻江倒海，嘔吐物幾乎到了嗓子眼。

殺到最後，天狼舉目四顧，地上已經血流成河，三百多名白蓮教徒無人倖存，都成了他的爪下亡魂，死無全屍。

遠處的鐵門那裡有了些響動，天狼心如明鏡，即使陷入完全的殺戮狀態，他也一直留意著千面神手的動靜，甚至連他滾到死人堆裡，給自己易了容，臉上抹了鮮血裝死的事，他都一清二楚。

天狼轉過身，一步步地踏在滿是肝腸與屍塊，血流得像條紅河的地上，走到千面神手的身邊停了下來，右手泛起一陣紅氣，一掌擊出，在千面神手的腦袋邊生生轟出了一個小坑，冷冷地說道：「裝死沒用的，起來吧。」

千面神手知道已經被看出來，再裝也是無用，對這尊殺神不敢有任何違背，於是很聽話的站起來，只是身子如篩糠一樣地不停發抖。

天狼抹了抹臉上的血，看著千面神手，說道：「現在我們可以換一個位置談話了，千面神手，你的真名叫什麼？」

千面神手眼珠子不停地轉著，似乎是在考慮要說什麼。

天狼擺了擺那隻仍然在滴著血的右手：「我沒興趣聽你編的謊話，你也看到我是怎麼殺人的了，實話告訴你，我是錦衣衛，這次就是來消滅白蓮教的，你還能不能看到明天的太陽，全取決於你的回答，答錯半個字，直接分屍！」

千面神手連忙道：「小的明白，閣下神勇蓋世，小的不敢有半句虛言，回英雄的話，小的蒙古名叫**阿里不朵烏哥**，漢名**王木風**。」

天狼點點頭：「你那韃子鳥名，老子懶得記，就叫你王木風好了，你這易容之術，是誰教你的？」

千面神手咬咬牙：「易容術和煉製毒人的辦法，都是我們草原上流傳的巫術一系，小的少年時曾學過巫術，是以精通這些，加上又會漢話，所以被大汗於三年前秘密派進中原，與白蓮教建立了聯繫。」

天狼又問：「**白蓮教總舵在哪裡？除了勾結你們蒙古人外，他們還有什麼目的？你們是如何讓白蓮教死心塌地為你們賣命的？**」

千面神手答道：「白蓮教的總舵應該是在大同附近，他們對我也有所防範，只在這裡為我建立了這個煉製毒人的基地，並不讓我去他們的總舵找他們，即使有事，也是趙全派李自馨過來。英雄應該知道，其實我們蒙古和白蓮教的關係不是上下級，而是同盟，白蓮教當年助朱元璋起兵奪了天下，卻被朱元璋反過來取締打壓，所以活動轉入了地下。

「可是當皇帝的心一直沒有滅，歷任白蓮教主都是秘密在民間傳教，積累力量，當年英宗皇帝在位時，白蓮教也曾暗助我們蒙古的瓦勒部大汗也先擊敗明軍，甚至俘虜了明朝皇帝，但在北京城下，明軍守住了京城，隨著瓦勒軍最後退出中原，白蓮教的這次努力又化為了泡影，只得再次轉入地下。」

天狼聽了道：「原來當年的土木堡之變，就是白蓮教在背地使壞，經此一事後，只怕白蓮教更加堅定了抱你們韃子的大腿，借外力入主中原的打算吧？」

王木風答道：「正是如此，白蓮教此後就一直在山西經營自己的勢力，就是以傳教為名發展壯大自己的力量，但這裡畢竟是邊關重鎮，朝廷對於白蓮教還是有所防範，所以他們也不敢太過招搖，加上我們蒙古自從土木堡之役後也是四分五裂，各部征戰不休，所以白蓮教沒了外援，也不敢輕易起事。

「直到你們的嘉靖皇帝登位之後，禁絕了與我們蒙古的邊市貿易，加上我們蒙古韃靼部出了俺答汗這位偉大的大汗，再次統一了蒙古各部，所以大汗的眼睛又盯向了中原，他知道白蓮教與我們蒙古歷史上的關係，所以特地讓我帶上了當年前任白蓮教主與瓦勒盟誓的信物，來中原與白蓮教接上了頭。」

「那你們給白蓮教的好處，就是一旦他們引你們蒙古騎兵入關，攻下京師，滅亡大明後，你們會扶白蓮教為傀儡，讓他們的那個教主趙全登基稱帝，對不對？」天狼質問道。

王木風點點頭：「正是如此，趙全還與我們約定，以後稱我們大汗為汗父，以兒臣自居，一旦得到天下，每年向我們蒙古送歲幣一千萬兩。」

天狼心中暗罵這趙全實在是史上第一漢奸，即使是秦檜給金人開的歲幣也不至於到國家財政收入的四分之一，但他現在顧不上恨趙全，蒙古人的動向和趙全現在的位置才是他最關心的。

「王木風，你老實回話，**趙全現在在哪裡？你們又準備何時進犯中原？還有，你的那條出關通道在哪裡？**」

王木風苦笑道：「英雄，白蓮教在宣大一帶經營多年，早已挖了上百條出關的地道，這裡只是其中一條而已，你光知道這條是沒用的。我在蒙古畢竟不算大將，只是一個來往於蒙古與白蓮教之間的使者而已，又怎麼可能知道大汗的攻擊方向與時間！我只知道等我這批毒人一到，他們就會大舉進攻啦。」

天狼心中一凜，追問道：「是進攻宣府嗎？」

王木風搖搖頭：「英雄，這等軍機大事，我這種小角色怎麼可能知道呢，小的所知道的一切，都已經告訴您啦，如果你想要知道詳細的軍機，那就得去問趙全或者是李自馨才行，他們現在人應該都出了邊塞。」

天狼想到那天李自馨早早就走了，總覺得有些不對勁，沉聲道：「李自馨那天匆匆離開是做什麼，你可知道？」

王木風本想推說不知，但一看天狼一臉殺氣和泛著寒光的眼睛，嚇得把到嘴邊的謊話又吞了下去：「李副教主是跟著趙教主一起去見大汗了。」

天狼一把抓住王木風的胸衣，把他像提小雞似地拎了起來：「現在還不老實回話，看來不給你動點真格的是不行了！」

王木風只感覺胸前的肋骨給天狼的內力頂得要折斷似的，他想要運功抵抗，卻被天狼的左手姆指頂住了經脈，半點力也發不出來，才片刻功夫，就痛得頭上豆大的汗珠滴滴向下滾，他咬牙強忍著道：「英雄，小人說的句句屬實啊，你就是用刑，小的也不可能編故事出來。」

天狼一鬆手，王木風立即像團爛泥似地一下子軟到了地上，貪婪地吸起氣來，剛才天狼的內力在他的四肢百骸裡行走，彷彿有萬千隻螞蟻在啃食自己的骨肉，真真是叫求生不得，求死不能。

「如果要見俺答汗，只趙全一個就可以了，用得著李自馨這個副教主也跟過去嗎？再說，俺答汗現在還沒有揮軍攻關，李自馨連剛剛消滅的羊房堡都不留下來查看一番，就這麼急著走，你說他是為了見俺答汗？騙鬼！他要真的這麼著急見俺答汗，還用得著自己跑來攻山嗎，以羊房堡三個寨主的功夫，根本不需要他出手的。」天狼直接戳破他話中的漏洞。

王木風閉上了嘴，眼珠子賊溜溜地轉著，在想新的說詞，天狼也不跟他廢話，上前一步，又準備把他再次拎起來，剛才吃夠了苦頭的王木風這回哪還敢再來一次，連聲求饒：「英雄饒命，我說，我全說！」

天狼沉聲道：「這次再敢有半句謊話，直接先擰下一隻胳膊再問話！」

王木風早就給天狼的那種血腥殘殺嚇傻了，一聽這話嚇得差點沒尿出來，連忙說道：「其實前幾天趙教主已經見過大汗，從塞外回來了，今天中午李副教主剛接到的消息，**大汗要我們在大軍攻關前，全力消滅宣府城西二十里處的鐵家莊！**」

天狼眉毛一揚，顯然這個消息讓他有些意外：「『**神掌震嶽**』**鐵震天**，白蓮教的主意打到了他的身上？」

這「神掌震嶽」鐵震天，乃是北方武林中白道上響噹噹的一條好漢，一手鐵沙掌的功夫練得爐火純青，當年曾經在展慕白祖父展霸圖所在的鏢局裡當副總鏢頭，即使是以天蠶劍法獨步天下的展霸圖，也曾多次誇獎過鐵震天的武功了得，後來展霸圖死後，鐵震天回到北方自立門戶，靠著多年來在江湖上的人脈與積累的錢財，開創了鐵家莊，成為一方霸主。

鐵家莊是典型的白道武林門派，廣收弟子，出師後，多數進入公門或者當鏢師，鐵震天的武功雖然在江湖上算不得絕頂，但因為人仗義豪爽，朋友極多，莊客數量上千，是北方武林中誰也不願意得罪的一股強大力量。

只是鐵震天早年走鏢時，跟少林和華山派結過怨，因此雖屬白道，卻一直跟伏魔盟不對盤，伏魔盟幾次邀請他加入，都吃了閉門羹。

天狼想到這裡，喝道：「白蓮教也就這一兩年才從地下轉到公開活動，就算你們有幾百個毒人，可從這些弟子的武功看來，算不得一流門派，就是那李自馨，碰到伏魔盟或者是魔教的頂級高手，也是處於下風，想要挑戰伏魔盟裡長老級別的高手尚有不足。這兩年的白蓮教，一直靠著吞併綠林山寨來壯大自己。

「這本是個不錯的選擇，魔教的勢力還沒有進入北方，伏魔盟在這裡的實力很強，但他們不會為了綠林山賊去捲入紛爭，所以，如果白蓮教不去主動攻擊伏魔盟的分支門派的話，應該不至於和伏魔盟起衝突，可現在你說白蓮教準備去攻擊鐵家莊，就算鐵震天沒有加入伏魔盟，但也是縱橫白道多年的正派高手，且不說白蓮教有沒有和鐵家莊正面對抗的實力，就算它能滅了鐵家莊，一下子把自己推到風口浪尖，值得嗎？」

一邊的林武星說道：「英雄有所不知，鐵震天老英雄一向是響噹噹的好漢，朝廷無力對付蒙古人，他卻經常組織義士抵抗蒙古人對邊境的襲擾，有幾次蒙古部落準備入侵，鐵老英雄還親自帶隊擊殺蒙古的大將，把入侵扼殺在萌芽之中，這次白蓮教的妖賊既然和蒙古人勾結，肯定要先除掉鐵老英雄這個眼中釘，不然只怕俺答晚上睡覺還不敢閉眼呢。」

天狼這才明白過來，點頭道：「原來有這層關係，王木風，對不對？」

王木風恨恨地瞪了林武星一眼，卻不敢反駁，只能說道：

「確實如此，鐵老兒，不不不，鐵老英雄幾次三番地破壞我們蒙古大軍的好事，這回大汗親征，不能出任何意外，所以密令趙全不顧一切地消滅鐵家莊，為大軍的南征掃除障礙。」

「咦！」天狼覺得有些不對勁，問道：「不對，你說白蓮教和蒙古人是結盟的平等關係，以後這些妖賊還想著自立呢，趙全又怎麼可能做這種為他人火中取栗的事？」

王木風趕忙解釋道：「英雄有所不知，這次我們家大汗也是下了大本錢的，不僅答應一旦攻下北京後，封趙全為漢王，讓他常駐北京，另外，蒙古大軍除了留兩萬騎兵駐守外，不在關內留下任何勢力，這比以前的條件要優厚得多。」

天狼破口大罵道：「狼狽為奸，趙全就是當什麼王，也不過是蒙古人的走狗而已。」

王木風「嘿嘿」笑道：「這個當狗的資格也是有許多人要搶的，剛才只是第一個原因，那晚大汗和趙全談判的時候，小人全程在場，趙全也自知實力不足以拿下鐵家莊，所以即使有這個條件，還是有些猶豫不決，因而大汗最後答應，這次行動由英雄門全力相助，這才讓他徹底打消了顧慮。」

「**英雄門**，英雄門！」天狼嘴裡念叨著「英雄門」，這個名字他從來沒有聽過，奇道：「這又是個什麼組織？我怎麼從來沒聽過？」

王木風臉上顯出得意的表情：「**這是大汗秘密成立的一個精英高手組織，派內俱是我塞外武林的好手，帶頭的幾位更是身兼蒙古大將，實力不下於中原的少林、武當。**」

天狼聽了，立即飛起一掌，「啪」地一聲，王木風的臉上頓時多了五個指印，痛得一張嘴，兩顆血淋淋的斷齒也掉了出來。

只聽天狼喝道：「我可沒讓你吹噓你們有多厲害，少林武當的強大，哪是你們這些狗韃子能體會到的！人家開宗立派時，你們蒙古人還不知道在哪兒呢！」

王木風捂著臉，顧不得擦嘴邊的血，點頭哈腰地說道：「英雄說得是，小人一時失言，該打，該打！」

「說說這個什麼英雄門有何高手，總壇在哪裡？為什麼趙全有了他們的支持就有底氣去滅鐵家莊？若是有半字虛言，下次掉的可就不是兩顆牙了。」天狼冷漠的聲音再次響起。

王木風戒慎恐懼地說道：「**這英雄門是去年才組建的，是大汗讓蒙古的頭號**

大將，號稱『大漠獸王』的赫連霸組建，赫連霸乃是俺答部的第一高手，多年來縱橫大漠南北，無人能敵，一手龍飛槍法早已經出神入化，曾經單人獨槍走遍大漠和西域，傷在他手下的著名高手足有好幾百。赫連霸後來被我們大汗收服，成為頭號大將，每遇戰陣必衝鋒陷陣在前，英雄，我說實話你可別打我，你們大明死在他手下的總兵就有兩個，參將副將之類的更是不計其數。」

天狼對這些邊塞戰事不甚了了，望向林武星和楊春等人，問道：「這狗賊所說的可否是事實？」

楊春嘆道：「他說得沒錯，當年在下還在軍中效力時，曾經在戰陣上見過此人，我大明邊軍中也有不少勇將，還有些是投軍報國的高手，卻無一人能擋赫連霸十個回合以上，此人端的是蒙古第一高手，這狗賊這次倒是並非虛言。」

天狼冷笑一聲：「也好，正好會會此人，我倒想見識一下這個什麼蒙古第一高手有幾斤幾兩！王木楓，英雄門除了這個赫連霸外，還有什麼厲害人物？」

在天狼的心裡，對這赫連霸有些不以為然，當年歐陽可的奔馬山莊也號稱是西域第一強門，卻被達克林帶著龍組在一個晚上滅莊，可見也強不到哪裡去，赫連霸的威名只怕也是言過其實罷了。

王木風小心地答道：「除了赫連霸外，他的兩個結義兄弟**黃宗偉**和**張烈**也都是好手，**張烈號稱『大漠天鷹』，擅長大力鷹爪功，而黃宗偉，人稱『狂獅』，武功霸道威猛，為人也是足智多謀，是英雄門的智囊。**除此之外，英雄門下可稱得上高手的還有一百多人，武功都能頂得上白蓮教的堂主級別，比起李自馨相差不多。」

天狼眉頭一皺，質疑道：「這英雄門竟有這麼多的高手？」

林武星道：「這件事他沒有說謊，英雄門雖然現在聲名還不顯於江湖，但在塞外已經是頂尖的門派了，我們身居邊關也略有耳聞，這個門派好像還向中原廣發英雄帖，重金吸納高手加盟。」

「竟有此事？」天狼心頭一驚，道：「有什麼高手加入英雄門了嗎？」

天狼敏感地意識到此事的嚴重性，近些年來，伏魔盟與魔教、巫山派等邪派爭鬥不休，為了能打垮對手，無論正邪，各派都大肆地擴招弟子，許多人藝成後待價而沽，如果英雄門真的出重金招納，一定會有一些武林敗類加入的。

王木風搖搖頭：「英雄帖剛發出去不到一個月，由於英雄門在中原的知名度有限，因此目前還沒有什麼高手加盟。這次和白蓮教聯手攻擊鐵家莊，也是為了想打響自己的名氣，好拉攏更多的高手。」

天狼這下子算是完全明白英雄門的意圖了，**看來蒙古人也不會坐視白蓮教在**

北方成氣候，同盟畢竟沒有自己人來得可靠，就算蒙古軍隊不能留下，但是以武林門派形式進入中原的英雄門，卻能做到幾萬大軍也未必能做到的事，其居心之險惡，用心之歹毒，可見一斑。

他推斷蒙古兵應該不會在鐵家莊之戰結束前攻關，現在還有時間，**首要之事就是去解鐵家莊之難！**

天狼心中迅速地做出決定，沉聲道：「王木風，我再問你最後兩個問題，你能不能活，就看你的回答是不是能讓我滿意了。第一，你們計畫什麼時候攻擊鐵家莊？我要準確的時間！第二，那些被你們製成毒人的人，有什麼方法可以解救？」

王木風忙不迭地說道：「前天李自馨就是去接應英雄門的蒙古高手，加上集結的時間，原來的計畫是三天後合攻鐵家莊，算一算，明天就是他們攻擊鐵家莊的日子。至於解救毒人的辦法，英雄也看到了，進了那個鐔子後，就是個活死人，神智完全被毒藥和曼陀羅花粉摧毀，再也無法復元。」

「這個煉製毒人的方法，除了你們以外，還有別人會嗎？」天狼問。

「其實塞外巫教裡，這種煉製法已經流傳了上千年，只要是精於巫蠱之術的巫醫和薩滿都會這一手，就是白蓮教的弟子，現在也有不少人學會了這一手去。」王木風臉上堆著笑道。

天狼眼中突然紅光一現：「王木風，你用這妖法害得這麼多人人不人，鬼不鬼，今天就讓你自己嚐嚐這辦法好了！」

說完，他的右手閃電般地伸出，一把掐住王木風的脖子，左手出指如風，連續點中王木風胸前十幾處要穴，王木風瞬間動彈不得，只有眼珠子還能轉動，嘴巴還能說話。

王木風嚎叫道：「英雄，你說只要我說實話，就會饒我一命的。」

天狼哈哈一笑：「沒錯啊，毒人又不是死人，我說留你一命，就一定會讓你這條命留下來，反正成了毒人，無痛無病，不死不滅，這不就是你追求的嗎？」

說著，他手上一運勁，王木風的衣服全被震碎成片縷，身上一絲不掛，全身經脈也全斷，七竅流血，嘴裡「呵呵」直響，再也說不出一句話。

天狼大喝一聲，把手中的王木風扔進一口盛滿綠色毒液的空缸，王木風的身子立即淹沒在液體中，只有頭露在外面，沒一會兒，他的臉便開始起泡，眼睛暴突，七竅流出的鮮血變成了綠黑相間、腥臭難聞的液體，頭頂的百會穴則是向外嘶嘶地冒出綠氣。

天狼沒有見過毒人的煉製過程，他把王木風扔進毒缸，一是想看看這邪惡的藥水是如何起作用的，二來也是存了一分僥倖，希望能讓王木風以身試毒，逼他把解藥給交出來，也因如此，他沒有點住王木風的啞穴，就是希望他在關鍵時刻能開口說話。

可是沒料到這毒藥竟如此猛烈，王木風給扔進去後不過數秒就變成了這樣，連開口也來不及，看來的確沒有解救之法。

天狼嘆道：「做出這種滅絕人性，傷天害理的事情，就是把這狗韃子殺上千次萬次也難贖其罪，只是可惜了這些人，我是救不了他們啦。」想到這裡，他的神情黯然，心中說不出的難過。

一邊的林武星、楊春和李雙全三人早已泣不成聲，眼前的這些毒人，都是跟隨他們多年的兄弟，現在卻只能眼睜睜地看著他們變成這樣的行屍走肉而束手無策。

天狼抱歉地對三人說道：「都怪我多睡了一天，現在說什麼都太晚了，為了不讓他們出去危害更多的人，我只有出手殺掉他們。」

楊春三人流著淚，跪下來，對這些手下磕了幾個頭：「兄弟們，你們不幸遭此悲慘的下場，下輩子一定要投個好胎，別再生在如此的亂世！」

磕完頭，楊春站起身，對天狼拱手道：「我們兄弟三人能撿回一條命，全靠英雄的大恩大德，不知英雄大名，我們兄弟雖然已是廢人了，但願意粉身碎骨回報英雄。」

天狼道：「你們落草為寇，手上沾滿無數鮮血，本是死有餘辜，但我看你們還有幾分骨氣，對手下也算是義氣，故而出手相救。至於我是誰，你們就不必知道了。」

三人露出懺悔的表情，楊春嘆道：「我等為惡多年，僥倖逃死，苟且偷安，英雄既然不肯道出大名，我等也不好追問，茫茫天地，若是有緣，總會相遇的。」

說完，三人齊齊地向天狼行禮，然後互相攙扶著向大門處走去。

三人的身影消失在門外後，密室裡一下子變得空蕩蕩，只有遍地的斷肢殘體，以及濃烈的血腥味和毒人身上的惡臭味，讓天狼也不想再多待，見室內一角囤放了許多火藥和硫黃硝石等引火之物，那是白蓮教眾準備塞入毒人體內作炸彈用的，現在正好派上用場。

天狼搬來火藥，放在毒液藥缸前，有些還沒完全煉成的毒人在那裡咿咿呀呀地，雙手揮舞著，也不知道是在求救還是想攻擊臨近的生人，天狼一個雲卷雲舒，身子倒著向後飛出二十丈，直奔門外。

出門的那一剎那，天狼把手中兩顆雷火珠以流星趕月的手法擊出，帶著絲絲的火花飛入那堆火藥桶中，石室立即響起一陣震耳欲聾的爆炸聲，沒多久，這座邪惡的魔窟轟然倒塌。

火光和硝煙映紅了天狼那張滿是鮮血的臉，他臉上的肌肉不停地跳動著，眼中泛起一陣陣的紅光，顯然剛才的那陣血腥殺戮並沒有消弭他心中的沖天恨意，**他恨白蓮教的滅絕人性，更恨自己出手太晚，白白損失了這麼多生命**，在林武星等人面前他儘量裝得冷酷，擺出一副無所謂的態度，可是良知讓他不斷地責備自己，**只有當這樣一人獨處時，他才能盡情地釋放情緒**。

天狼恨到深處，只覺得胸口悶得難受，一股怨氣脹得他快要爆炸，忍不住仰天長嘯，聲音洪亮淒厲，如蒼狼狂嚎，震得外面的山谷中回聲不絕，而飛鳥走獸都紛紛驚走高飛。

嘯完，被夜裡的冷風一吹，天狼熱得發燙的胸口終於平靜了些，他喃喃自語道：「鐵家莊，這次無論如何不能再錯過了！」

突然他轉過頭，對一旁十餘丈處的草叢厲聲喝道：「還不出來，跟這麼久了，真當我感覺不到你嗎？」

鳳舞如鬼魅般地從黑暗中走了出來，依舊是烈焰紅脣，沖天馬尾，蝴蝶面具的裝扮，一襲緊身的黑色夜行衣把她玲瓏的身形裹得凹凸有致，任何一個男人見到這樣的女子都會熱血澎湃，可是天狼卻沒有絲毫遐想，冷哼一聲：「跟在我後面半個月，好玩嗎？這回總指揮又給你下了什麼任務？」

鳳舞向天狼吐了吐舌頭，笑嘻嘻地說：「你剛才真的好帥哦，認識你這麼久，第一次見你這樣殺氣沖天，這才符合你這身功夫嘛。不過你那樣子也把我嚇到了，本來你動手時，我還想上來陪你殺個痛快，結果後來只顧著看了。」

「這些人本就該殺，都是死有餘辜，我只恨讓他們死得太痛快了！鳳舞，我不是你，沒你這麼嗜血，你可別弄錯了。」天狼面無表情地道。

鳳舞撩了撩額前的一抹被風帶起的秀髮，笑道：「天狼，我可不這麼認為哦，平時有太多的條條框框束縛著你，這個不能殺，那個不能衝動，活著真累！**剛才你完全釋放本性，表現出來的是你這身霸道邪門武功的真正實力**，那種不受任何約束和控制的力量，就像火山噴發一樣，天狼，**這才是真正的你，熱血，狂暴。**」

天狼自從喚回前世記憶以來，只要一用天狼刀法，一鼓起天狼勁，他的內心深處就會莫名騰起一種無法抑制的殺戮快感，只想把眼前看到和自己為敵的人撕成碎片，剛才那毫無節制的放手大殺，更是令他在當下有著無比的快感，這讓他越想越害怕。

他趕忙轉移話題：「你還沒回答我的問題，你又跟過來做什麼？我和總指揮說過，這次我要單獨行動，尤其是不要你幫忙。」

鳳舞嘟了嘟嘴：「哼，一點也不念人家的好，好歹上次人家還救過你的，還說要保護我，這麼快就說話不算話啦？」

天狼板起臉，道：「以你的武功，再加上易容術，就算你出了錦衣衛，又有誰能認出你！你說你需要保護，是在搞笑吧？」

鳳舞上前兩步，靠近天狼，一陣山茶花的香氣鑽進天狼的鼻子裡，只聽她輕聲道：「不管，我就要你保護。要殺我的是司馬鴻，我可打不過他！」

「胡鬧！」天狼輕斥道。

不知為何，每次看到鳳舞，天狼心裡總會想到沐蘭湘，昔日小師妹在自己面前，也是這樣嬌蠻任性，令他對她無法自拔，只是一想到沐蘭湘給自己的巨大傷害，他一下子便回到了現實。對他來說，早已斷情絕愛，造福蒼生，建功立業，才是他唯一要考慮的事。

鳳舞負著雙手，彎著腰，從下向上看著天狼的臉，儀態天真可愛，天狼轉身，作勢不理會她，她卻歪著腦袋，不是吐舌頭就是做鬼臉，最後實在拿她沒辦法，只得長嘆一聲：「你究竟想要做什麼？」

鳳舞勾了勾嘴角：「不是早就說了嘛，要你保護我，這個要求不過分吧！這可是你自己答應的事，男子漢大丈夫，不可以說話不算話哦。」

天狼問：「你先老實回答我，你這次跑出來，是總指揮的安排，還是你私自的行動？」

鳳舞挺著本就豐滿的胸部，手叉著腰道：「是我自己出來的！哼，總指揮要我待在總部三個月不許出門。三個月耶，簡直要活活把我悶死！再說總部裡的那些人一個個陰死陽活，無趣地緊，所以我就跑出來啦。」

天狼心中一動，「那總指揮呢？有他在，你怎麼可能跑得出來？」

鳳舞嘴邊現出一個美麗的酒窩：「你猜得不錯，如果總指揮在，我確實沒法離開錦衣衛，可是二十天前他就離開啦。所以我也出來半個多月了。」

天狼眼中寒芒一閃，直視鳳舞：「你可知總指揮去了哪裡？還有，我的行蹤可是高度保密的，你又怎麼會知道我在這兒？」

鳳舞得意地笑道：「我自然有我的辦法，嘻嘻！以後記得離開之前就要易容換裝，不然我能從你的去向就判斷出來。至於總指揮嘛，來的跟你是同一個地方，只不過他人去了宣府，現在離我們也不遠。」

聽鳳舞說陸炳在宣府，他大喜過望。自己單槍匹馬去鐵家莊，對方卻是高手如雲，但陸炳來宣府公幹，身邊少不得帶上百名精銳的錦衣衛高手，有他相助，什麼白蓮教、英雄門，統統不在話下了，於是天狼道：

「太好了，那我們馬上回宣府找總指揮幫忙，剛才那個狗韃子說他們明天才會進攻鐵家莊，時間應該還來得及。」

鳳舞歪了歪嘴：「我就知道你要打這個主意，我勸你一句，別指望陸總指揮會幫你。」

天狼一愣：「為什麼？」

鳳舞的表情迅速換成一個女殺手的樣貌，冷靜地分析道：

「一，鐵震天一向與官府沒有來往，更何況陸總指揮這次來不是為了救他，而是邊關有重要的公事，現在蒙古大軍逼近，陸總指揮要是知道了這裡的事，首要之事也是幫助防備蒙古人，而不是去救援一個江湖門派。

「第二，鐵震天並不願意接受官府的幫助，這些白道中人很討厭我們錦衣衛，寧可戰死，也不想要我們的援手，陸總指揮帶人來救，到時反落得吃力不討好，何必呢？

「第三，也是最重要的原因，如果我猜得不錯的話，總指揮給你的任務應該是調查白蓮教的事，而你只是因為看到白蓮教把人煉成了毒人，那股正義感又開始作祟，讓你忘了你作為錦衣衛的使命，捨棄任務，你覺得像這樣，陸總指揮會幫你這個忙嗎？」

天狼恨聲道：「白蓮教如此傷天害理，你就一點無動於衷嗎?!」

鳳舞冷酷地道：「天狼，我早就告訴過你，從我三歲開始，人性就不在我身上存在了，我是錦衣衛殺手，不是什麼慈悲心腸的人，如果我是你，就不會一時熱血沖腦，放棄自己既定的計畫。」

天狼鐵青了臉道：「你又知道我有什麼計畫？」

鳳舞的美目中突然閃過一絲冷芒：「天狼，你這麼煞費苦心地打入土匪山寨，裝得全然不會武功，又主動被白蓮教抓走，不就是想被煉成毒人，然後從他們的出關秘道裡給帶出關外，與蒙古人接上頭嗎？天狼，我太熟悉你的想法了，什麼白蓮教，根本不在你眼裡，**你想要的，是想找機會刺殺蒙古大汗，結束邊關的戰爭吧。**」

天狼一下子給鳳舞說穿了自己的心思，但他的臉上仍然面不改色，點點頭：「不錯，那又如何？如果換了你是我，你敢泡到那個毒液缸裡嗎？我臨時改變了計畫，有什麼不可以？」

鳳舞嗤之以鼻地道：「就你這一身熊皮，開水都燙不壞你，別說你還可以運功抗毒了！天狼，你明明就是看到白蓮教的手段，便控制不住自己了，為什麼不承認？」

天狼咬咬牙，一挺胸膛道：「不錯，我就是見不得白蓮教的人如此殘忍歹毒！鳳舞，錦衣衛裡不是每個人都跟你一樣冷血無情，起碼我不是。」

鳳舞歪著腦袋看著天狼道：「別生氣嘛，我又不是總指揮，會為這個事責怪你。只不過連我都能看出來的事，總指揮也肯定可以猜到，你說你這個樣子，他還會幫你嗎？」

天狼傲氣地道：「他不幫就不幫吧，我就自己來。鳳舞，麻煩你回去告訴總指揮，就說白蓮教的妖賊和漠北英雄門的高手明天準備聯手突襲鐵家莊，好為蒙古大軍犯關掃清障礙，讓他自己看著辦，而我先走一步，去幫忙抵擋了！至於他交給我的任務，只要有辦法擒住白蓮教的賊首趙全和李自馨，自然可以完成。」

說到這裡，天狼轉身作勢欲走。

鳳舞輕嘆了口氣：「天狼，我真的就這麼討厭，讓你看都不想看一眼嗎？」

天狼沒有回頭，冷冷說道：「鳳舞，我有任務在身，你說得對，剛才我一時衝動，把事情弄砸了，現在我得去補救，你並沒有任務，可以自便。哦，我忘了你是自己出來的，那就不用去報信了，免得再被抓回去。」

鳳舞眼中閃過一絲幽怨，一跺腳：「那我跟你一起走，這樣總能幫上你的忙了吧。」

天狼先是愣了一下，繼而搖搖頭：「你要跟我走？別開玩笑了，鐵家莊一戰，我要面對的可是整個白蓮教加上英雄門的精英高手，到時候寡不敵眾，我可沒有功夫分心來照顧你。」

鳳舞不服氣地說：「天狼，你怎麼總覺得我是個累贅呢，好歹以我的武功，也能幫上你不少忙吧。」

天狼搖頭：「如果有別的錦衣衛在，我自然是不用擔心你，可這次只有我們兩個人，打起來的時候，我要分心照顧你，這樣反而放不開手腳。白蓮教的人我倒是不太擔心，只是那個英雄門要是真有王木風說的那麼厲害，可就麻煩了。你還是去找總指揮報信的好。」

鳳舞咬著脣，堅持道：「除非你現在把我打死，不然我一定要跟著你，打的時候，我保證絕不拖你後腿就是，鐵家莊也有幾百莊丁，我們並不是孤立無援啊。」

天狼眼睛一亮，這點他倒是沒有想到，便退讓一步道：「那好，現在離天明還有四五個時辰，我們就先奔向鐵家莊，去示個警也好。」

鳳舞高興地拍手道：「這還差不多，人家這次來就是想幫你的，你卻總是要趕我走，實在是太不夠意思了！再說，這裡離恆山這麼近，萬一我碰上司馬鴻，可就死了。」

天狼被她弄得哭笑不得，但也知道她是為了自己的安危著想，心中有幾分感動，語氣也變得柔和了些：「好啦，沒用的話不要多說了，到時候如果打起來時，跟我跟緊一點，我既然說過會保護你的安全，就不會食言的。」

說完，身形如閃電一般，向前一閃而沒。

鳳舞嬌叱道：「這回咱們再比比輕功！」雙足一點，帶起一陣香風，緊緊地跟上已經奔出六七丈遠的天狼。

出得山谷後，天狼發現這裡是在宣化鎮南邊大約六十多里處的一個山脈中，山西之地多山，各種山溝山谷極多，而這處白蓮教的秘密基地的山谷口作了偽裝，從外面看像是一處密林，尋常人很難會發現，天狼奔出谷後才發現其中玄機。

月亮開始西垂，天狼和鳳舞向著王木風所說的鐵家莊方向一路狂奔。

第十章

大汗密令

赫連霸的眼中閃過一絲冷冷的殺意：
「所以有人能幫我們傷了，最好是除了趙全，
那是再好不過的事情，這是其一；
第二點原因嘛，就是大汗的密令，
我們進關的主要任務不是幫著趙全攻鐵家莊，
而是要和仇鸞接上頭。」

兩人在谷口處先易了容，天狼扮成一個三十多歲的高大紅臉漢子，鳳舞則女扮男裝，打扮成一個中年黃瘦漢子，換了一身黑衣勁裝。

天狼這些天一直把斬龍刀藏在宣化鎮東十里處的一處小廟中，這次要面臨大戰了，正好順路把斬龍刀取出，多耽誤了一些時間，等到兩人奔到鐵家莊時，天光已經大亮，大約是巳時光景了。

天狼一路奔來，就是擔心白蓮教的妖人會突襲鐵家莊，可當他奔到莊外時，才發現這座依山而建的山莊一如平常，就像多數武林人士開設的山莊一樣，這座占地數里的大莊院，四周都用灰色的磚牆砌成，高達三丈，非輕功高強之士不能越過。

山莊前立著一對巨大的鐵獅子，黑漆大門高兩丈，寬丈餘，這會兒正敞開著，八名黃色勁裝，持刀拄棍的漢子分兩行立於莊前，身形筆直，紋絲不動，一看就是好手，八人頭上的一塊大牌匾上，龍飛鳳舞地寫著「鐵家莊」三個大字。

天狼見狀，總算心中一塊石頭落了地，昨晚一夜狂奔，水米未進，就是怕來不及，那一百多個羊房堡的嘍囉慘死的畫面始終在他的眼前晃來晃去，這次終於及時趕到了。

天狼停下腳步，身後的鳳舞氣息微亂，嬌喘道：「你這一路也不讓讓我，我可是女孩子耶，跑那麼快，是想把我甩下嗎？」

天狼沒好氣地說：「你不是說想和我比試比試嗎？那我當然得盡全力啦，要不你贏了也沒面子嘛。」

鳳舞吐了吐舌頭：「算啦，不跟你說這個，看來我們沒有來晚，這下子你可以放心了，我們現在就亮出錦衣衛的身分進莊吧。」

天狼搖搖頭：「要是我們亮明身分，鐵震天可能不會見我們，更不會相信我們的示警，也許還會以為我們是上門威脅他呢，效果只會適得其反。」

「你說得不錯，那我們怎麼進入莊內呢？只要我們進了莊，就可以相機行事，我想白蓮教應該是夜間來襲，到時候正好混在人群中。」鳳舞道。

「不行，這樣鐵家莊上下毫無防範，只怕也無法抵擋，只靠我們兩個，終歸還是人手不足，我們必須想辦法讓鐵震天知道大禍就在眼前，好提前佈置。」

鳳舞微微一笑：「你既然這樣說，想必已經想好了主意，我聽你的就是。」

天狼看了眼鐵家莊大門，眼珠子一轉，笑道：「鐵莊主是不會拒絕來自江湖上的朋友的。」

鐵家莊的莊主鐵震天，年紀大約五十出頭，身形高大威猛，花白的頭髮在腦後梳了一條羊尾辮子，高鼻深目，紫紅面膛，這會兒正穿了一身緊身的白布褂子，在莊裡的練武場裡練著他的鐵沙掌。

四五個徒弟精赤著上身，揮汗如雨，另有三個徒弟使勁地拉著風箱，把一口半人高的磚爐子裡燃燒著的火鼓得更旺，磚爐上架著一口足有五尺見方的超大鐵鍋，裡面盛著黑色的鐵砂，兩個徒弟正持著大鐵鏟不停地把那鐵沙來回翻攪，滾滾的熱浪讓離著有六七丈遠的幾十名勁裝打扮的莊客個個汗流浹背。

鐵震天突然一抬手，喝道：「夠了！」

幾個徒弟停下了手中的活計，鐵震天深吸一口氣，腳步沉穩地走到那口大鍋前，閉上眼，突然舌綻春雷般地大喝一聲，雙掌疾出，上下翻飛，不停地插入那堆已經被加熱得有點發紅的鐵砂之中，場內的溫度一下子又上升了許多，熱浪四溢，空氣都變得模糊而抖動，圍觀的眾弟子們也都不自覺地退後半步。

黑色的鐵砂隨著鐵震天的雙掌疾抽疾插，不停地翻滾跳動，鐵震天的雙手漸漸地變成黑色，他的雙腳開始遊走，整個人在鐵鍋邊踏著八卦魚龍步，雙手則是一刻不得閒，那鍋鐵砂被他以插、震、削、劈等多種掌法攪得不少砂子都飛上了半空，卻是沒有一顆落到鐵鍋外面，這等功力已然是驚世駭俗。

一套鐵掌打完，鐵震天長嘯一聲，雙掌在鍋邊一拍，大鐵鍋一下子飛了起來，高高地拋到了半空中，在眾弟子們的驚呼聲中，鐵震天雙腳一踏地，整個人一飛沖天，半空中，雙掌一推，那鍋鐵砂被他的掌風擊中，竟然的溜溜地在空中打起轉來，而鐵震天借力打力，整個人居然浮在空中，繞著鍋的四周飛來飛去，不停地出掌，打得那鍋只在空中旋轉，卻是不曾落下！

八十一掌打完，鐵震天哈哈一笑，突然鑽到了鐵鍋下，雙手一托，那口盛了千斤的鐵鍋居然就被他頂在手上，在空中轉了四五個圈後，輕飄飄地落在地上，又被他運力一推，穩穩地回到磚爐上，連一顆鐵砂子也沒有濺出來。

圍觀的眾弟子們看得個個張大了嘴，說不出話來，直到這時候，才齊齊地爆出一聲「好」字，鐵震天氣定神閒，拍了拍自己的雙手，剛才還是漆黑一片的鐵掌被他內力周行全身，忽而赤如火炭，忽而瑩白如玉，最後回復了本來的肉色。

早已守候在一邊的管家鐵英，是個四十多歲的中年人，第一個上來向鐵震天拱手道賀：「恭喜莊主神功大成。」

眾弟子也紛紛向鐵震天拱手道賀。

鐵震天滿意地捋了捋頷下的長鬚，今天是他的鐵沙掌大成之日，這最後一層衝了十年後，終於頓悟。

剛才他在練功時，把大鐵鍋震到空中後，加入類似武當太極的那種四兩撥千斤的巧勁，把至剛至猛的鐵沙掌化為繞指柔，沒想到誤打誤撞間卻衝破了這門功夫的最後一個門檻，終至大成。

正當鐵震天得意之時，外面卻奔來一個守門的弟子，衝著鐵震天一行禮：「莊主，門口來了兩個江湖人士，自稱是羊房堡的人，說有要事報告莊主。」

鐵震天的臉色微微一變，還未開口，鐵英卻搶先說道：「羊房堡？哼，這幫土匪，去年就想打我們運的鏢的主意，還沒找他們算帳，現在居然還敢主動上門。先把這兩個傢伙拿下，細細拷問，看看他們來我山莊有何企圖。」

鐵震天擺了擺手制止道：「且慢，羊房堡比起其他的綠林山寨來說還算規矩，做惡也不是太多，往年跟我們一直算是井水不犯河水，現在蒙古人蠢蠢欲動，白蓮教在各地吞併各種綠林山寨，他們這時候來，只怕是有所企圖，先問問再說好了。」

鐵英聽到鐵震天發話了，便點點頭，對那名弟子說道：「把那兩人帶進來吧。」

片刻後，天狼和鳳舞被十餘名全副武裝的鐵家莊弟子們擁著來到練武場，鐵震天坐在場中一張虎皮大椅上，形態威嚴，手裡轉著兩只鐵膽，在剛才的練功短衫外披了一件外套，鬚髮隨風飄動，不怒自威。

天狼看到鐵震天，立即感覺到面前這位老者強大的內息，進莊的途中，也發現鐵家莊防守嚴密，弟子護衛各司其職，井井有條，不愧是山西地面上數一數二的江湖勢力，看起來這裡的莊客不下三百，弟子個個武功不弱，白蓮教若是來犯，只怕要碰個頭破血流。

但天狼還是覺得有必要給鐵震天提醒一下，他上前不卑不亢地行了個禮：「在下羊房堡劉三愣子，有要事稟告鐵莊主。」

鐵震天眉頭微微一皺，一邊站著的鐵英喝道：「好個無禮的傢伙，一個山寨嘍囉就要見我們莊主？懂不懂禮數！」

天狼道：「在下前來，是想通告鐵莊主一聲，鐵家莊大難將至，還請馬上作準備！」

鐵英臉色一變，聲音又抬高了幾度：「一派胡言！什麼大難將至，我看是你們羊房堡嫌命長了是吧。」

天狼直視著鐵震天道：「鐵莊主，在下所言句句屬實，羊房堡已經在三天前被白蓮教所滅，小人僥倖逃得一命，聽白蓮教的妖人說，他們已經聯手塞外的英雄門，將在今天大舉進犯鐵家莊！」

鐵震天從椅子上站了起來，驚道：「你說什麼？羊房堡給滅了？」

「三天前就被滅了，三個寨主全被廢了武功，連同百餘名嘍囉都被俘虜，只怕已經給製成毒人了，只有我們兩個混在上山修寨子的民夫當中才逃得一命，此等大事，難道鐵莊主沒有聽說嗎？」

鐵震天坐回椅子，表情恢復了鎮定，說道：「羊房堡不過是一個中等大小的山寨，這種規模的山寨，在山西至少有二十多處，我們鐵家莊與綠林素無來往，哪會關注這些事情！」

天狼沉聲道：「那請問前一陣子的好漢崗、黑雲寨這些寨子給滅的事情，鐵莊主總該聽說過吧？」

鐵震天點點頭：「這些老夫倒是知道，他們是被白蓮教所滅，你們這些綠林山寨，跟這白蓮教結了什麼仇嗎？為什麼這一年來白蓮教會滅這麼多山寨？」

天狼憤慨地說：「鐵莊主，白蓮教已經跟蒙古人勾結，他們消滅各地的綠林山寨，就是想擴張自己的力量，為蒙古大軍的入侵清掃障礙，鐵莊主您多年來一直力阻蒙古軍犯境，早已是他們的眼中釘肉中刺了，所以這回他們在俺答的大軍到來之前，就想先攻擊您這裡，以震懾山西境內敢於反抗蒙古人的武林人士。」

鐵震天哈哈一笑，豪氣干雲地說道：「想打我鐵家莊的主意？好啊，這樣也省得老夫再去找白蓮教的這些妖人了。」

他突然覺得有些不對勁，收住了笑容，道：「你剛才說是混在民夫中逃得一命的，**羊房堡離這裡有數百里的路程，你們如果只是嘍囉的武功，又如何能在兩天的時間跑到這裡？**還有，**你們全寨被滅，我們和羊房堡素無來往，你們又怎麼會來這裡向我們示警？」**

天狼釋疑道：「鐵莊主誤會了，我劉三愣子別的本事沒有，就是腳力勝過其他人，以前在山寨時，和這位李兄弟一樣，都是做傳信的活兒，這回山寨被滅，我們僥倖逃得一命，本想回家，但聽賊人們說要來攻打鐵家莊，我們雖是落了草，也知道鐵家莊這麼多年來一直是抵禦蒙古人的大英雄，所以琢磨著無論如何都要來報個信。」

鐵震天不信地道：「什麼時候綠林強盜中也有這麼忠義的人了？我看你們不是來報信的，是想混入我鐵家莊別有所圖！哼，這些年想混入鐵家莊的，我見得多了，來人，把這二人拿下，好生看管起來，待我查明事實再作計較。」

幾個弟子立時抽出刀劍，作勢欲前。天狼一看情形不對，連忙說道：「鐵莊主且慢，你要拿下我二人沒有問題，只是我們真的沒有惡意，說的是句句屬實，白蓮教和英雄門的突襲就在今日，請你一定要做好防備！」

鐵震天揮了揮手，幾名準備拿人的弟子收起刀劍，退了下去。

鐵震天上下打量了天狼幾眼，喝道：「**你究竟是什麼人？以你們的氣度，**

絕不會是普通的山寨嘍囉，再不說實話，別怪我不客氣了。」

天狼咬了咬牙，時間倉促，他的這套說詞確實破綻不少，也難怪鐵震天不相信自己，他向懷中一摸，拿出了隨身的腰牌，朗聲道：

「鐵莊主，實不相瞞，在下乃是錦衣衛龍組成員，代號天狼，來山西公幹時，無意中聽說白蓮教勾結漠北英雄門準備今天來襲的計畫，特來告知。」

鐵震天面沉如水，嘴角不自覺地抽動了一下，在場的其他眾鐵家莊弟子無不相顧失色。

鐵英接過腰牌仔細看了一番，交還給天狼，說道：「我們鐵家莊一向安分守己，不知道何事需要驚動錦衣衛的大人們親臨，我們莊主一不做官，二不通敵，二位如果沒有拿人的王命，就請回吧。」

「鐵管家，請問為何要說我們上門就是為了抓人的？」

鐵英冷笑一聲：「錦衣衛的名聲在外，天下盡人皆知，抓捕大臣、調查謀逆大案才是你們的職責所在，我們鐵家莊跟官府素無往來，二位只怕是來錯地方了吧。」

天狼轉向鐵震天，正色道：「鐵莊主，我二人來，真的沒有別的意思，而是得到了確實情報，今天白蓮教的人就會突襲鐵家莊，情急之間我們來不及調救兵，只好先行過來通知了。」

鐵震天直視著天狼的雙眼，緩緩說道：「這位大人，剛才我的管家已經說得很清楚了，本莊從不與官府有來往，而且江湖事江湖畢，即使是白蓮教打上門來，也是江湖中的事，就不勞大人費心了。如果大人有命令搜查本莊，鐵某自當從命，如果沒有命令的話，請恕老夫不奉陪了。」說完，抬腳欲走。

天狼急忙說道：「鐵莊主且慢，在下知道鐵莊主一向不願意與公門中人來往，可這回是性命攸關的大事，白蓮教和英雄門聯手，您再不作部署，只怕大難即將臨頭。」

「剛才老夫仔細想了想，大人說你前天親眼目睹羊房堡被滅，然後只隔兩天的時間，白蓮教就和英雄門的人聯手來攻我這裡，你自己覺得這說得通嗎？再說，英雄門乃是蒙古的門派，從沒有在關內活動過，你說他們一下子能出動幾百高手來攻擊我這兒，請問這些蒙古人是從天上飛過來的？老夫這莊子雖然不是少林武當這樣的名門大派，但承蒙江湖上的朋友看得起，可稱高手的也有兩三百人，以白蓮教的實力，滅個羊房堡還可以，想打我鐵家莊，那除非是吃了熊心豹子膽了！」鐵震天一陣冷笑道。

鳳舞忍不住開口道：「鐵莊主，自信是件好事，可是自信過了頭，就會影響你的判斷哦，白蓮教當然是沒有攻擊你的能力，但是英雄門可是有許多塞外的蒙古高手，你以前行刺過蒙古大將，應該知道他們的實力吧。」

鐵震天眉毛動了動，沉聲道：「這位大人說得不錯，我曾經幾次帶領中原武林的高手去刺殺俺答汗，可惜都被他身邊的高手所阻，確實有幾個是非常厲害的角色，可是這些蒙古人長相與我漢人迥異，加上現在邊關封閉，他們根本入不了關，更不用說最近蒙古大兵壓境，這種情況下，他們更是不可能混入關內。」

天狼嘆道：「鐵莊主有所不知，白蓮教早就投靠了這些蒙古人，他們多年經營，挖了不少條出關的地道，靠這些地道，轉移幾百個英雄門的高手入關並非難事。」

鐵震天臉色一變：「此話當真？」

天狼表情嚴肅地道：「千真萬確，這一年多來，白蓮教將抓到的俘虜全部用殘忍的方法煉成了毒人，這些毒人沒有意識，不避刀劍，連血液中都帶了毒，他們用密道把這些毒人移到關外，就準備等蒙古人攻城時給蒙古兵打頭陣呢。鐵莊主，你想想，他們既然有辦法轉移幾千個毒人出關，那接應幾百名英雄門的高手入關，又會是多難的事？」

鐵震天正待開口，突然在西北方向三里左右的地方，平空升起了兩支響箭飛上雲霄，然後在半空中炸開，顯然是某種信號。

天狼脫口而出：「不好，一定是賊人們攻莊了！」

鐵震天臉色大變，下令道：「有敵人犯莊，大家不要慌亂，按平時的訓練各司其職，你們都跟我去西門查看！對了，兩位大人乃是貴客，鐵英，幫我好好照看，千萬別怠慢了客人！」

鐵震天說完，拔出插在腰間一桿精鐵打造的旱煙袋，帶著四十多個守在這裡的弟子，匆匆向西北方向奔去。

鳳舞走到天狼身邊，悄悄說道：「那裡已經打起來了，我聽到爆炸聲，賊人們應該是用毒人打頭陣啦。」

天狼正欲回話，卻聽鐵英冷冷說道：「二位最好待在這裡，本莊遭遇外敵，莊內機關已經啟動，如果你們隨意走動的話，可能會被機關所傷。在下還有些事，先行告辭了。」言罷，留下三名持刀的弟子監視天狼二人，便身形一動，逕自向西北方向奔去。

鳳舞歪了歪嘴，氣憤地道：「真是不識好人心，天狼，反正我們已經通知到了，不如現在就走吧，你對他們一片熱心，人家還把咱們當賊防呢，留在這兒著還有啥意思！」

天狼搖搖頭：「賊人已經攻來，我們怎麼能這個時候走？鐵震天雖然自信滿滿，但我看他並不知道毒人的厲害，加上英雄門若是真有那麼厲害，只怕鐵家莊這回擋不住。不行，我們還是得跟過去看看。」

鳳舞笑道：「反正我都聽你的，一會兒要是動起手來，你不必管我。」

天狼點點頭，雙足一動，便向著鐵震天離去的方向奔了過去，身形快逾閃電，鳳舞緊隨其後，等那三個弟子反應過來時，兩人早已消失在他們的視線之內，只聽三人的聲音在後面遠遠地傳來：

「錦衣衛跑了，快追啊！」

鳳舞與天狼並駕齊驅，在莊內的屋頂上起落跳躍。

鳳舞笑道：「怎麼這麼急，也不跟那三個人打聲招呼，現在他們把我們當成攻莊的賊人啦！」

天狼邊跑邊道：「那個鐵英給我的感覺很可疑，白蓮教攻打別的山寨時，總是先派內應進去摸清楚情況，鐵家莊應該也不例外，鐵震天要鐵英看住我們，結果他自己卻走了，我感覺此人一定有問題。」

鳳舞眉毛一揚：「不會吧，鐵英是鐵家莊多年的管家了。」

天狼加快腳步，道：「你可別忘了，不是只有我們兩個會易容，那個王木風也會！」

談話間，兩人奔到了山莊的西北大門處，只見這裡已經殺成一團，山莊的大門轟然倒塌，從門前的廣場到門內的前院，幾百人各持兵器，一通混戰。

白蓮教的精銳教眾大概有兩三百人，一如那晚攻打羊房堡時的模樣，白巾蒙面，胸前繡著團燃燒的火焰，兩三人一個小組，進退有序，配合默契，比起天狼那晚殺掉的三百多看守毒人基地的教眾要強上許多。

另外，還有近兩百名全身黑衣的勁裝漢子，個個武功高強，用的兵器不少是狼牙棒之類的重兵器，武功路數完全不像中原武林之人，看起來應該是英雄門的高手。

鐵家莊的弟子們則是清一色的黃色勁裝打扮，持刀舞劍，四五人一組，也是結成小組與敵人搏鬥，鐵震天高大的身形在這些人中格外的顯眼，他衝在最前面，和對方一名中等個子，瘦削身形的黑瘦漢子搏鬥著。

那名漢子高鼻深目，臉上多鬚，看起來不像中原人士，雙手箕張成鷹爪，出手狠辣如風，與鐵震天一招一式都是正面硬碰硬，氣勁激落，周圍十餘步內無人能接近。

天狼看得真切，想必此人就是那英雄門的三門主「大漠天鷹」張烈，中原雖然也有鷹爪門之類的門派，以爪功見長，但是在天狼的記憶裡，沒有一個人能練到這張烈的地步，只見他周身騰起藍色的氣勁，與鐵震天泛成黑色的鐵掌連續正面爪掌相抗。

每一下硬碰硬，兩人會各自後退一步半步，身形稍稍一晃後就揉身復上，而兩人腳下塊塊又厚又粗的青石板磚，也被他們交手時通過經脈向下卸的氣勁震得碎裂開來，石屑四濺，看起來這兩人勢均力敵，一時半會兒難分勝負。

天狼的眼光看向其他地方的戰鬥，上次見過的李自馨仍是揮舞著那根鑌鐵禪杖，虎虎生風，逼得與他正面對抗的兩名使槍老者不斷後退，遠處，兩名黃眉黃鬚，狀若雄獅的大漢，稍矮點的一人抱著胳膊，高一些的那人則持著一桿黃金打造的長槍傲然而立，雙目如炬，盯著場內打鬥著的眾人。

在這兩人的身邊，還有一名身材矮小，面色發青，鬚髮花白的老道，看起來一臉的邪氣，遠沒有得道高人的那種灑脫和風流。

隨著張烈和鐵震天又是一記震天的碰撞，一聲巨響，這回兩人用上了真力，各退五步，張烈的身形微微一晃，鐵震天的臉上黑氣一散，剛才還紅潤的臉色變得有些發白，以手撫胸，輕輕地咳了一聲，顯然已經受了輕度的內傷。

張烈哈哈一笑，一揮手，那些黑衣勁裝的英雄門眾們稍稍地向後退了一些，白蓮教的人也跟著後退。

鐵家莊的黃衣壯丁一看鐵震天受了傷，不敢戀戰，紛紛守住門戶，運氣戒備。

只聽張烈操著半生不熟的漢話得意地說道：「鐵震天，你們鐵家莊號稱山西的名門大派，在我看來也不過如此，今天我大哥和二哥還沒有出手，趙教主也一直在一邊觀戰，只靠我和李副教主就能打得你們沒有還手之力，看你也算成名已久，現在給你一條活路，馬上投降，還可以饒你一命。」

鐵震天今天剛剛打通玄關，精力消耗巨大，剛才和張烈這一番硬碰硬，打到後來體力不濟，落了下風，這會兒趁機功行全身，調息了一下，胸口隱隱發悶，氣息運轉也為之一滯，看來傷得不輕。

鐵震天帶人趕到這裡時，大門正處於失守的狀態，白蓮教眾以毒人為先鋒，強攻大門，一下子把守門和聞訊趕來的近百名弟子，連同先期在這裡防守的鐵家莊二莊主「神鞭」李正天炸死，門外的廣場已是屍橫遍野，到處都是斷首殘肢，其狀慘不忍睹。

在毒人的攻擊過後，大批白蓮教眾和英雄門門徒待在李自馨和張烈的帶領下衝進大門，與聞訊趕來的第二批鐵家莊弟子一通混戰。

由於鐵家莊是被突襲，一來便失了先機，眾弟子一看本方的同伴們幾乎盡數戰死，無不心生畏懼，氣勢已奪，白蓮教眾和英雄門門徒們則是有備而來，上來又以極小的代價殲滅對方的近百精英，士氣高漲，剛才的那一陣打鬥中，也是占盡上風，只小半個時辰的交手，就又擊殺了鐵家莊三十多名弟子，損失只有十餘人，還多數是武功稍差的白蓮教眾。

鐵震天環視四周，視線所及之處，只見己方黃衣的屍體到處都是，站在身邊的幾十名弟子也多數身上帶了傷，看起來真的是一敗塗地，他深悔今天沒有早聽那個錦衣衛的話，浪費了寶貴的時間，如果能早點佈置應付毒人，也不至於弄成現在這樣。

鐵震天咬了咬牙，喝道：「你就是英雄門的張烈？那邊站的兩個，是不是你們的門主赫連霸和二門主黃宗偉？」

張烈傲然道：「不錯，正是我兩個哥哥，鐵震天，我兩位哥哥沒有興趣親自出手，這回滅你鐵家莊就是我們英雄門揚名立萬的開始，識相的早早投降，還可以保得性命！」

鐵震天正欲開口，一邊的鐵英突然叫道：「莊主且慢，小人有一計！」

鐵震天一愣，只見鐵英臉上掛著一絲詭異的笑容，走上前來，鐵震天的眉頭一皺：「英管家，我不是叫你看著錦衣衛的那兩個人嗎，你怎麼在這裡？」

鐵英看了眼對面的張烈，低聲說道：「就是那個叫天狼的錦衣衛叫我來，說是有破敵良策！」他湊上前一步，似乎像是要和鐵震天咬耳朵。

鐵震天側過臉來，準備聽鐵英說話，突然聽到身後一聲大喝：「賊人敢爾！」緊接著一陣強烈的勁風呼嘯而來，心中一凜，意識到是有高手從後面偷襲，回身出掌已來不及，雙腿一震，身子如彈簧一般向右邊躍出兩丈，同時在空中扭腰，一百八十度大轉彎，一招「鐵掌破嶽」，雙掌迅速變成黑色，帶起漫天的黑氣，向著背後的來人反擊。

只聽得「砰砰」兩聲，鐵英慘叫一聲，身形如斷線風箏一般，向英雄門徒的方向飛出六七丈，空中灑下一蓬血雨，而來人在空中和鐵震天的雙掌硬碰硬的對了一下，大鳥般的身形從空中落下，右腳一震，生生地在地上踩出一個三寸深的小坑，身形微微一晃，馬上站住。

鐵震天與來人一掌相拼，把對方從空中擊下，自己也退後半步，雙掌一揮，正待再行撲上，卻聽到來人冷冷地說道：「鐵莊主，你看仔細了，我是在救你！」

鐵震天定睛一看，來人正是那個錦衣衛天狼。

他看到被打倒在地的鐵英，只見他臉部朝下，倒在血泊中，眼看是活不了，頓時怒道：「好你個天狼，闖莊殺人，還說是救我？我看你分明是跟英雄門和白蓮教勾結，裡應外合的賊人！老夫今天就拼了這條命，也要拉你墊背！」

天狼搖搖頭：「鐵莊主，你仔細看看你這位好管家的右手！」

鐵震天轉頭一看，心中一驚，只見鐵英的右手中扣著一把匕首，閃著淡淡的藍光，顯然是淬了劇毒，而剛才鐵英就在自己的左側，準備附耳低語，手裡拿著這麼一把劇毒匕首，**顯然不是為了殺敵，而是要刺殺自己！**

鐵震天這一下又驚又怒，錯愕道：「怎麼會這樣？鐵英怎麼可能背叛我！」

天狼上前兩步，一腳把鐵英的屍體踢得正面朝上，右手一揮，一道氣勁擊在鐵英的臉上，他的臉皮如同老樹皮一樣碎裂開來，清楚地露出裡面一張齜牙咧嘴，面目猙獰的臉，高顴骨，小眼睛，一看就是塞外蒙古人。

天狼回頭對鐵震天說道：「鐵莊主，你的這位鐵管家早就被人掉了包了，這是賊人易容改扮成的，就是為了混進莊中，伺機刺殺鐵莊主。」

鐵震天沒有見過易容術，但混跡江湖多年，也聽說過這門神奇的秘法，今天總算是見識到了，他虎目含淚：「英管家現在在哪裡？」

張烈冷冷地道：「你的管家鐵英三個月前被你派到太原辦事的時候，就給我們做了，我們派了易容高手胡不里扮成他，就是要打聽清楚你們山莊的內情，順便找機會刺殺你，只可惜差了一著，不過，胡不里已經把你們山莊的防衛及時透露了出來，也算是死得其所啦。」

鐵震天收拾了一下心情，知道現在不是為鐵英難過的時候，轉向天狼，拱手道：「今天鐵某欠閣下一個大大的人情，只要能活下來，一定會設法報答。對了，閣下如何知道鐵英是易容的賊人？」

天狼微微一笑：「莊主命這鐵英看守在下，可是這鐵英卻等你一走後就迅速地離開，我想他顯然不是因為放心不下前面的戰況，白蓮教在之前攻擊羊房堡時，也派過易容之人混進山寨裡應外合，所以我想這次他們還是會用這一招。」

鐵震天嘆了口氣：「都怪老夫大意了，這陣子總覺得鐵英有點奇怪，卻一直沒有好好查探一番。」

天狼道：「在下感覺得到，鐵莊主今天是剛剛大功告成，想必這幾天運功衝關，消耗不小，白蓮教的賊人顯然也是得到了這個消息，所以特意選在這時候攻擊，正是你最虛弱的時候。」

張烈在一旁不耐煩地道：「你又是何人，敢幫著鐵家莊和我們英雄門作對，不想活了嗎？」

天狼哈哈一笑，大姆指對著自己一指：「老子行不改名，坐不改姓，錦衣衛龍組殺手**莫問天**是也！今天老子正是奉了我們陸總指揮的命令，先行援手鐵家莊，你們這些蒙古狗，一個也別想逃！」

張烈臉色微微一變，十幾步外的李自馨高聲叫道：「張爺，別信這狗東西的信口胡言，莫問天洒家見過，絕不是此人。」

遠處的白蓮教主趙全臉色一變，一飛沖天，騰空十餘丈，如同一隻白色的大鳥滑翔而至，輕飄飄地落在天狼身前五六步的距離。

天狼仔細打量了兩眼這名邪教至尊，這回近在眼前，看得清清楚楚，此人身高不足六尺，一雙三角眼中凶光四射，正衝著自己上下打量。

天狼冷冷道：「你就是白蓮教主趙全？」

趙全陰惻惻地一笑：「正是本座，你小子究竟是什麼人，敢來壞我們的好事？本座手下不死無名之鬼，報上名來！」

天狼哈哈一笑：「剛才不是說了麼，老子乃是『長白夜叉』莫問天，錦衣衛龍組殺手。」

李自馨拖著禪杖走了過來，罵罵咧咧地道：「小子，洒家可是見過莫問天的，江湖上見過他的人也為數不少，你在這裡睜著眼睛說瞎話，要臉不要?!」

天狼譏刺道：「李自馨，不是只有你們才懂易容，知道嗎？老子今天不想用本來面目，如果你不信的話，不妨跟我打上一場，我是不是莫問天，一試便知。」

趙全冷冷說道：「你是不是莫問天，本座沒有興趣知道，只是你說你是錦衣衛，本座問你一件事，這鐵家莊並非朝廷重臣，也不牽涉到謀逆之事，你為何會前來？你還有沒有其他同伴接應？」

天狼眼珠子一轉，他剛才迅速地判斷了一下形勢，對方可稱頂級的高手有四到五人之多，而自己這邊，鐵震天受了內傷，除了鳳舞外，其他很難有可以單獨對抗這五名高手的人物，論人數更是處於下風，看來今天能保住鐵震天突出重圍，就算不錯了。

想到這裡，天狼貌似不經意地環視四周，卻是在觀察退路，但在此之前，他很清楚，首先得誆住趙全。

看他對於錦衣衛在附近是否有大批援軍還是心存忌憚，這裡幾乎是他全部的家當，萬一折了，那可就沒有東山再起的本錢了。

於是天狼笑道：「趙全，你以為你們勾結蒙古人，企圖裡應外合，奪我邊關的計畫，我們陸總指揮不知道嗎？實話告訴你吧，你們在霍山煉製毒人的基地已經被我們搗毀，王木風也被我們擊斃，現在總指揮大人把你們全部包圍了，洗乾淨脖子受死吧！」

趙全臉色一變，從昨天晚上開始，他就和毒人基地斷了聯繫，這是以前從沒有過的事，這也讓他的心一直有一絲陰雲，現在天狼的話讓他的擔心變成了事實，頭上開始冒起汗來。

趙全強自鎮定地道：「小子，不用在這裡說大話誑本座，你這一套，本座見得多了，如果陸炳真的掌握了我們的動向，現在會只有你一個人在這裡嗎？分明是你在這裡大言不慚，虛言恫嚇！」

趙全說著，腰桿也不自覺地挺了起來。

一邊的張烈附和道：「趙教主說得是，這小子應該是來拖延時間的，鐵震天這老兒不願意投降，我們就全滅了他們吧！」

趙全擺了擺手，對天狼說道：「小子，看你的武功不弱，既然你已經知道了我們的計畫，也該清楚蒙古大軍馬上就要破關而入，朱明必滅，你若是識時務，現在加入我們，還可當個開國功臣，怎麼樣？」

天狼眼中泛起點點紅光，知道今天絕難善了，打一場是躲不過了，沒有說話，全身的紅氣倏地暴漲，斬龍刀帶著龍吟之聲離鞘而出，一下子交到右手，變成四尺來長，天狼狂吼一聲，衝著趙全直接攻了過去。

他打定主意，敵眾我寡，唯一的勝機就是迅速地擊倒趙全、張烈和李自馨這三個首腦人物，或可一戰。

趙全沒有料到天狼居然一聲不吭，直接就上，他離天狼的距離最近，只有六七步，但以他的絕頂武功，一下就看出了天狼的武功強得不可思議，那柄閃著寒光的刀更是神兵利器，當下沉喝一聲，渾身白氣騰起，背上的藍冥劍一下子飛到半空，身子則凌空躍起。

就在天狼的刀氣觸及趙全的一瞬間，藍冥劍一招「白蓮向日」，橫地畫出三劍，堪堪擋住這道凌厲的刀氣，靠著這陣劍氣與刀氣的正面對撼，他的身形向後飄出三丈，一個鷂子翻身，斜斜地落在地上。

說時遲，那時快，張烈和李自馨一看天狼出手，迅速地作出了反應，同時撲向天狼，而剛才虎視眈眈、劍拔弩張的雙方弟子也一湧而上，重新殺成一團。

天狼剛才的閃電一擊，追求的就是一個「快」字，瞬間暴氣速攻，為了追求速度，甚至沒有來得及把內力注入刀中，一擊落空後，左右兩側同時感覺到兩道巨大的壓力，張烈的天鷹爪帶著呼嘯的風聲襲向他的右肋，而李自馨的那柄鑌鐵禪杖也掄出一個大圓，橫掃天狼的左腰。

天狼一擊不成，不等招數用老，刀法轉成兩儀劍法，迅速地拉出三個光圈，直在自己的身子右側布下了一道氣牆，張烈的鷹爪功雖然厲害，也不敢硬接斬龍刀，收爪後退半步，與緊接而至的鐵震天對了個正著。

李自馨的禪杖卻恰到好處地掃向了天狼的腰間，剛才天狼轉刀為劍招，逼退張烈，這會兒來不及刀交左手，完全就是一個大空門，情急之下渾身暴起紅氣，左手如閃電般探出，生生抓住了禪杖頭上的鑌鐵耳環。

天狼只覺得一股如滔滔大浪般的大力排山倒海般地撲來，雖然他的手擋了一下，但腰部還是被那禪杖帶起的罡風掃中，五臟六腑一陣翻江倒海，一股強烈的嘔吐感順著嗓子直向上冒。

他強行忍住已經到喉頭的這股逆行鮮血，大吼一聲，左臂一發力，生生地向後一拉，再向前一送，幾百斤重的鑌鐵禪杖被他生生地推了回去。

李自馨的臉色變得慘白，倒拖著禪杖連退了七八步，猛的向地上一杵，這才勉強站住，渾身的氣息一弱，一時間無法繼續搶上前來。

剛才那一下，天狼以手硬搶禪杖，渾身護體的天狼勁幾乎被打散，這李自馨天生神力，全力一掄的力量大得足可打塌一座房屋，而天狼剛才一擊不成，已無退路，左手又無兵刃，這一下完全是靠著強悍的天狼勁才勉強擋下，向後退了三個大步，腳下的青石磚塊塊碎如齏粉，籠罩周身的紅色護體天狼勁也不復存在。

天狼還沒來得及喘口氣，眼前只覺藍光大盛，卻是趙全的藍冥劍已經刺到眼前，天狼剛才一招以一對三，逼退趙全，完美擋住張烈，然後硬接李自馨，即使武功高強如他，也一時運氣不暢，趙全何等高手，一看天狼被李自馨打退三步，馬上搶攻中路，藍冥劍帶著刺鼻的腥氣，瞬間刺出十朵劍花，罩住了天狼前心的十處要穴。

天狼手腕一抖，斬龍刀幻出一片雪花似的刀氣，把自己渾身罩住，他的體內瞬間冰氣遊走，與剛才灼熱的紅色氣勁正好相反，這回是寒冷刺骨的冰氣護身，猶如全身上下罩了一層冰甲，連眉毛和鬍子都結了一層淡淡的寒霜，在一片森冷的寒氣中，斬龍刀嘶嘶作響，帶著懾人的寒意，捲起朵朵刀花，向著趙全分襲自己的這十道劍氣擋去。

「叮叮叮」，連續三刀，離天狼三步外，趙全的三朵劍花被生生擋住，人劍合一的他身形微微一滯，但七朵劍花仍然追向天狼的身體。

天狼借這一擋，退出半步，一個旋身，斬龍刀突然縮小到三尺左右，刀光一閃，周身的刀光劃過一道銀色的光圈，又是五聲刀劍相交的聲音，趙全的衣服被凌厲的刀氣劃出了數十道口子，一身白色的道袍幾乎碎成布條，但他來勢依然不減，手腕再一抖，長劍又幻出一個劍花，三點寒星離天狼已經不到一尺。

天狼虎吼一聲，斬龍刀再次縮短，這回長度只有一尺，剛才的那一記「蒼狼擺尾」，在收招的同時，他也順便把刀柄反握，變成了反手刀的模式。

也就喘口氣的工夫，他周身的寒氣再度暴漲，這回連刀身上都結了一層厚厚的冰霜，渾身的內息源源不斷地透過斬龍刀向外溢出，即使隔了幾丈遠的李自馨和張烈都能感受到這森森的寒意，可趙全卻是不為所動，咬牙切齒地三劍揮出，分襲天狼胸前的膻中、中脘、關元這三處要穴。

劍未及身，天狼感覺到這三處穴道處透進來的那種邪惡的陰氣，舌綻春雷般地一聲怒吼，反手刀一轉，刀鋒輪轉，鋒利的刀片在胸前暫態轉出了一個閃著寒氣的光輪，在光輪的邊緣，兩點藍色的火花一閃而沒，而光環也被這兩劍點得稍稍一頓，藍冥劍所有的虛招全部落了空，只剩下實招，藍冥劍閃著寒光，如一道藍色的流星劃過空中，直奔天狼胸口的膻中穴。

天狼所有的防線都已經被突破，一咬牙，虎腰大扭，身子如擰麻花一般地轉了九十度，同時胸前猛的一吸氣，前胸發達的肌肉突然向裡面陷進去了一大塊，藍冥劍帶著冷冽的寒氣從他的胸前肌肉劃過，留下了一道淡淡的血痕。

天狼眉頭一皺，腿高高地抬起，一招鴛鴦腿中的鴛鴦鑽心腳，連環兩招，右腳狠狠踢中了趙全的左小腿迎面骨，左腳則高高地蹬在了趙全的前胸上，只聽得兩聲骨頭折斷的聲音，趙全連叫都沒叫出來一聲，渾身的護體白氣被這兩腳踢得無影無蹤，如流星一般的身形又像流星一樣地向後倒射而出，只不過去時是藍色的火流星，回來時則是一路噴血的火流星。

天狼兩腳踢飛趙全，胸口感覺卻是一陣麻木，低頭一看，已經被藍冥劍劃開了長達半尺，深約半寸的口子，藍冥劍上淬了劇毒，這會兒毒氣已經沿著血脈開始進入他的體內，而他周身竟然提不起氣來。

天狼心中暗叫一聲不好，就這一眨眼的功夫，傷口冒出的血已經變成青黑色，他那天親眼見過白蓮教煉製毒人的手段，作為教主的趙全，劍上淬的劇毒只會比煉毒人的毒藥更猛更烈，二話不說，直接向後飛出三步，直接打坐在地，功行周身，打算強行把毒液向體外逼出。

趙全給踢得飛出去十餘丈，倒在地上，爬都爬不起來，換了平常人，天狼這兩腳早就會把他踢成一堆肉泥，但趙全畢竟是頂尖高手，護體神功非同小可，這兩下雖然給踢得骨斷筋折，無力再戰，落地之後就開始大口吐血，但仍然指著遠處的天狼吼道：「這廝中了我的毒劍，大家並肩齊上，宰了他！」

李自馨大吼一聲，掄起兩百多斤的鑌鐵禪杖，如同風輪一般地繞著自己水桶一樣的粗腰轉著，就像一個巨大的陀螺向天狼奔來，兩三個鐵家莊弟子想上前阻攔，給他的禪杖直接一磕兵器，刀劍紛紛把持不住，直接飛上半空，而人也被震倒在地。

李自馨根本顧不上追殺地上的這幾個鐵家莊弟子，奔著天狼就直衝了過來，一邊正在和張烈纏鬥著的鐵震天心急如焚，連攻三陣，想要逼退張烈，回身救援，卻被張烈看穿了心思，根本不閃不避，硬碰硬的連對三掌，然後轉身近身纏鬥，哪還脫得開身。

天狼這時候雙眼緊閉，頭上嘶嘶地冒著黑氣，胸口血流如注，毒血如墨染，又泛著碧綠色的磷光，落到身邊的地下時，直接把地上的青磚熔出了一個個小洞，可見其毒性之烈，天狼的臉上和身上的肌肉都在跳動著，整個人身體也漸漸地膨脹成了一個氣球。

李自馨殺散擋在他面前的幾個莊丁，衝到天狼面前已經不到一丈的地方，布滿橫肉的臉上遍是獰笑，大吼一聲：「拿命來！」鑌鐵禪杖高高地舉過頭頂，如大風車般地在頭上轉了一個大圈，即將以雷霆萬鈞之勢，狠狠地砸下，就算天狼是金剛之體，給這一下砸中了，也會給打成一團金粉。

只聽到一聲清脆的嬌叱：「休得放肆！」一個三十多歲的中年黃瘦漢子，手裡持著一把閃著青芒的三尺短劍，身形如鬼魅一般，眨眼欺近到李自馨周身五尺的範圍，手腕一抖，別離劍幻出萬千冷芒，把李自馨周身罩在一片劍影之中，而黃瘦漢子的身形，居然在這一片劍影中消失不見。

李自馨感覺到一陣透骨的劍意開始侵蝕自己的周身，他雖然有一身鷹爪鐵步衫的橫練功夫，但也知道這把神兵利器的鋒銳不是自己的肉身可以硬擋，也顧不得去砸天狼，禪杖改變了方向，從力劈泰山變成了橫掃千軍，由頭頂轉到了自己的腰際，胖大的身軀原地一個大旋身，帶起一陣罡風，如山崩地裂般地撞上了那陣劍影。

一陣「叮叮噹噹」的聲音不絕於耳，別離劍帶著點點寒光，與李自馨這支巨大禪杖連連碰撞，遠處一直袖手旁觀的赫連霸和黃宗偉臉色一變，二人俱是絕頂高手，深知來人所用的劍法走的是輕靈小巧的套路，卻捨長就短，與李自馨硬碰硬地正面對拼。

黃宗偉不解地用蒙古語說道：「大哥，真是奇怪，那人分明是個女子，用的劍法好像是峨嵋派的幻影無形劍，可為什麼不是四處遊走，找敵人的破綻出劍呢？她雖然武功很高，但力量並非所長，跟李自馨這種頂級的外家高手這樣硬碰硬，究竟是為什麼？」

赫連霸的黃鬚微微一動：「依我看，十有八九是為了地上那人，那個人武功極高，但被趙教主的藍冥劍所傷，現在正在運功逼毒，如果那女子想要用幻影無形劍法跟李副教主游擊，可能李副教主會找機會先擊殺現在無法動彈的地上那人。為了救同伴，這女子寧可自己受損，也是寸步不讓。你看，她現在就擋在地上那人的身前，讓李自馨傷不到那人。」

黃宗偉仔細看了一會兒，點點頭：「還是大哥看得仔細，不過我們見識過的錦衣衛，都是冷血無情之輩，為了自己搶功，甚至可以向同伴下手，什麼時候又會如此捨身救助同伴了？」

赫連霸笑了笑：「你看那女子，雖然易了容，但是咬牙切齒，兩眼圓睜，眼中凶光畢露，這明顯是在保護自己的愛人，如果我所料不差的話，地上那人跟這女子應該是一對情侶，不是一般的錦衣衛。雖說錦衣衛高手如雲，但依我看，地上那人的武功不在陸炳之下，超過了我們見識過的達克林等人，就是這女子，只怕也不次於李副教主和三弟呢。」

黃宗偉跟著笑道：「只是他們畢竟勢單力孤，今天我們可是大賺特賺，趙全重傷，如果能滅了鐵家莊，白蓮教今後也無法跟我們討價還價，只能唯我們馬首是瞻了。」

赫連霸的表情變得嚴肅起來：「二弟，我可沒你這麼樂觀，這兩個人應該是錦衣衛無疑，他們既然現身此處，只怕陸炳也所在不遠，你可別忘了咱們的使命，別為這點小事壞了我們的主要任務。」

黃宗偉收起了笑容，拱手道：「大哥教訓得是，我們這就出手殺了這兩個錦衣衛，順便取下鐵震天的人頭吧。」

赫連霸搖搖頭，眼中閃過一絲寒芒：「不，我們馬上撤離。」

黃宗偉臉上浮現疑雲：「撤離？為什麼？」

赫連霸微微一笑：「**目的已經達到，該撤了，現在我可以跟你宣布大汗的密令了**，這次我們進關的主要任務，不是幫著白蓮教跟中原武林硬拚，滅了鐵家莊，那樣對我們沒有任何好處，只會讓白蓮教的勢力發展壯大，就算大汗真的攻下北京，也暫時需要趙全這樣的走狗來當傀儡代為統治，千萬不能讓趙全的實力太強，以脫離我們的控制。」

黃宗偉恍然大悟道：「大汗英明，這趙全是想自己當皇帝，毫無忠誠可言，我們雖然需要他們的幫忙攻關，但破關之後也不能讓他們的實力太強，滅了鐵家莊，白蓮教的勢力在山西一帶就無人可比，若是再隨著我們蒙古大軍進入北直隸的京師一帶，自然會成為整個北方最強的勢力，即使坐不穩王位，作為江湖門派，也是足夠強大了。」

赫連霸的眼中閃過一絲冷冷的殺意：「所以有人能幫我們傷了，最好是除了趙全，那是再好不過的事情，這是其一；第二點原因嘛，就是大汗的密令，**我們進關的主要任務不是幫著趙全攻鐵家莊，而是要和仇鸞接上頭。**」

黃宗偉倒吸一口冷氣：

「和仇鸞接頭？大汗為什麼要這樣？」

請續看《滄狼行》8 正邪一決

滄狼行 卷7 決戰劍神

作者：指雲笑天道
發行人：陳曉林
出版所：風雲時代出版股份有限公司
地址：10576台北市民生東路五段178號7樓之3
電話：(02) 2756-0949
傳真：(02) 2765-3799
執行主編：朱墨菲
美術設計：許惠芳
行銷企劃：林安莉
業務總監：張瑋鳳

初版日期：2021年03月
版權授權：閱文集團
ISBN ：978-986-352-945-3
風雲書網：http://www.eastbooks.com.tw
官方部落格：http://eastbooks.pixnet.net/blog
Facebook：http://www.facebook.com/h7560949
E-mail：h7560949@ms15.hinet.net
劃撥帳號：12043291
戶名：風雲時代出版股份有限公司

風雲發行所：33373桃園市龜山區公西村2鄰復興街304巷96號
電話：(03) 318-1378
傳真：(03) 318-1378
法律顧問：永然法律事務所 李永然律師
北辰著作權事務所 蕭雄淋律師

行政院新聞局局版台業字第3595號 營利事業統一編號22759935

定價：270元

國家圖書館出版品預行編目資料

滄狼行 ／指雲笑天道 著. -- 初版 -- 臺北市：風雲時代，2021.01- 冊；公分

ISBN 978-986-352-945-3（第7冊；平裝）

857.7 109020729